中山七里

Nakayama Shichiri

境界線

NHK出版

目次

装幀　坂野公一＋吉田友美（welle design）
写真　Shutterstock.com

一　生者と死者

1

二〇一八年五月二九日、気仙沼《けせんぬま》市南町《みなみまち》。

午前五時、まだ柔らかな朝陽が穂村《ほむら》の頬を撫《な》でる。潮混じりの風はいくぶんねっとりしているが、それでも海上で受けるよりも肌に心地よい。揺れない足元にも安堵感《あんどかん》がある。

穂村にはひと月ぶりの陸《おか》だった。遠洋に出ると、まず一カ月は海の上だ。来る日も来る日も波に揺られ、直射日光に炙《あぶ》られる。漁船の上は潮と魚の臭いに満ち、最初は辟易《へきえき》するが、そのうち嗅覚が麻痺《まひ》して鈍感になる。陸に上がってようやく本来の感覚を取り戻す、その繰り返しだった。

遠洋での一本釣り漁は決して楽な仕事ではない。陸に上がった際の解放感が際立つのはきっとそのせいだろう。

今回の釣果も悪くなかった。気仙沼港はカツオの水揚げでは二一年連続日本一を誇っている。この調子なら記録を更新できそうだ。

連続二一年はただの数字の連なりではない。間に二〇一一年の震災を挟んだ上での連続に意味がある。気仙沼の人間、延《ひ》いては東北人がいったん折れた心を修復するためには必要なプライドだった。

魚市場の食堂で早めの朝食をとった穂村は海岸に向かう。遠洋から戻った時のお定《き》まりのコースだ。

中華料理店、居酒屋、理容店といった急ごしらえの建物がぽつぽつと点在し、隙間からは海岸を見通せる。建物のない場所は全て更地になっていて遮るものが何もないからだ。

以前、ここはちょっとした商店街だった。漁師目当ての居酒屋が並び、夜ともなれば酔った男たちの声が往来まで洩《も》れていたものだ。

かつての賑《にぎ》わいも今はない。地元の頑張りがあるものの、かつての姿を知る者には喪失感だけが募る。更地には重機の姿すらなく、復興という言葉も空しく風に消える。震災直後の市内中心部のホテルや旅館は長期滞在する工事関係者で常に満室状態だったが、オリンピック開催に向けて東京の現場に引き抜かれ、閑古鳥が鳴くようになった。

いったい何が復興かと思う。失った町と失った暮らしを元に戻すよりスポーツの祭典が大事なら、事ある毎に為政者が口にする復興とはただの言葉遊びではないか。

穂村は地元の人間ではないが、この荒涼とした風景を眺めていると切なさと憤りに襲われる。わざわざ不快な思いをしなくてもいいと分かっているものの、気仙沼漁港に食わせてもらっている身なら無視してはいけない痛みのような気がする。

住まう者も道路を行き来する者もなく、この時間は人の姿を見ることがない。穂村はまるで朽ち果てた惑星に取り残されたような感覚に陥る。

人の姿、町のかたちを激変させてしまったというのに、その張本人である海は穏やかに波を立てている。漁を生業《なりわい》にしていると、自然は人の暮らしに無関心なのだと身体に叩《たた》き込まれる。海の気紛れにもすっかり慣れた。しかし海の豊饒《ほうじょう》さと陸の荒廃を同時に見た時、つくづく人間は矮《わい》小《しょう》な存在なのだと思い知らされる。

ふと、視界の隅に異物を捉えた。波打ち際に人のかたちをしたものが横たわっている。

まさか。

今でも時折この辺りの海岸には奇妙なものが漂着する。自転車、電化製品、サッカーボール、人形、家族写真。ある者は津波が奪い去ったものを少しずつ返してくれるのだと言った。中にはマネキン人形が流れ着いたこともある。あれもそうした一部なのだろうか。

穂村は海岸に降り、波打ち際に向かって歩き出す。次第にものの輪郭が明らかになってくると、穂村の足も速くなった。

長い黒髪、白いシャツに薄黄色のパンツ。うつ伏せになっているので顔は見えない。露出した肌で作り物でないことは確かだった。

「おい、あんた」

呼び掛けたが返事はない。

「こんなところで寝てるんじゃないよ」

屈《かが》んで肩を揺さぶってみるが、やはり反応はない。

「おいったら」

ごろりと転がして仰向けにさせた途端、穂村はうっと洩らして腰を落とした。

紛れもなく女の死体だった。

＊

ちり。

目覚まし時計がこれから鳴ろうとした寸前、伸びた手がベルを止めた。

官舎の一室で笘篠誠一郎《とましのせいいちろう》はゆっくりと上半身を起こす。頭をひと振りすると、もうすっかり目が覚めてしまった。中年男が独り暮らしをすると生活が乱れるというのは俗説に過ぎない。自分のように規則的な生活が骨の髄まで染みている人間には単身も家族同居も関係ない。

目玉焼きと厚切りのトースト。毎朝同じメニューなのは規則正しいからではなく、ただバリエーションがないからだ。

「いただきます」

応える者のいない空間に手を合わせる。毎日同じものを作っていれば料理の腕は否《いや》が応でも上がる。それでもこの舌は女房の作るものに慣らされていたのだと思い知る。

食べ終えてから、卓袱台《ちゃぶだい》の端にあったパンフレットに手を伸ばす。昨日、捜査絡みで区役所を訪れた際、窓口に置かれていたものを持ち帰っていたのだ。

〈東日本大震災被災者キズナ会〉

表紙の写真は炊き出しに並ぶ被災者たちの姿だ。裏返すと一ページ目冒頭は代表者の鵠沼《くげぬま》某という男の挨拶文が載っている。

『あの忌まわしき震災から、もう五年の歳月が流れました。しかし被災者の生活が取り戻せたかといえば、未だ道半ばでしょう。各地には災害の爪痕が残り、失われたものの大きさに狼狽《ろうばい》する人が沢山います。家族や友人を失くし、孤独に苛《さいな》まれている人も大勢います。

私がキズナ会を立ち上げたのは震災から二年後のことでした。本来なら政府復興庁の掛け声で進められているはずの復興事業が遅々として進まないことに業を煮やしての行動でした。当会は建物を新築したり道路を作ったりはできません。しかし残された者同士の欠落を埋め合うお手伝いはできると思うのです。

今まで話せなかったことを話してください。

今まで胸に溜《た》め込んでいた想いを吐き出してください』

笘篠もまた震災で家族を失った一人だ。当時、気仙沼に女房と長男の三人で暮らしていたが、笘篠が捜査で市街地から離れていた時刻に地面が揺れた。

地震発生とそれに続く津波。気仙沼の自宅が気になったが震災直後は警察署も対応に追われ、情報も錯綜《さくそう》していた。ようやく帰ってみれば家ごと家族は姿を消していた。以来、二人は行方不明のままだ。

どうしてあの時、公務を擲《なげう》ってでも二人を捜しに行かなかったのだろうか。何度も悔やんだが、家族の許《もと》に駆けつけてやれなかったのは何も笘篠だけではない。震災発生時、公務員と名のつく者たちは皆、己の持ち場で事に当たった。そして笘篠と同様に己を責め、自問し続けている。

私を捨て、公に尽くしたことは本当に正しかったのだろうかと。

笘篠はパンフレットを持ち帰ったことを後悔し、丸めてゴミ箱に放り込む。

顔を洗って着替えていると、同僚の蓮田《はすだ》から連絡が入った。

『朝早くにすみません。もう起きてますか』

「ちょうど着替え終わったところだ。今どこにいる」

『気仙沼署に向かっている途中です。海岸で女の死体が発見されました』

蓮田の物言いに引っ掛かりを覚える。どこか緊張を押し隠した声だった。

「殺しか」

『それはまだ何とも。気仙沼署ではまだ事故とも事件とも判断していません。検視官も到着していないようですから』

「待ってくれ。事故か自殺かはっきりしない状況で、どうして県警本部の人間に召集が掛かるんだ」

一瞬、電話の向こう側で空白が流れる。

「どうした」

『召集が掛かったんじゃなく、石動《いするぎ》課長がわたしに一報をくれたんですよ。気仙沼署の方から笘篠さんにお呼びが掛かったから一緒に行ってこいって』

「話が見えん」

『最初に駆けつけた警官が死体の着衣を探ったところ、カードケースに運転免許証があって身元が判明しました。女の名前は笘篠奈津美《なつみ》とありました』

束《つか》の間、笘篠は息もできなかった。

「すぐ、そっちに向かう。現場を教えてくれ」

電話を切った後も、頭の中は千々に乱れていた。支度を整え、ジャケットは小脇に抱えたままで部屋を飛び出す。

奈津美は女房の名前だった。


かつての居住地だから土地勘はある。カーナビに頼ることなく現場の海岸に到着した。更地だらけの風景を見て、また記憶が無理やりまさぐられる。かつてそこにあった人の暮らしの残骸。笘篠の自宅跡もそうだった。存在していたものも住んでいた思い出も、全てを海の向こうへと持ち去られた。

どんな者にも忘れられない記憶、消去できない光景がある。多くの東北人同様、笘篠にとっては町が波に呑《の》まれていく画だった。事件で市街地を離れていた際、突き上げるような衝撃を感じ、いつ終わるともしれない揺れに跪《ひざまず》いた。だが本当の災厄はその直後に襲ってきた。

何かとんでもないことが起きている。凶事の気配に悪寒を覚えながら捜査を続けていると、次々に未確認情報が入ってきた。

被害は宮城県だけではなく東日本全域に及んでいるらしい。

震度6弱。

海岸の町に大津波が押し寄せてきた。

やがて笘篠はテレビモニターで惨事を目の当たりにする。霙《みぞれ》混じりの見慣れた我が町に海水が侵入し、道路を冠水させる。見る間に水位が上がり、轟然《ごうぜん》と町に襲い掛かった。

俄《にわか》には信じ難い光景だった。漁船が町中に押し流され、乗用車やダンプカーがまるでオモチャのように水面に浮かび上がる。轟音に掻《か》き消されそうだが、電柱のへし折れる音と人の叫び声がモニター画面から洩れ聞こえる。

中低層のビルに流れ込んだ水が窓ガラスを破り、二階建ての家屋はほぼ水中に没した。笘篠が借りていた家も一瞬で波に呑み込まれた。

まるで特殊撮影の映像にしか見えなかった。ほんの数時間前、自分は女房と言葉を交わして家を出たはずだ。その家が今、何かの冗談のように波の狭間に消えてしまった。

波が引くと、更なる驚愕《きょうがく》が待っていた。秩序も何もなく、家屋の残骸と家具が層をなしていた。一瞬前の面影すらなく、見慣れた町は巨大な泥濘《でいねい》の中で廃墟《はいきょ》と化していた。

言葉もなく、笘篠はその場にへなへなと腰から崩れ落ちた。意識ははっきりしているのに、どこか夢見心地だった。目はモニター画面に釘付《くぎづ》けなのに、心が現実であるのを拒んでいるようだった。そのちぐはぐさは、今も残滓《ざんし》となって記憶の底にこびりついている。

じわじわと重くなった胃を抱えてクルマを降りる。建物がまばらなので、遠目からでもブルーシートのテントが認められる。

あのテントの中で奈津美が死んでいる。七年前、津波に呑み込まれたとばかり思っていた女房の身体が横たわっている。笘篠は自分でも驚くほど動揺していた。恐怖と安堵、希望と絶望、期待と失意。相反する感情がせめぎ合い、もつれ合いながら思考を乱す。

テントの前で蓮田が待っていた。笘篠の困惑を知ってか、こちらを気遣っているようだ。その姿を見て、どうして石動がただの確認に蓮田を同行させようとしたのか合点がいった。笘篠が暴走しないように監視させようとしているのだ。

舐《な》められたものだが、同時に見透かされているとも思った。現に、笘篠は常時の自制心を充分に発揮できないでいる。見ていないようで実は正確に把握している。一課長の肩書は伊達《だて》ではないといったところか。

「お疲れ様です」

お前の方がよほどお疲れ様だと思ったが、口には出さなかった。

「電話では要領を得なかった。詳細は」

「わたしも今しがた到着したばかりなんです。さっき唐沢《からさわ》さんも到着して、やっと検視が始まったらしいです」

唐沢検視官とは顔馴染《なじ》みでお互いに気心も知れている。しかし気心が知れているからといって家族を裸にされ、肌に触れられ、直腸温度を測られることに抵抗がない訳ではない。公私混同と詰《なじ》られるかもしれないが、少なくともこの場に呼ばれたのは捜査員としてではなく死者の確認要員としてだ。

ただし検視が終わるまで唐沢の邪魔をしない程度の自制心はある。笘篠は蓮田の隣に立ち、テントの中から声が掛かるのを待つ。

二人の間に重い沈黙が落ちる。蓮田はまだ若いせいもあって考えていることがすぐ顔に出る。慰めるべきか、それとも無言で過ごすべきかを必死に考えている。

だが、どうやら沈黙に耐えきれなかったようだ。

「何と言えばいいのか、よく分かりません」

正直な男だと思った。

「生きたまま発見できるのが一番よかったんでしょうけど」

「あれから七年が経っている。それは無理な相談だ。第一、生きていたのならどうして今まで連絡を寄越さなかったのか」

まず引っ掛かっていた点はそこだった。

七年間漂流していた死骸がようやく気仙沼の海岸に戻ってきたというのなら、可能性はともかく有り得ない話ではない。死体が奈津美であることを鑑定した上で懇《ねんご》ろに葬ってやるだけだ。彼女も浮かばれるだろうし、何より笘篠が救われる。

行方不明という言葉が居所不明ではなく遺体の在《あ》り処《か》が不明という意味であるのは、震災被害に遭った者なら誰もが身に沁《し》みていることだ。だが被害者遺族とマスコミは、一縷《いちる》の望みを託して遺体の見つからない者を行方不明者と呼ぶ。

笘篠が当惑したのは、津波に攫《さら》われたはずの奈津美が文字通り行方不明だったという事実だ。未だ混乱する頭の中で、奈津美が今までどこで何をしていたのか、そして何故笘篠に一度も連絡を寄越さなかったのか、二つの疑問が大きく渦を巻いている。

生きたまま会えれば一番よかった。

蓮田に言われるまでもない。好き好んで家族の死体と対面したい者などいない。それでもあの日、残された者たちが家族の亡骸《なきがら》を捜し求めたのは、死者への供養と自身へのけじめが必要だったからだ。

「免許証から身元が割れたという話だが、現物は見たのか」

「まだです。現物は気仙沼署の人間が管理しています」

「七年間の空白もそうだが、それよりもどうしてここで女房が死んでいたかだ」

努めて平静に振る舞おうとしたが、成功しているかどうかは心許《もと》ない。

「気仙沼署ではまだ事故とも事件とも判断していないんだったな。つまり目立った外傷はなかったということか」

「わたしが何を言っても憶測にしかなりません」

話していて気がつく。諫《いさ》める立場と諫められる立場が逆転している。

焦れる気持ちを抑えて待っていると、やがてテントの中からのそりと男が出てきた。

「ご無沙汰しております、笘篠さん」

顔を出したのは気仙沼署時代の同僚だった一ノ瀬《いちのせ》だ。自宅が流されるのをモニターで目撃した際、隣にいた人間で、一ノ瀬自身も津波被害で両親を失っている。だからだろうか、蓮田のように何を言おうか迷っている気配はなかった。

「検視が終わりました。ご遺体の確認をお願いします」

いささか事務的な口調は却《かえ》って有難い。

「わたしはここで待っていますから」

監視役にも拘《かか》わらず愁嘆場に付き合うまでの覚悟はないらしいが、これもこれで有難い。

テントの中では唐沢が手袋を脱いでいた。その足元にはシーツに覆われた死体が横たわっている。

「お待たせしました」

「いえ」

「まず直接の死因ですが」

「すみません、検視官。先にホトケを確認させてください」

「ああ、いつもの癖で。失礼しました。どうぞ」

唐沢が一歩退いたのは遺族に対する礼儀だった。普段、笘篠が捜査員として遺体を検分する際はそんな配慮をしない男だ。

笘篠は死体の傍らに膝をつき、ゆっくりとシーツを剝《は》がす。

途端に笘篠は奇異な感に打たれる。

裸に剝《む》かれた死体に目立った外傷は見当たらない。死後硬直は発現しているものの、死斑がまだ広がっていないために元々の肌色も分かる。中肉中背、年齢は三〇代後半といったところか。

何より問題なのは顔だ。

奈津美とは似ても似つかない別人だった。

「先生、違います。これは妻ではありません」

唐沢の反応も見ものだった。えっとひと声呻《うめ》いてから、まじまじと笘篠を見つめる。

「本当ですか」

「いくら何でも、女房の顔を間違えたりはしませんよ」

「しかし事前の報告では、所持していた免許証の氏名も住所もあなたから聞いたままだと一ノ瀬さんが」

死体の主が奈津美でなかったことにひとまず安堵し、同時に落胆した。矛盾した感情が違和感なく同居するのは、震災被害者遺族以外には理解が難しいだろう。

「改めて検視結果を教えてくれませんか」

「死体は三〇代女性。免許証記載の生年月日を信じるなら三八歳だが、あなたの申告を聞いた後では信憑性《しんぴょうせい》に欠けるので年齢は特定しないでおこう。直腸温度から死亡推定時刻は昨日二八日の午後一〇時から一二時までの間、体表面に外傷はなし。眼結膜に溢血点《いっけつてん》なし。ただ、死体の近くには、中身の半分残ったオレンジジュースのペットボトルと市販薬の包装シートが落ちていたことから、中毒死の疑いがある。気仙沼署には司法解剖が必要だと報告しました」

「市販薬。そんなもので簡単に死ねるんですか」

唐沢は誰もが知っている鎮痛剤の名前を口にした。

「百ミリリットルも服《の》めば致死量。ジュースと混ぜれば飲みやすくなる。最近、じわじわと増えてきた事例です。自殺未遂者の話によると、ネットで楽に死ねる自殺方法として紹介されていたらしい」

「この女性も自殺でしょうか」

「それは何とも。いずれにしても司法解剖の結果を待ちたいですね」

必要なことだけ訊《き》き終えると、笘篠はテントの外で待機していた一ノ瀬を捕まえた。死体は妻とは別人だと伝えると、一ノ瀬も大層驚いた様子だった。

「死体が持っていた運転免許証を見せてくれ」

事態を把握した一ノ瀬はテントから離れ、警察車両へと向かう。ややあって戻ってきた一ノ瀬の手にはビニール袋が握られていた。袋の中には運転免許証が封入されている。

氏名　　　笘篠奈津美

住所　　気仙沼市南町２丁目○－○
　　　　昭和55年５月10日生

記載されている内容は笘篠がよく知る情報のままだ。交付年月日が震災発生の前年というのも記憶の通りだ。

ただし写真に写っているのは死体の主であって、やはり見たこともない女だった。

「まさか別人だったとは。笘篠さんに無駄足を踏ませてしまいましたね」

「お前には女房を会わせたことがなかった。氏名と住所だけ見て女房と判断したのは当然だ。気にするな」

「そうなると別の問題が発生します」

笘篠の肩越しに免許証を覗《のぞ》いていた蓮田が割って入る。言われるまでもない。この女は何者で、どうして奈津美の名前を騙《かた》っているのか。

「それにしてもよくできた運転免許証ですね。現物の写真だけを入れ替えたんでしょうか」

「いや、それはないと思う」

笘篠は言下に否定した。

「女房はいつも免許証を札入れの中に仕舞《しま》っていた。その札入れは家と一緒に流れている。万が一誰かが拾ったとしても、こんなに綺麗《きれい》なはずがない。海水や泥を吸って、たっぷり汚れていなきゃおかしい」

「どうしますか。ただの自殺でないのは判明しましたけど、運転免許証の偽造だけなら県警本部と合同で捜査するまでもないと言われそうですよ」

蓮田はちらちらと一ノ瀬を盗み見しながら言う。考えていることは手に取るように分かる。この件は気仙沼署に一任して笘篠は関わってくれるなと言外に匂わせているのだ。

思いは一ノ瀬にも伝わったらしく、かつての同僚も援護にかかる。

「そうですね。詳細は司法解剖待ちといっても自殺の線が濃厚ですし、ウチの署だけで手は足りますよ、きっと」

何も自分から古傷に触れることはない。二人が言いたいのはつまりそういうことだ。だが、女房の個人情報を勝手に使われた笘篠の腹立たしさには気づかないか、気づかぬふりをしている。

「別に合同捜査をする必要はない。女一人の自殺なら重大事件でもない。しかし一ノ瀬、免許証名義人の家族に事情聴取する必要はあるんじゃないのか」

「それはまあ、確かに」

「だから刑事としてではなく、いち関係者として捜査に加わる。もちろん県警本部には俺から話は通しておく。気仙沼署もそういう建前なら細かいことは言わんだろう」

一ノ瀬は露骨に迷惑そうな顔をする。

「笘篠さんが言い出せばウチの部長も無下に断るような真似《まね》はしないでしょうね。死んだ女の関係者でもありませんから、捜査に支障が出る訳でもありません。しかし……」

「しかし何だ」

「笘篠さん、県警本部だけでも結構案件を抱えているでしょう。ウチの事件に首突っ込むような余裕あるんですか」

内情を知ってか、一ノ瀬は痛いところを突いてくる。県警本部のお膝元である仙台市《せんだい》はいち早く復興の進んでいる地域だが、他県からの人の流入と同時に事件も増加した。捜査一課は常時人手不足の状況となり、笘篠自身県警本部に泊まりがけの日々が続いているのだ。

「俺の余裕をお前が決めるな」

笘篠は角が立たないようにやんわりと抗議する。

「お前だって、亡くなったご両親の名前を騙る人間がいたら、文句の一つも言いたくならないか」

一ノ瀬が痛いところを突いたことへの意趣返しではないが、笘篠の反論もまた彼の弱点に触れたらしい。一ノ瀬は辛《つら》そうに顔を顰《しか》めてみせた。

「切り返しの鋭さは相変わらずですね」

「お蔭様《かげさま》でな」

「知ってましたか。笘篠さんが県警本部に引っ張られた時、惜しむ声より安心する声の方が多かった」

「ずいぶん嫌われたものだな」

「いや、怖がられたんですよ」

一ノ瀬は冗談めかして笑うと、運転免許証入りのビニール袋を手に警察車両へと足を向ける。

「どうせ解剖報告書や鑑識報告書もご覧になりたいでしょう。わたしから部長に根回ししておきますけど、笘篠さんからも手を回しておいてください」

「迷惑を掛けてすまんな」

「いいですよ。免許証を見た時から覚悟していましたから」

一ノ瀬の姿が見えなくなると、蓮田が同情半分呆《あき》れ半分といった体《てい》の顔を向けてきた。

「気仙沼署の方は上手く丸め込めても、石動課長を説得できるとは限らないでしょうに」

「まあ、何とかなる」

石動への説得は避けられないことだが、仮に叶《かな》えられなかったとしても諦めるつもりは毛頭なかった。

一ノ瀬や蓮田は不明女性の自殺を気仙沼署の事件にしたがっているようだが、笘篠の気持ちは違う。

これは俺の事件だ。

2

蓮田とともに県警本部に帰着した笘篠は、石動のいる刑事部屋に向かった。

「全くの別人だったか」

報告を受けた石動はほっと安堵したようだった。妻の死体と対面させられて悲嘆に暮れる部下を見ずに済んだからだろうか。

「全くの別人だったことが逆に気になります」

気仙沼署の捜査に加わるなら、石動の言質《げんち》を取っておいた方がいい。合同捜査でもないのに所轄の捜査に首を突っ込むのだから、色よい返事があるはずもない。だがひと言添えると添えないとでは雲泥の差がある。

「何者かが妻の個人情報を悪用しています」

「そうだろうな。おそらく死体が持っていた運転免許証は偽造だろうが、個人情報がなければ偽造もできん」

「妻は著名人でもなければ金融機関の名簿に載るような資産家でもありません。全くの一般人です。そんな一般人の個人情報を入手できるのなら、今回と類似した事件が他にも発生している惧《おそ》れがあります」

「可能性の指摘については同意しよう。だが犯罪の抑止が我々の任務であっても、実際には起こった事件に対処するのがやっとだ。人手も慢性的に不足しているしな。行方不明の細君の件もあって気になると思うが、県警の捜査員が出しゃばるような事案ではない」

想像した通りの反応だったので、笘篠は却《かえ》って安心する。

「ただし、気仙沼署から協力を求められれば応じない訳にはいかない。所轄への捜査協力は我々の義務だ」

課長の立場では必要最低限の義務に言及するのが精一杯に相違ない。それも笘篠には織り込み済みだった。

石動の歯切れが悪いのは、同じ東北人同じ警察官でありながら震災被害に遭ったか否かの差があるからだと笘篠は考える。誰もが肌で感じているにも拘わらず、口に出そうとしない差異が歴然と存在する。

災いは公平ではない。あれだけ大規模な災害であっても、被災した者と免れた者がいる。多くのものを失った者と何も失わなかった者がいる。優越感と劣等感、同情と失意、安堵と嫉妬、両者には立場を異にした精神的な対立がある。敢《あ》えて口にしないのは東北人ならではの我慢強さと礼節が働いているからに過ぎない。

人為では避けられなかった悲劇だったから、失うものがなかった者は失った者に罪悪感がある。被害を免れたことに引け目を感じる。不合理で意味のない配慮だが、だからこそ人間らしい弱さとも言える。

石動の自宅マンションは仙台市内にあって、地震の直接被害もなければ家族の被災もなかった。被害に遭わなかったのはただ運がよかっただけだ。しかし彼の部下に被災者が少なくなかったため、震災当時は捜査員との接触に難渋していたのが傍目《はため》にも明らかだった。

「くれぐれも優先順位を間違えないでくれ」

最後に釘《くぎ》を刺すのも忘れない。人情を垣間見せながら組織の論理を決して蔑《ないがし》ろにはしない。こうした頑なさも笘篠は嫌いではなかった。

「一課に迷惑をかけるような真似はしませんよ」

笘篠もまた組織の論理で報告を締める。形式には形式で返すのが礼儀だった。


二日後、一ノ瀬から電話連絡がきた。

『司法解剖の報告書が上がってきましたよ』

報告書自体はデータ化して送信するのも可能だが、送信記録が残れば一ノ瀬に迷惑が掛かる惧れがある。

「時間を都合して、そっちへ行く」

抱えている事件の捜査を早めて時間をこしらえようと努める。尋問やら証拠調べやら一つ一つの捜査を疎《おろそ》かにするつもりは毛頭なかったが、傍《はた》からはオーバーワークに見えたのだろう。蓮田が小声で話し掛けてきた。

「わたしにできる仕事だったら遠慮なく回してくださいよ」

蓮田の厚意でわずかながらの余裕ができると、気仙沼署に急いだ。

「唐沢検視官の見立て通りでしたよ」

一ノ瀬の説明を聞くのももどかしく、笘篠は解剖報告書に目を通す。要点は以下の通りだった。

（1）直接の死因は循環障害である。
（2）胃の内部に軽度の糜爛《びらん》が認められ、薬毒物が経口的に摂取されていることを示している。
（3）剖検に際しては胃および腸内容物、骨格筋、脂肪組織から試料を採取し、薬毒物分析を行った。まず予備試験においてトライエージで測定。その後、本試験では薄層クロマトグラフィーを採用した。
（4）右分析の結果、試料からはフェニルピラゾロン系（アミノピリン）が検出された。

「薬毒物については詳述をもらいました。フェニルピラゾロン系薬物は中枢神経機能を抑制し、傾眠から昏睡《こんすい》に至る意識障害、呼吸困難、循環障害を生じる成分を含有しています。大量使用時は昏睡状態となり、やがて死に至ると」

「死体の脇に落ちていた市販薬の成分と一致しているのか」

「ええ、見事に。薬と毒は量的な違いでしかないのは承知していますが、こんな危険な薬物を市販している現実がちょっと恐ろしいです。この市販薬、今でもバンバンCMが流れているでしょう」

一ノ瀬は包装シートの写った現場写真を指で弾いてみせる。

「包装シートからは本人の指紋のみが検出されている。死体の転がっていた周辺には本人の足跡しか残っていない。本人は午後一〇時から一二時までの間、一人で海岸にやってきて服毒自殺に及んだ……これがウチの署の下した判断です」

現場の状況と解剖報告書を照らし合わせれば当然の判断だった。だが問題の本質はそこではない。自殺した女の素性と奈津美の個人情報をどこから入手したかだ。

「女性の指紋をデータベースで照会しましたがヒットしませんでした」

「少なくとも前科はなかったんだな」

「署では顔写真を公開して広く情報を集める方針です」

「偽造免許証の出処《でどころ》は判明したのか」

「そっちの分析も終わっています。どうやら3Dプリンターで作ったらしく、ICチップこそ埋め込まれていませんけど、それ以外は真正の免許証そっくりに仕上げています。こんなものが素人でも作れるっていうんだから、我々警察にはやりにくい世の中です」

全くだ、と笘篠も同意する。新技術とともに犯罪の手口が進化する。それに対して警察の捜査能力は常に後手に回る。ようやく警察にノウハウが蓄積されたと思えば、相手は更に新しい技術を導入してくる。最初から追う側の不利を前提とするイタチごっこだった。現に3Dプリンターのメーカーも種類も市場に溢《あふ》れているのに、科捜研ではプリンター毎の特定法が未だ確立していないという。だから件《くだん》の免許証が3Dプリンターで作られていることは分かってもエンドユーザーまで辿《たど》るのが困難になっている。

「住所・氏名を偽っているくらいですから可能性は低いんですが、やはり行方不明者届の中にも該当者は見当たりません。歯型で特定できないか警察歯科医にも資料を回しているんですが、こちらも反応がありません」

「自殺当日の彼女の足取りから何か摑《つか》めないか」

「地元の人間ではなさそうですし、タクシー会社や気仙沼駅の駅員に地取りをかけていますが現時点で彼女の目撃情報は得られていません」

つまりはないない尽くしということだ。それなら自分が思っていることを口にしても邪険にはされないだろう。

「素朴な疑問がある」

「聞きましょう」

「どんな事情かはともかく、服毒自殺しようとする女がどうして海岸なんかを選んだと思う。普通なら自宅かホテルの一室を選ぶんじゃないのか。いくら深夜でも、海岸じゃ誰が立ち寄るかも分からない。その点、部屋の中なら邪魔者は入らない」

「たまたまホームレスに近い状況だったんじゃないですか」

「死亡時の所持金は」

「財布の中には二万六七五〇円残っていました」

「それだけあればビジネスホテルに泊まれるだろう。ところが女は海岸を死に場所に選んだ。何故だ」

問われた一ノ瀬はしばらく考え込んでいたが、適した回答を思いつけないらしく首を振る。

「それほど女心を知っている訳じゃありませんけど、たとえば本人にとって思い出の場所だったとかじゃありませんか」

「女心が分からないのは一緒だな。俺もそう思う」

「でも、現場周辺の訊き込みをしている最中ですが、彼女を知っている住人は今のところ皆無です」

「彼女を知る人間が流されちまったのかもな」

自分で喋《しゃべ》りながら虚《むな》しさを覚える。あの大津波が流したものは人や家屋だけではない。記憶まで奪い去ってしまったのだ。

「勘なんだが、自殺した女は気仙沼に何らかの関わりがあったとしか思えない」

「わたしもそう思います」

「不遜な話だが、本人が何かの容疑でパクられていたらいいんだが」

「一番確実な個人識別が警察のデータベースというのは皮肉としか言いようがありませんね」

「あの辺は俺が前に住んでいた地域だ。知り合いもまだ残っている。俺が訊き込みしても構わないか」

「駄目だと言ったところで、はいそうですかと諦める人じゃないでしょう。以前の居住者が隣近所と世間話するのを禁ずるのは難しいですよ」

「すまない」

ひと言残して、笘篠は気仙沼署を出た。

足は自《おの》ずとかつて自分の家があった場所に向う。県道二六号線を北上し、大川《おおかわ》を越えて観音寺《かんのんじ》を過ぎる。海岸に近づけば近づくほど、至るところに更地が目立ち始める。

気仙沼市南町。

あの日以来、すっかり足が遠のいてしまった。家族と家を失った者はそれこそ日参しているというのに、笘篠ときたら仕事の忙しさにかまけて年に一度か二度訪れるだけだった。

いや、忙しさは言い訳に過ぎない。辛い現実に向き合うのが怖かったのだ。

南町は気仙沼市の中でも特に被害が甚大だった場所の一つだ。住民たちの中にはアメリカの同時多発テロ現場に倣って、〈気仙沼グラウンドゼロ〉と名付けた者もいる。

昨年オープンしたばかりの紫《むらさき》神社前商店街に続き、南町海岸では市が観光交流拠点として二階建ての商業施設を建設中だ。しかし海岸側は広漠と更地が並び、だだっ広い砂利の上に数台の重機がぽつねんとして見る者の心を寒々とさせる。

ここに笘篠の家があった。

民家と商店が混在し、港町ならではの賑わいがあった。決して派手ではないが、漁の獲《と》れ高に一喜一憂する暮らしがあった。警察官である笘篠の一家も地域の空気に同化していた。

その家も、今は基礎から姿を消していた。

敷地の境界線すら分からぬ砂上に立ち、笘篠は寄せ来る無常感に抗していた。長らく訪れなかったこと、自分一人だけが残ってしまったことが自責の念となって重く伸し掛かる。

しばらく立ち尽くしていたが自然に膝を屈し、腰を落とした。

女房の奈津美と一人息子の健一《けんいち》。健一はまだ話すことすらできない幼児だった。こうして跡地の前にいると、いくら振り払っても二人の顔が瞼《まぶた》に浮かんで消えようとしない。

あの日の朝、交わした言葉の端々が甦《よみがえ》る。

「そろそろ写真の準備しなきゃね」

忙《せわ》しなく目玉焼きを口に運んでいると、奈津美が話し掛けてきた。

「写真。何の」

「決まってるじゃない。健一の一歳記念の写真」

「いちいち、そんなもの撮るのか」

「当たり前。一生に一度なのよ」

面倒臭さが先にあった。元々、笘篠自身はこまめに写真を残しておく男ではない。卒業式はおろか警察官を拝命した時ですら撮らなかった。残っているといえば結婚式の写真くらいだ。

「玄関先で撮るか」

「何言ってるの。ちゃんとした写真屋さんに撮ってもらうの。ほら、並びにある佐藤《さとう》写真館。そろそろ予約入れておかないと先約でいっぱいになっちゃう」

「写真館で撮るヤツなら時間もカネもかかるだろ」

「おカネはピンキリだけど、所要時間はどの価格帯も変わらないみたい。大体一時間前後だって」

「今、忙しいんだ」

つい、いつもの言葉が出た。家の面倒事から逃れる時の決まり文句だった。

「事件を五つも抱えている。いつ休めるか分からないし、休んでいても急に召集が掛かる。写真館で撮るなら俺抜きで撮ってくれ」

さすがに奈津美が色をなした。

「子どもの記念日なのよ。家族写真に父親が写っていないなんて、どんな家庭かと思われる」

「警察官の家庭と言えばいい。それで大抵の人間は納得する」

「他人様は関係ないでしょ」

いつもと違い、この時ばかりは奈津美も引き下がらなかった。

「ただでさえ健一と触れ合う機会が少ないっていうのに、その上写真まで一緒に撮れないだなんて。母子家庭と同じじゃないの」

「母子家庭でどうして専業主婦やっていられるんだ」

奈津美の表情が固まる。瞬間、禁句を口にしたと後悔したが後の祭りだった。

「おカネさえウチに入れればいいと思ってるの」

「そうは言っていない」

このまま話し続けていれば喧嘩《けんか》になるのは目に見えていた。

「家族を支えるために仕事しているんだ」

「だったら、いったいどんな優先順位なのよ。一番は家庭なの、それとも仕事なの」

「家庭に決まっているだろ」

「それなら写真撮るための一時間くらい何とでもなるでしょ」

互いの言葉が尖《とが》ってくる。急《せ》いているのも手伝って文言が短くなるから、どうしても乱暴な物言いになる。

「その一時間で犯人が逮捕できるかどうかが決まってくるんだ」

「犯人と健一のどっちが大事なのよっ」

「そんなもの比べられるか。いったい誰のお蔭で飯が食えると思ってる。俺がちゃんと仕事をしているからじゃないか」

「そう言うけど、あなた育児なんて何もしてないじゃない」

「俺が外で仕事してるんなら、家のことはお前の仕事だろ」

「あたし一人で責任持てって言うの。それで父親って言えるの」

「もういい」

これ以上続ければ怒鳴り合いから摑み合いになる予感しかしない。笘篠は半ば逃げるようにしてキッチンを出た。

手早く身支度を済ませて玄関まで来ると、後ろから奈津美が追いかけてきた。

「何をそんなに急いでるのよ」

「人手も時間も足りない。何度言ったら分かるんだ」

「せめて健一の顔を覗いてやってから」

「行ってくる」

玄関を出る時、後ろも見なかった。

それが奈津美と交わした最後の言葉だった。

ぎすぎすした言葉の応酬が最後になるなどと、どうして予想がついただろう。笘篠は幾度も後悔した。今生の別れが捨て台詞《ぜりふ》になってしまった。言い直しは利かない。記憶からも消せない。

最悪の場面が最悪の言葉で刻まれる。

最後の瞬間くらい笑えればよかった。

最後の言葉くらい穏やかであればよかった。

しかし、もう取り返しはつかない。

笘篠は不意に理解した。自分が奈津美の生存に執着している理由の一つは、あの日のやり取りを修正したいからに相違なかった。奈津美や健一との別れが、あんなかたちであることに耐えられないからだった。

茫然《ぼうぜん》と更地を眺めていると、俄に目の前が熱くなってきた。

まずい。

周りに人目はなかったものの、慌てて立ち上がって空を見上げる。

震災の日の鈍色《にびいろ》ではなく、雲一つない青空が広がっていた。

あの日、笘篠はテレビの画面で気仙沼湾岸が津波に襲われる光景を目撃した。見覚えのある風景が次々と濁流に呑み込まれていく。流されていく家屋の中に笘篠の家も含まれていた。あの海の黒さは今でも網膜に焼きついている。

チクショウ。

いついかなる時も自然は人の心に無関心だ。

胸まで込み上げていた思いがようやく収まると、笘篠は今来た道を引き返した。

自殺した女の境遇は未だに不明だ。自死を選ぶからには同情すべき点もあるに違いない。

それでも奈津美の名前を騙っていたことだけは、どうしても許せなかった。

3

翌日はちょうど非番だったので、笘篠は再び南町に舞い戻った。

既に気仙沼署の捜査員が訊き回った後だろうが、訊かれる側も初対面と顔馴染みでは反応も違ってくる。何より同じ町で同じ被害に遭ったという仲間意識が唇を滑らかにしてくれるはずだった。

最初に訪れたのは海岸近くの理容店〈佐古《さこ》理容店〉だ。自宅から近いこともあり、笘篠の行きつけの店でもあった。

プレハブだが、中に入ってみるとバーバーチェアも道具も揃《そろ》っている。

「おや、笘篠さんじゃないか」

奥から出てきた佐古は、笘篠を見るなり懐かしそうに顔を綻ばせた。

「七年ぶりかね」

「ご無沙汰しております」

家が津波に流され、奈津美と健一を捜しに周辺をうろついたのは一週間ばかりだった。遺体収容場所となった〈すぱーく気仙沼〉にも一度だけ足を運び、いよいよ二人が行方不明となると日常業務に戻った。二人の身体を捜す作業よりも犯罪捜査をしていた方が精神的苦痛を味わわずに済んだからだ。

笘篠は逃げたのだ。

公務に戻るのは義務だ。だが義務という免罪符を得て、官舎を住まいに提供されたことも手伝ってその後は南町を訪れることがなかった。

「理容店を再開しているとは思いませんでした」

「他にできることもないからね。それに、家も土地も人がいなけりゃ寂れるばかりだよ」

新たにプレハブを建てたり道具を揃えたりすれば、国からの援助だけでは足りないのではないか。当然の疑問が湧いたが、この手の話には慣れているのか佐古は事もなげに内情を打ち明ける。

「建物が全壊して、生活必需品やら引っ越し費用の名目で二〇〇万円ほど支給された。あとはまあ、借金だよ」

佐古は六〇を過ぎているはずだ。そんな齢《よわい》で新たな借金を背負ってまで南町に住み続けるには、よほどの覚悟が要る。笘篠は胸の裡《うち》で佐古に敬服の念を抱く。

佐古が失ったのは店舗だけではない。以前〈佐古理容店〉は夫婦で経営していた。二〇一一年三月一一日金曜日、佐古は妻を留守番に残し用事で三日町《みっかまち》に出掛けていたのだが、それが夫婦の運命を決定づけた。

笘篠と佐古には妻を失くしたという共通点がある。しかし佐古の場合は、変わり果てた姿とはいうものの妻の身体が見つかっている。佐古は少なくとも諦めがついている。もっとも諦めがつくのが幸いかどうかは別の問題だ。

「あの後、すぐ県警本部へ異動になりました」

「それは警察の非情さなのかね。それとも温情なのかね」

震災被害のあった地に留まり復興を目指すのと同等に、別の場所で新生活を始めるのも残された者の務めだ。もちろんその選択は本人に委ねられているが、笘篠の場合は県警の辞令が背中を押してくれた面がある。

「県警の関係者にも被害を受けた者は少なくなかったですよ」

「情実を踏まえた人事なら有難い話なんだけどねえ」

佐古はどっちつかずの物言いをする。一方的に決めつけようとしないのは相変わらずだった。

「今日はどうしたんだい。ひょっとしてまた異動で舞い戻って来られたのかい」

「生憎《あいにく》、仕事ですよ。先日、この先の海岸で女性の死体が発見されたでしょう。生前の彼女を目撃した人を捜しています」

佐古はああと呟《つぶや》いてから、笘篠をバーバーチェアに誘《いざな》う。

「いや、仕事中なんですよ」

「最近、鏡を見たことがあるのかい。黙って座りな。髭《ひげ》を当たるだけだからタダにしてあげるよ。第一、相手が座ってないと話しにくくてしょうがない」

抵抗して佐古の機嫌を損ねたら藪蛇《やぶへび》なので、おとなしく従うことにした。

鼻の下から頰、そして顎までをシェービングクリームで覆ってから、熱々のタオルで蒸す。久しぶりの快感に表情筋が嬉《うれ》しい悲鳴を上げそうになる。たっぷり湿らされた頰と顎が外気に冷やされたかと思うと、温《ぬる》めのシェービングクリームが再び塗られる。

「警察っていうのは誰も彼も律儀なもんだね。死体が発見された当日には気仙沼署の刑事さんがウチにもやってきたよ。こういう人、見掛けませんでしたかって。気仙沼署の刑事さんが訊き回っているのは当然としても、どうして笘篠さんがやってくるのかねえ」

とぼけようとしたが、頰にカミソリを当てられていては碌《ろく》に声も出せない。

「さっきは仕事だって言ったけどさ。ただの自殺ならわざわざ宮城県警の刑事さんが足を運ぶもんかね。死んだ女が自分に関係しているからじゃないのかい」

「違います」

頰からカミソリの刃が離れたのを見計らって短く受け答える。

「じゃあ、どうして。七年もご無沙汰だったのに、急に懐かしくなって戻って来たって訳かい」

「気仙沼署の捜査員は女性の写真を見せただけでしたか」

「あとは着ていた服と背格好だけだね」

再び刃が皮膚を撫でる。

「発見されたのが朝の五時っていうじゃないか。いつ死んだかなんて知らないけど、だったら前の日の夜から当日朝にかけて海岸に辿り着いたんだろうね。昔みたいに通りが飲み屋で賑わっていたら深夜に彼女を見かけた客がいたかもしれないけど、今はこんな状況だからね」

海岸前で開店している飲み屋は一軒きりで、しかも深夜ともなれば店舗も民家も少ない南町では人通りも絶えるに違いなかった。

「ここで床屋を開業して三〇年以上になる。ご近所なら他所《よそ》に移った人間だってほとんど憶《おぼ》えている。だから俺の証言はそれなりに信憑性があると思うよ」

佐古はカミソリを遠ざけて発言の機会を与えてくれた。こうなると軽い拷問でも受けているような気がしないでもない。

「さあ言っちゃいなよ。どうして笘篠さんが捜査に参加しているか」

「名前を盗まれました」

笘篠の家族構成を知る佐古には打ち明けても構わないだろう。

「死んだ女性は女房の名前を名乗り、住所も南町の自宅になっていたんです」

「納得した」

仕事はさすがに熟練の腕だった。カミソリが肌を滑ると、空気に触れた部分から剃《そ》れているのが分かる。

「死んだ女が奥さんに関係しているかどうかを探っていたって訳か」

「佐古さんは、写真の女性に見覚えがあったんですか」

「ないよ。全然見たことのない女だった」

「証明写真は実物と印象が違って見えることも多いですよ」

「客商売を舐めてもらっちゃ困る。しかも床屋なんだよ。髪型変えたくらいで人を見間違えるなんてしないよ。あの女は、少なくとも南町に住んでいた人間じゃない。もっとも三〇年間、家ン中に引き籠もっていて、一歩も外に出なかったというんなら別だけどさ」

カミソリを当てた後はアフターシェーブローションを塗り込んだ手で、剃り跡を撫でていく。大きくふにゃふにゃと柔らかい手で撫でられると、ささくれ立っていた心の角が取れたような気分になった。

「ご協力ありがとうございました。あと、髭の方も」

「こういうのは他人が口出しすることじゃないんだけどさ」

佐古はタオルで手を拭きながら独り言のように呟く。

「笘篠さんはあまり深く関わらない方がいいんじゃないかな」

多くを語らずとも、佐古の言わんとすることは痛いほど分かる。

「何て言うかさ、いなくなった者に引き摺《ず》られるのは良いことじゃないよ。まあ、俺の場合は女房が早くに見つかったから、こんな無責任なことが言えるのかもしれないけど」

「無責任だなんて思っていませんよ。お心遣い、ありがとうございます」

「刑事に向かって調べるな、なんて言うのは床屋に散髪するなって言うようなものなんだけどね。いやホント、お節介にも程があるよな」

お節介というよりは相身互いなのだろうと思った。

「とにかく海岸で死んだ女は南町には縁のない女だった。それだけは確かだよ」

「感謝します」

「あのさ、笘篠さん」

ドアを開けた笘篠の背中に佐古の声が被さる。

「くどいようだけど、自分を責めるような真似はやめときなよ。この町に住んでいた人間は誰も彼も散々自分を責めてきた。やっと固まりかけた瘡蓋《かさぶた》を剝がすのはやめようよ」

背中で受けた言葉が内腑《ないふ》に沁みる。はい、と小さく答えて笘篠は店を出た。

理容店を出た後、やはり昔馴染みの中華料理店と居酒屋を訪ねてみたが、前日も当日も件の女は見かけなかったという。実りのない訊き込みだったが、それより堪《こた》えたのは各々の店主が佐古と同様の慰め方をしたことだった。

不明女性の件は一時も頭を離れなかったが、笘篠の立場はただの協力者に過ぎない。今日も別事件の捜査で覆面パトカーを走らせながら、女性の身元について思いを巡らせる。

死体発見から一週間が過ぎようとしているのに、その身元確認は遅々として進まなかった。報道機関を通して写真を公開したが、市民からの通報は未だ一件もない。二〇一八年一月一日時点、仙台市の人口は一〇八万七〇九一人、宮城県全体では二三二万八九三人にも上る。たった一人の身元を捜し出すのは、それこそ干し草の山から針を見つけるようなものだった。

唐沢の検視で歯の治療の痕跡が認められ、その方面からの情報提供が期待されたが、警察歯科医からの反応は未だにない。震災被害の際、カルテとの照合は個人の特定に大きく寄与したが、カルテの保管年限は最終診療日から五年となっている。不明女性の治療日がそれ以前であった場合、カルテは廃棄されている可能性が大だ。

所持品より身元を探る手立ては早々から困難が予想された。何しろ不明女性の所持品ときたら腕時計くらいのもので、バッグはもちろんスマートフォンすら見つかっていない。解剖の結果からは自殺の線が濃厚であり、自殺ならば携帯端末を含め所持品はこの世の未練とばかり、どこかに捨てたと考えられる。現在、気仙沼署の捜査員が南町周辺を捜しているが、不明女性の所持品と思われるものは口紅一本見つかっていない。

携帯端末さえ発見できれば、との思いは気仙沼署の捜査員も笘篠も同じだろう。端末情報から早晩身元は割れ、関係者の話を聞ければ自殺の動機も明らかになる。昨今において携帯端末こそは個人情報の集積であり、最大の身分証明書に他ならない。言い換えれば、携帯端末の不在は途端に個人の特定を難しくする。

人一人の素性を明らかにするのがこれほど困難だとは。口に出さないまでも当惑していると、隣でハンドルを握っていた蓮田が正面を向いたまま声を掛けてきた。

「例の、海岸で見つかった女の件ですか」

笘篠は無言で頷《うなず》く。長い間一緒に仕事をしていると、顔色や雰囲気だけで考えが伝わることがある。相棒と夫婦は似ているのかもしれない。

「もう一週間ですね」

「まだ一週間だ」

強がりに聞こえたのか、蓮田はわずかに苦笑する。

「わたしも時々、考えます。人の素性なんて案外簡単に分からなくなるものなんですね。所持品なし、データベースでヒットなし。本人の死体が目の前にあるっていうのに、未だに我々は彼女の本名すら知らない」

「ただ、そこにいるだけじゃ駄目なんだ」

「何が駄目なんですか」

「名前を持った人間として認識されるには身体が存在するだけじゃ不充分なんだ。記録と記憶の両方が要る。そいつが存在するという公的な記録、つまり戸籍を基に発行される各種証明書。それからそいつを見たり話したりしたことがあるという他人の記憶。その二つがないと、ここに立って息をしていてもそいつは存在していないことになる」

「……時々、笘篠さんは哲学めいたことを言うんですね」

「別に哲学じゃない。現に死体で発見された女は記録も記憶もないせいで、身体はあるのに存在を証明できないだろ」

そして逆の場合もある。

奈津美も健一も、あの日から還らない。だが住民票の上ではまだ生存し、何より笘篠が二人を憶えている。記録と記憶の二つがある限り、二人はいつまでも生き続けることができる。

「それはそうと南町の訊き込みは進んでいるんですか。笘篠さんも訊きに回っているんですよね」

「ああ、一応な」

「一応って……らしくない言い方をしますね」

目ぼしい成果が何もないばかりか、訊き込みの相手に慰められてばかりなのだから立つ瀬がない。笘篠にしてみれば虚勢を張るのがやっとだった。

「津波被害の甚大だった南町に、未だ住み続けている住民たちが揃って同じ証言をした。死んだ女に面識はない。前日も目撃しなかった。海岸を死に場所に選んだが、女がここの出身だと思えない」

「海岸で死のうとしたのには、それなりの理由があると思うんですけどね」

「南町に縁のない人間が海岸を死に場所に選んだというのなら、また別の疑問が湧いてくる。女の死亡推定時刻は二八日の午後一〇時から一二時までの間だから、海岸前の通りを歩いていた頃は店も閉店しているし、あの辺りは街灯もない。ほとんど真っ暗だ。土地勘もない他所者がどうやって海岸まで辿り着いた。言っておくが、海岸の方向を示す標識の類もその時間には闇に紛れるから役に立たない」

「潮の香りを嗅ぎつけたとか」

「潮の香りなら町中に蔓延《まんえん》している。波の音を聞きつけた可能性も低い。死亡推定時刻、海は凪《なぎ》の状態だ」

「……降参です。笘篠さんには仮説があるんでしょ」

「仮説もクソもない。鼻が詰まっていようが耳栓をしていようが、行き先を教えてくれる便利なものをお前も持っているじゃないか」

「ああ、スマホですね。でも、死体はスマホもケータイも持っていなかったんですよ」

「海岸に向かう途中で捨てたか、あるいは海に放り投げたか。大体、あの年代の女が携帯端末の一つも持っていないはずがない。どこかで処分したと考える方が自然だ」

「スマホのナビを使って海岸に辿り着いたと仮定すると、海に放り投げた可能性が大きいですね」

「女の力でスマホをどこまで遠投できるかは意見の分かれるところだろうが、ダイバーの助けを借りてでも海の底を浚《さら》う必要はあるだろうな。気仙沼署もそこまで本腰を入れていないと聞いている」

「でしょうね。現場周辺には本人の足跡しか残っていないし、死因は服毒です。自殺の原因を探るためだけにカネやヒトは使いたがらないでしょう」

気仙沼署にその気がないのなら、自分がダイバーになってもいい――およそ無理筋な話を思いついた時、胸ポケットのスマートフォンが着信を告げた。相手は気仙沼署の一ノ瀬だ。

「はい、笘篠」

『一ノ瀬です。今、よろしいですか』

「いつでも結構」

『例の自殺した女の件で市民から通報がありました。ひょっとしたら店で働いている女の子じゃないかって』

南町での訊き込みもスマートフォンも、一瞬で思考から飛んだ。

「本当か」

『通報は今しがたです。これから通報先に向かうところなんですが、笘篠さんに一報入れておこうと思いまして』

「俺も合流する」

横にいる蓮田の存在は頭になく、咄嗟《とっさ》に口をついて出た。

「場所を教えてくれ」

『気仙沼市内ですよ』

一ノ瀬が告げる住所を頭に叩き込み、肝心なことを訊いていないのに気づく。

「何の店に勤めていたんだ」

『デリヘルです』

その答えもまた笘篠の心を掻き乱す。

通話を切ると、蓮田が話し掛けてきた。

「今回の笘篠さんは異例づくしですね」

「悪いが最寄りの駅で下ろしてくれ。課長には俺から後で報告しておく」

「気仙沼署に合流するんですよね。電車を乗り継いでいっても間に合わんでしょ。現場までお伴しますよ」

「悪いな、この借りは必ず」

「仕事で返すって言うんでしょう。大賛成ですね。さっさとそっちの事件を解決して、通常運転に戻してください」


一ノ瀬が告げた住所は気仙沼市赤岩杉ノ沢《あかいわすぎのさわ》、バイパス近くの雑居ビルだった。何と気仙沼署の目と鼻の先にあり、灯台下暗しとはこのことかと思う。

律儀にもビルの前で待機していた一ノ瀬と合流する。

「庁舎の至近距離で風俗店の営業とは。オーナーはよほどの豪胆か、さもなきゃ大馬鹿者だな」

「デリヘルといってもコンパニオンを派遣する無店舗型ですからね。このビルにあるのは事務所だけですよ」

見渡せば彼方には中学校の校舎も見える。

事務所はビルの三階にあった。ドアには目立たない大きさで〈貴婦人くらぶ〉と安っぽいプレートが掲げられている。

笘篠たちを出迎えたのはオーナー兼店長の栗俣友助《くりまたゆうすけ》という男だった。腰の低い優男で、ワイシャツ・ネクタイ姿は、普通のサラリーマンで通りそうだった。

事務所は1LDKほどの広さで、コンパニオンの写真もなければ経験不問・高収入を謳《うた》う募集のポスターもない。事務机一台に椅子が三脚、殺風景この上ない部屋が栗俣の城だった。

「震災で、勤めていた水産加工の会社が潰れちゃいましてね」

一瞬で職を失った栗俣だったが、幸いに蓄えがあったので起業を思い立ったらしい。

「あんな被害の後だったので、もう海を相手にする稼業はこりごりだと思ったんですよ」

「しかし水産加工から風俗というのは、思い切った転職ですね」

ここでの仕切りは本来の担当である一ノ瀬の役で、笘篠はあくまでも補佐に回る。

「傍目には反社会的勢力との絡みやら何やらを想像して腰が引けちゃう人が多いんでしょうけど事務所一つ、電話一本、パソコン一台あれば開業できる仕事ですからね。無店舗型性風俗特殊営業の届け出をしてホームページを作ったら、後は求人と広告を掲載すればいい」

「聞いていると、ずいぶん簡単そうですね」

「敷居はそんなに高くないんです。ただし開業してからが大変ですね。女の子のレベルをキープした上で、どこまで独自性を出せるかが勝負になります」

「しかし一口にレベルをキープするといっても、一人一人サービス内容を教育するのは大変じゃないですか」

「別にわたしが手取り足取り教える訳じゃありません。応対やそういうテクニックは女の子任せです。第一、面接時に印象が良さげな女の子だけ採用すればいいんですから」

楽観的な物言いに引っ掛かりを覚える。一ノ瀬も同様だったらしく、質問の口調がわずかに尖る。

「まるでひっきりなしに応募があるような言い方ですね」

「実際、応募はひっきりなしなんですよ。開業する前はこんなに女の子が集まるなんて予想してなかったんですけど、同業者によると震災以降急に増えたらしいです。津波は建物や人ばかりじゃなく、仕事も流してしまったんですよ」

実直な喋り方が余計に堪えた。飲食と性に関わる商売は常に需要がある。主幹産業が壊滅状態となった街で女たちがそうした職業に群がるのも無理のない話だった。

「通報してくれた件の女性もそのうちの一人ですか」

「ああ、そうそう、ナミちゃんの件でしたね。すみません、つい自分語りになってしまって」

ナミというのが不明女性の源氏名らしい。別人とはいえ女房を馴《な》れ馴れしく源氏名で呼ばれるようで抵抗があった。

「公開された写真を見て、ぴんときました。面接時には本人確認のために運転免許証と住民票を提示してもらうんですが、その時に見た写真と同じ顔でしたからね」

「住民票の住所地はどうなっていましたか」

「免許証記載の住所と同一だったと思います。もし相違があれば、その場で確認しているはずなので」

「他に履歴書とかは持参しませんでしたか」

「こういう仕事の面接に履歴書は持ってきませんよ。普通、面接前に問い合わせがあるんですけど、必要書類は本人確認できる証明書と住民票だけだと伝えます」

「面接では詳細な本人情報を聴取しますか」

「シフトを組んだり、出勤回数を決めたりするために求人に応募した理由と出勤可能時間は訊きますね。ナミちゃんは震災で職を失い、シングルマザーなので尚更生活費が必要という話でした。昼の仕事はないという話だったので、週五日フルタイムのシフトでしたね」

「どんな女性でしたか。自分からプライバシーを話すことはありましたか」

一ノ瀬の質問の主旨は説明不要だった。日常会話の中から、女の素性を示す手掛かりを探そうという目論見だ。だが、この試みは水泡に帰す。

「話好きという感じはしませんでしたね。それにいったん採用が決まれば女の子は電話かメールで派遣先に向かうだけであまり事務所には顔を出しませんから、話をする機会なんてほとんどなくなっちゃうんです。どんな女性かって……うーん、時々ドタキャンしたり、お客さんと小さいトラブルを起こしたりというのはありましたけど、まあこの業界では許容範囲なんで特筆すべき点じゃありませんね。できれば早く他の仕事を見つけたいという態度はありありでした。しかし、この辺りでフーゾク以上に実入りの良い仕事なんてなかなかありませんから、訳ありの人間はどうしたって辞められないんです」

奈津美の名前と住所を騙っていた女だから、シングルマザーという自己申告も怪しいものだ。

やがて質問は核心に向かう。

「五月二八日は出勤日だったんですか」

「ちょっと待ってください」

栗俣は事務机の上にあるキャビネットからファイルを取り出し、ページを繰る。どうやら当日の予約を確認しているらしい。

「ああ、ありました。五月二八日は午後に二つの予約が入っていますね。二つとも終了連絡をもらっています」

「最後の派遣は何時予約ですかね」

「午後七時となっています。派遣先は市内のビジネスホテルですね。終了連絡は午後九時です」

笘篠と一ノ瀬は顔を見合わせる。午後九時に接客を終えてから南町の海岸に直行したと仮定すると、死亡推定時刻の午後十時にぴたりと計算が合う。

「客の連絡先は分かりますか」

「こういう予約はほぼ偽名ですよ。ケータイの番号もいつまで有効なんだか」

「構いません。捜査にご協力ください」

しばらく栗俣は逡巡《しゅんじゅん》している様子だったが、風俗業を営んでいる手前、警察に逆らわない方が得策だと判断したらしい。自分自身を納得させるように頷くと、ファイルをこちらに差し出してきた。

「ウチが情報提供したことは何卒《なにとぞ》内密にお願いしますよ」

内密にするのは一向に構わないが、デリヘル嬢との逢瀬《おうせ》を愉《たの》しんだと知られた時点で、客が店を疑うのは避けられない。栗俣の立場も理解できるが、無理な注文と言わざるを得ない。一ノ瀬も承知しているので、明言しないままファイルの情報を写し取る。

「ナミちゃん、自殺だったんですか」

不意に栗俣が質問を投げて寄越した。いち早く反応したのは笘篠だった。

「どうして自殺だと思うのですか」

「他人に恨まれるような子じゃなかったからです。単純に」

栗俣の口調は今までと打って変わって真面目なものだった。

「自殺をほのめかすような発言があったんですか」

「そういうのは全くありませんでした。ただですね、色々とオープンな世の中ですがフーゾクに勤めようなんて子はやっぱりそれなりの事情を抱えていることが多いです。ナミちゃん、容姿は十人並みで、特別愛想がいい訳でも、人一倍エッチが好きというタイプでもありませんでした。そんな子が週五日もデリヘル嬢しなきゃならない。他の女の子も似たり寄ったりです。他に条件のいい仕事があるなら絶対にウチの門を叩こうとはしなかったでしょう。時折、業界仲間から東京のフーゾク事情を聞くことがありますけど、小遣い稼ぎだとか趣味と実益を兼ねてだとか被災地に比べるとまるで別の国の話ですね」

言葉の端々に口惜しさと諦観が滲《にじ》む。取り締まる側と取り締まられる側の立場を越えて、被災地に住まう者の恨み節が伝わってくるようだった。

「何人かのデリヘル嬢は東京に行ってしまいました。オリンピック景気で被災地に常駐していた労働者が一斉に東京の現場に引き抜かれて、その後を追うようなかたちですね。いったい東京というのは何様なんでしょうねえ」

口にこそ出さないものの、栗俣は奈津美を名乗る女の死に憤っていた。一ノ瀬からの要請に応じたのはもちろん職業上の計算も働いたのだろうが、彼自身の義憤が後押ししたのかもしれなかった。

一ノ瀬の乗ってきた覆面パトカーに乗り込み、提供された情報を二人で確認する。記載されていたのは以下の情報だった。

①午後三時~午後五時　田中《たなか》様　TEL080―○○○○―○○○○　ホテルグランディア6

25号室
②午後七時〜午後九時　山田《やまだ》様　TEL090―○○○○―○○○○　ホテルイン気仙沼41
4号室
「田中に山田か。最初っから偽名だと開き直ったような名前ですね」

「デリヘルで偽名を使っても、宿泊者名簿には本名を記載するヤツがほとんどだろう。電話番号との照合も名簿でできる」

「そう願いたいものですけど、笘篠さんの方は大丈夫ですか。ウチに協力していただくのは全く構いませんけど、県警本部も結構な数の案件を抱えているでしょう」

「俺のことは気にしなくていい」

　笘篠はそう言ってファイルの情報を凝視する。田中と山田。この二人が彼女と最後に接触した人間だ。栗俣の証言によれば彼女は生活面の苦労はあった様子だが、自殺をするような素振りは見せなかったという。そんな彼女が直近になって自殺を決意したというのなら、この二人との接触が関わった可能性が大きい。性的なサービスを提供してきた彼女が最後の客に何を話し、何を告げられたのか。

　名前と住所を偽り、風俗嬢までして生きてきた女が自ら命を絶たなければならない理由とは何だったのだろうか。

　笘篠にはその問いが、殺人事件の犯人を挙げるのと同等の謎に思えてきた。

4

翌日、また一ノ瀬から電話連絡が入った。

『不明女性が鎮痛剤を購入した店が判明しましたよ』

電話を受けたのは、とある強盗事件の容疑者の尋問を終えた時だった。複数の事件を同時に抱えるのは当然だが、やはり不明女性の事件は笘篠にとって特別だった。

『幸町《さいわいちょう》のドラッグストアです。購入したのが閉店間際で、しかも鎮痛剤一箱だけだったので、店員も憶えていました。伝票も確認しましたが商品名も一致しています』

「おい、幸町といったら」

『ええ、彼女が最後の客を取ったホテルイン気仙沼の所在地です。ホテルを出たその足で鎮痛剤を買い求めたんですよ』

一ノ瀬の口調は心なしか弾んでいるように聞こえる。本人が自ら買い求めた薬物を人けのない海岸で服用した。こうした裏付け捜査で自殺説はほぼ確定したと言っていい。気仙沼署としては事件が一つ片づき、捜査員への負担が軽減する。

だが笘篠は終われない。不明女性が奈津美の名前と住民票を取得した経緯、そして何が彼女を自殺に追い込んだのか。これらの謎が究明されない限り、笘篠にとっての事件は終結しない。

「一つ片づいた直後で悪いが、当日の客たちから事情を訊きたい。田中某と山田某の宿泊者名簿には着手したのか」

返事は少し遅れた。

『……ホテルグランディアからは照会が取れています。案の定、田中というのは偽名で、宿泊者名簿には本名を記入していました』

「本名は」

『荻野雄一《おぎのゆういち》、陸前高田市《りくぜんたかた》小友町《おともちょう》在住の四五歳です』

「相手のケータイに掛けてみたのか」

『それはまだです』

却って好都合に思えた。不明女性の実体に迫るのに他人任せでは隔靴掻痒《かっかそうよう》の感が残る。

一方で現在抱えている案件を放り投げる訳にはいかない。石動から頼られているのは自分への接し方で分かる。上司に阿《おもね》るつもりはないが、敢えて背くつもりもない。年がら年中人手不足の捜査一課において、笘篠が所轄の事件に引き摺られることは、本来すべき担当の捜査の進捗が遅れることを意味する。

ここでも公私のせめぎ合いが生じる。本来ならどちらかを犠牲にするしかないが、今回の笘篠は無理を通して道理を引っ込める方向に舵《かじ》を切っている。

「荻野の勤め先は判明しているか」

『まだ自宅住所だけです』

「朝駆けしたい。付き合ってくれないか」

返事はまたも遅れた。

『……断っても、どうせ諦めてくれないですよね』

「もちろん無理にとは言わん」

『言っているようなものですよ。分かりました。明朝、官舎までクルマを回します』

「悪いな」

『今回、笘篠さんは謝ってばかりですね。似合いませんよ』

通話を終えてから、それが一ノ瀬流の皮肉であるのに気がついた。


翌朝、一ノ瀬の駆る覆面パトカーに同乗した笘篠は陸前高田市小友町へ直行した。気仙沼市と同様に甚大な被害を被った陸前高田市だが、やはり同様に復興の槌音《つちおと》が途切れがちだ。震災当時、津波によって市役所庁舎を含む市の中心部は壊滅し、八〇六九世帯の半数以上四〇四一世帯が全壊・半壊の憂き目に遭っている。震災後は大掛かりな土地区画整理と再開発を計画したが、予定通りには進んでいない。多くの場所が土砂の色に沈み、新建築よりはプレハブ住宅が目立つ。嵩《かさ》上げされた高台と行き交う重機は希望の徴《しるし》だが、オリンピック需要に労働力を取られた現場にはうそ寒い風が吹く。

車窓を眺める笘篠と一ノ瀬の上に沈黙が落ちる。この光景を前にすれば、どんな言葉も空しくなる。

「一瞬なんですよね」

ぽつり、と一ノ瀬が呟いた。

「この辺一帯の事業計画は二〇二〇年度に完了予定とされています。一〇年近くかけて街を新しく作る。それでもまた未曾有《みぞう》の津波に襲われたら街は一瞬で壊滅する。まるで砂の城じゃないですか」

先日の栗俣の呪詛《じゅそ》が伝染したかと思った。

いや、違う。

自然に対する絶望と敬虔《けいけん》は震災を経験した東北人全てに共通する思いだ。どれだけ復興の槌音を耳にしても、どんなに真新しい建造物を目の当たりにしても、無常感が付き纏《まと》う。一瞬の破壊力を身に沁みて知っているから、永続という言葉が白々しく思えてしまう。

一ノ瀬に返す言葉は見つからない。黙っていると全肯定するようで癪《しゃく》に障るが、何をどう言っても無意味だ。

「荻野の住まいは小友町だったな」

「小友の第二仮設団地ですよ」

ハンドルを握っている間、一ノ瀬が不機嫌そうだった理由がようやく理解できた。

陸前高田市小友町獺沢《うそざわ》第二仮設団地、通称モビリア仮設住宅。以前オートキャンプ場だった敷地に建てられた全一〇八戸の仮設団地だ。オートキャンプ場だったので区画ごとに上下水道・電気が完備されており、震災直後は避難所として利用されていた。

荻野はその仮設団地の住民だった。栗俣の証言では不明女性は震災で職を失ったとのことだが、つまりは震災で職を失った女が震災で家を失った男に春を鬻《ひさ》いでいたという格好になる。

それは堪《たま》らなく理不尽で辛い図だった。

午前七時、荻野はまだ家にいた。独り住まいという理由だけではないのだろうが、無精髭と腹の目立つ男だった。

「荻野雄一さんですね」

ここでの質問は笘篠が担当することに決めていた。最初、警察の訪問を訝《いぶか》しげに受け止めていた荻野だったが、〈貴婦人くらぶ〉の名前を出された途端に慌て出した。

「あのデリヘル、何か違法な店だったんですか。俺、本番行為とかしてませんよ。ちょっとマッサージしてもらった程度で」

デリヘル嬢を相手にマッサージ程度も何もないものだ。内心で苦笑しながら笘篠は相手の表情の動きを見逃さない。

「午後三時から五時までの間、ナミという女性が接客をしていましたよね。そのナミさんは翌日、気仙沼市の海岸で死体となって発見されました。ご存じでしたか」

初耳だったらしく、荻野の目が大きく見開かれる。演技なら大したものだと思う。

「知りませんよ、そんなこと。まさか客だったからって俺が疑われてるんですか」

「そんな容疑はかけていませんからご心配なく。知りたいのは死んだナミという女性のプロフィールです。彼女がどこで生まれ、今までどんな生活をしていたのか。あなたの相手をしている間、そういう話は出てきませんでしたか」

笘篠は噛《か》んで含めるように説明する。すると荻野はようやく事情聴取の意図を理解したらしい。

「まあ、座ってください。散らかってますけど」

社交辞令ではなく本当に散らかっているので、笘篠と一ノ瀬は足元に注意を払いながら床に腰を下ろす。

「気仙沼署の刑事さんですよね」

「ええ、まあ」

「仮設住宅に住まわせてもらっている身の上でフーゾク通いはけしからんとお思いでしょうね」

「自分で稼いだカネをどう使おうと本人の自由です。被災者は性的なサービスを受けるなというのも歪《ゆが》んだ道徳でしょう。強制された道徳はただの暴力です」

警察官の口から寛容な言葉を聞いて安堵したらしく、荻野は小さく息を洩らす。

「プロフィールって、要は身の上話ですよね」

「あなたは彼女の二時間を買った。二時間というのは結構長い。もちろん言葉を発しない時間もあるでしょうが、それでは間が持てない。接客業をしている女性はそれなりに話術も会得しているものです。内容の幅や巧拙はあっても、お客が会話を愉しむために色んな話題を提供するのが普通でしょう」

「ええっと、ちょっと待っててください」

荻野は彼女との会話を回想するかのように両目を閉じる。

「ナミちゃんが部屋に入ってきて……今日は蒸して汗を掻いたから、すぐにシャワーを浴びたいって。それで彼女から先にシャワーを浴びて、オプションの説明に入って、まあ後は、その、流れに沿って」

行為の実況は不要だったが、行為から辿らなければ会話も手繰《たぐ》り寄せられないらしい。笘篠は黙って聴くことにした。

「お互いの身体について褒めたり褒められたり、ナミちゃんの肌が白かったから秋田生まれかって尋ねたら、地元出身と言われて」

「地元出身。正確にはどこですか」

「物心がつく頃には北関東と東北を行ったり来たりと言ってましたね。東北の冬は厳しいけど、北関東のからっ風もキツいって。俺は東北から出たことがないんで、ここと同じくらい冬が厳しい地方もあるんだって興味が湧きました」

不明女性が北関東に在住していたというのは新情報だ。無論、客相手に架空の話をした可能性も否めないが、北関東のからっ風という固有のネタに言及していることから信憑性は高いと思える。

「話していると、ナミちゃんの訛《なま》りが俺とほぼ一緒だったんで、どこの生まれだって話になって……ナミちゃん、五歳までは気仙沼に住んでいたらしいんです。それを親の都合か何かで北関東に引っ越して……そんな話でしたね」

繋《つな》がった。

やはり不明女性と気仙沼には縁があったのだ。南町の住民から有益な情報はもたらされなかったが、彼女が五歳で転居したという事情ならそれも頷ける。古くからの住人である佐古ですら三〇年前までしか記憶を遡れなかったではないか。

死を決意した者が生まれ故郷の海岸を最後の場所に選ぶ。

いっとき数えきれないほどの死と直面した者なら、その気持ちも容易に理解できる気がする。五歳といえば物心つく頃だから、彼女にとって忘れ難き思い出があったとしても不思議ではない。幼少期の甘い記憶に抱かれながら死にたいというのは、至極当然の心理だろう。

だからこそ別の疑問が尚更大きくなる。彼女に死を選ばせた直接の原因は何だったのか。

「本名の話はしましたか」

「本名って……刑事さん、風俗嬢って本名を言いたがらないのが大半ですよ。彼女たちはお客の前に出た時には風俗嬢を演じているって建前なんです」

荻野は急に風俗嬢たちを擁護し始めた。

「今この時間は風俗嬢を演じているだけで、本当の自分は別の場所にいる。そうとでも念じていないと、やっていられないんです。デリヘルを散々利用している俺が言うのも何だけど、常連客だから彼女たちの気持ちも少しだけ分かる。そんな子たちが気安く本名を打ち明けると思いますか」

指摘されれば確かにその通りだと思えた。

「第一、最初から源氏名を名乗っている嬢に本名を尋ねるのが非礼なことくらい、俺たちだって心得ていますよ」

遊ぶ側とサービスを提供する側の暗黙のルールという訳か。

「それ以外はどんな話をしたんですか」

「俺、現場の作業員をしているからあっちの体力もあるんだとか、連続で何回まで可能とか……あとは最近観た映画の話とか好きなタレントとか当たり障りのない話ですね」

笘篠は更に突っ込んだ話はしなかったのかと粘ってみたが、めぼしい証言はそれで打ち止めだった。

「ナミちゃんには悪いんだけど、デリヘル嬢としては中の下ってレベルでしたね。チェンジはしないけど裏を返すほどじゃないっていうか。そういう相手なのであまり突っ込んだことを訊こうとも思わなかったんです。どうせ次の機会はない訳だから」

風俗嬢の立場を理解しながらも、評価は冷徹に下す。これが常連というものかと、笘篠は鼻白む思いだった。

「思い詰めた様子はなかったですか」

「全然ですね。プレイ……接客も事務的じゃなかったし、それなりに演技もしてくれたし、切羽詰まったような雰囲気じゃありませんでした」

不明女性がドラッグストアに飛び込んだのは二人目の接客を終えた直後だ。荻野の心証は信用してもいいだろう。

荻野宅を出た二人は無言のまま覆面パトカーに向かう。不用意に口を開けば、お互い不愉快な思いをさせそうだった。

車内に身体を滑り込ませると、二人はどちらからともなく短く嘆息した。

「嫌な話でしたね」

「ああ。嫌な話だった」

嫌な話だが記憶の抽斗《ひきだし》に仕舞い込む。不明女性の素性が特定できない今は、どんな些細《ささい》なことでも拾い集めるつもりだった。

「最後の客になった山田某の方はどうなった」

「ホテルイン気仙沼に照会を掛けましたが、こちらは偽名でした。住所地と氏名は架空のものです」

「宿泊者名簿に架空の名前を書いたか」

「最近はどこもかしこもデポジット（預り金）制ですからね。宿泊者名簿に虚偽記載がされても実害が少ないとなると、ホテル側もチェックに手間を掛けなくなります」

「しかし〈貴婦人くらぶ〉に記録されているケータイの番号は一致している。そこから名義人を割り出すしかないな」

通信事業会社に契約者情報を照会すること自体は容易《たやす》い。相手の会社に捜査関係事項照会書を送付するだけで事足りる。問題は照会書を発行する名目だ。こればかりは事件を管轄する気仙沼署の管掌であり、笘篠には手も足も出せない。

携帯端末番号からの割り出しを口にしたのは、一ノ瀬に照会書を発行してもらうための根回しだった。

笘篠の思惑など百も承知している一ノ瀬は、こちらを軽く睨《にら》んできた。

「そういう圧で人を動かすやり方は相変わらずですね」

「徒手空拳だからな。圧力を行使するしかない」

「ちっとはわたしの立場も考えてくれませんか。自殺で処理する案件なんですよ。それを、わたしに掘り返させるような真似をしてですね」

「悪いな」

「……気仙沼署で一緒に仕事をしていた時には老練な人だと思っていました。今じゃあ、すっかり老獪《ろうかい》になっちゃいましたね」

一ノ瀬が軽口を叩くのは了承してくれた証《しるし》だった。笘篠は片手を上げて感謝の意を示す。

二　残された者と消えた者

1

　一ノ瀬から連絡がきたのは一週間後のことだった。

『使用者、判明しましたよ』

　ホテルイン気仙沼で奈津美の名前を騙った風俗嬢と会った山田某は誰なのか。たった一つの手掛かりは宿泊者名簿に記入されていた携帯端末番号だが、捜査担当者でない笘篠では通信事業会社に問い合わせて契約者情報を得ることが叶わなかった。

「手間をとらせてすまなかった」

『ここから先は関与できません』

　電話の向こう側で一ノ瀬は苦笑交じりに話す。

『使用者の氏名と住所を口頭で教えますから、後は笘篠さんに丸投げします』

　気仙沼署が自殺と処理した以上、一ノ瀬が継続捜査をすれば何かと波風が立つ。一方、笘篠も気仙沼署のひも付きでは自由に行動できない。一ノ瀬が丸投げを宣言したのはむしろ親切心からだろう。

使用者の氏名と住所を告げると、一ノ瀬はそそくさと電話を切った。用件のみで余計なことを付け加えない。これもまた一ノ瀬ならではの気遣いだった。

刑事部屋での通話で、隣に座る蓮田には内容が筒抜けだったかもしれない。今更知られたところで笘篠は一向に構わないが、私情で捜査をする相棒を持った蓮田にすればいい迷惑だ。

ちらりと横目で見ると、蓮田は恨めしそうな顔をしていた。

「笘篠さん、地声が大きいんですよ。低いけどよく通る声なんです」

「お前と組んでしばらくになるが、それは初めて聞いたな」

「自覚、ないんですか」

「自分では分からん」

「私情に駆られて突っ走るのが褒められたことじゃないのは分かっているんですね。だからわたしの機嫌を伺うような真似をしている」

「聞かなかったことにしろ。それならお前のご機嫌伺いをする必要もなくなる」

「突っ走るのが分かっていて、聞かなかったことにするなんて無理ですよ」

蓮田は椅子を回して笘篠を正面から見据える。

「例の、奥さんの名前を騙っていた女の件ですよね」

「彼女と最後に会ったヤツの素性が判明した」

「会って何を訊くんですか。彼女は自殺で処理されているんですよね。まさか自殺の動機まで解明するつもりですか」

「そんなもの、当の本人でなきゃ分からん。俺が知りたいのは彼女がどんな経緯で女房の名前と住民票を手に入れたかだ」

「どちらにしても気仙沼署に任せるつもりはないんですね」

「個人的なことだからな」

「やっぱり同行しますよ」

「個人的なことだと言ったはずだぞ」

「ブレーキのないクルマを走らせる訳にいきますか」

それだけ言うと、蓮田は椅子を戻して報告書の続きをパソコンに打ち込み始めた。お節介だと思ったものの、ブレーキ云々《うんぬん》の喩《たと》え話は妙に納得できる。普段の笘篠なら自制も自重も利くが、今回ばかりは感情が先行している感が否めない。

「付き合うのは勝手だが、現状抱えている案件を優先しろよ」

「それこそ、わたしの勝手ですよ」

蓮田はいつになく苛立《いらだ》っているようだった。


一ノ瀬の許に返ってきた照会書によれば、山田某の本名は枝野《えだの》基衡《もとひら》。届け出の住所は仙台市泉《いずみ》区南光台《なんこうだい》、現在もなお同じ携帯番号を使用しているとのことだった。既に住所は押さえているので先に電話で面会約束を取り付ける手もあるが、枝野に要らぬ警戒心を抱かれてもつまらない。やはり定石に従って、本人の在宅が見込める時間に訪問する方がいいだろう。その場合は蓮田も夜討ち朝駆けに付き合わせることになるが、都合がつかなければ単独で行動するまでだ。

そんなことを考えていると、蓮田が画面に目を向けたまま口を開いた。

「夜討ち朝駆けくらいでわたしが断念すると思ったら大間違いですよ」

こちらの思惑を見透かされているのはあまりいい気持ちがしないが、こうなれば好きにさせてもらうだけだ。

「じゃあ、今夜にでも急襲する」


午後一〇時、笘篠は蓮田とともに枝野の自宅前に到着した。泉区南光台は青葉《あおば》区および宮城野《みやぎの》区との境にある団地で、南光台団地・南光台東団地・南光台南団地で構成されている。

南光台は谷を埋め盛土して造成した宅地だ。一九六一年から開発・分譲しているが、宅地造成等規制法の制定が一九六二年なので同法に準拠して造成されたかどうかは不明だ。東日本大震災はこの盛土造成宅地にも甚大な被害を与え、各所で地面の亀裂・不同沈下・液状化・擁壁《ようへき》損壊・ブロック塀損壊を招いた。谷開口部の建築物などは法面《のりめん》の崩壊で半壊家屋が集中した。今もなおその爪痕は残り、崩落したブロック塀が放置されたままの家屋が散見される。

枝野宅はこの一角にあった。

当該番地の建物には〈枝野〉の表札が掲げられている。インターフォンを鳴らすと男の声が返ってきた。

『どなたですか』

「宮城県警です。枝野基衡さんはご在宅ですか」

『ちょ、ちょっと待ってください』

しばらくして玄関ドアを開けたのは三〇代半ばと思《おぼ》しき人の良さそうな男だった。警察官の訪問がよほど意外だったらしく、笘篠と蓮田を見る目は困惑に揺れている。

「枝野基衡はわたしですが、警察の厄介になるようなことは何もしていませんよ」

「単なる訊き込みです。この女性に見覚えありませんか」

笘篠は不明女性の写真を枝野の眼前に掲げる。ポーカーフェイスが苦手なたちらしく、枝野はさっと顔色を変えた。

「どうやらご存じのようですね。よろしければお話を伺いたいのですが」

「玄関先ではちょっと……」

枝野がそわそわと左右を見回し出した時、家の奥から女の声が飛んできた。

「あなた。警察が何の用事なのお」

「ああ、知り合いの件で訊き込みに回っているらしい。少し話しているから」

後ろ手に玄関ドアを閉め、枝野は声を忍ばせる。

「ご近所の手前もあります。どこかゆっくりとお話しできる場所はありませんか」

「パトカーの中でよければ」

「秘密が保てるのなら、どこでもいいです」

覆面パトカーなので目立たないのは幸いだった。笘篠は後部座席に枝野を誘い、蓮田と両側から挟むかたちを取る。

「〈貴婦人くらぶ〉のナミという女性です。五月二八日の午後七時から九時までの間、あなたは宿泊先のホテルイン気仙沼で彼女と会っていますよね」

「会いましたけど……その、別に違法なことはしていないつもりなんですが」

「勘違いしないでください。彼女と遊んだことをとやかく言ってるんじゃありません。このナミという風俗嬢がその日死亡しているのを知っていますか」

枝野は一瞬、呆《ほう》けたような顔になる。

「……え」

到底、演技とは思えなかった。知らなかったとしても無理はない。報道では笘篠奈津美の名前のみで顔写真は掲載されなかったのだ。

「いったい、どういうことですか。まさか誰かに殺されたんですか」

「今のところは自殺とみられています。あなたとホテルで別れた直後にドラッグストアで鎮痛剤を購入し、翌早朝には気仙沼の海岸で遺体となって発見されました」

「自殺って、そんな」

枝野は悄然《しょうぜん》と肩を落とし、ゆっくりと頭《こうべ》を垂れる。

「枝野さんに伺いたいのは、彼女と過ごしていた二時間に何があったかです。あなたと別れた直後に彼女は薬を買っている。衝動的な行動に出た原因はそこにあったのではないかと考えています」

既に枝野から黙秘や隠蔽の意志は失せているようなので、笘篠は深追いしようとしなかった。放っておけば自分から話してくれる。

「今、女房が妊娠していましてね」

枝野の打ち明け話は唐突に始まった。

「もうずいぶん夜の生活が途絶えてるんです。わたしは半導体メーカーの開発部に勤めていまして」

枝野が口にしたのは誰もが知っている大手企業の社名だった。

「あの日は気仙沼市へ出張でした。それで、ホテルに着くとふっと魔が差して、ネットでデリヘルを検索したんです」

「それで〈貴婦人くらぶ〉のナミを見つけたんですね」

「掲載されている写真を見たら自分の好みだったんですよ。もちろん目は隠していたのでそれ以外しか見ることができないんですけどね。それで彼女が時間通りに現れたんですけど、ドアを開けてとてもびっくりしました」

「何故ですか」

「知った顔だったからです」

笘篠は思わず腰を浮かしかけた。狭い車中なので危うく天井に頭をぶつけそうになる。

「知人だったんですか」

「二〇年以上ほとんど音信不通だったんですが顔を見た途端に思い出しました。偶然っていうのはあるものなんですね。何と小中学校の同級生だったんですよ。こっちはびっくりしましたけど、相手もかなり驚いていたようでしたね」

「彼女の本名は」

「鬼河内《おにこうち》珠美《たまみ》といいます」

名前を聞いた瞬間、頭の隅で何かが弾けたが、枝野の話に集中することにした。

「わたしは生まれも育ちも仙台市内なんですけど、彼女は小学校入学の時、どこかから転居してきたのかな。それで小中学校は一緒だったんですが、中学校卒業の際、親の都合とかで栃木の方に引っ越してそれっきりになりました」

「間が二〇年も空いていますね。同窓会とかは開かなかったのですか」

「何度か開きましたが。彼女は一度も顔を見せませんでした。幹事に聞いたことがあるんですが、手紙を出しても転居先不明で返送されてきたようで」

笘篠自身、同窓会の幹事を押し付けられたことがあるので納得する。一度音信不通になってしまうと、相手から連絡がない限り消息は途絶えてしまう。たかが数年同じ教室で学んだというだけの間柄であり、反りの合わない者もいる。日々新たな付き合いが増えていけば、旧《ふる》い顔は記憶の底に埋没していく。

「では昔話に花が咲いたでしょう」

「いや、それが、ちょっと」

急に枝野の言葉が湿りがちになる。

「どうかしましたか」

「最初はお互いに再会を喜んでいたんです。色々と懐かしい話もしました。委員長やってたヤツはどうしてるかとか……震災で誰それがいなくなったとか」

これは東北人ならではの話の流れだろうと思う。知己の消息を話題にする時、まず被災したか否かが前提になる。実際、あの震災で知人を失った者は相当数いる。旧交を温める相手が既に消えてしまっているのだ。

「お互い生きていてよかったから始まったんですけど、今は何しているんだって話になると急に気まずくなって……」

訊かずとも、笘篠には何となく察しがつく。片や著名な半導体メーカーの開発部、片や風俗嬢では環境や収入に差があり過ぎる。話しているうちに噛み合わなくなるのも当然だ。

えっと、と枝野は奥歯にものの挟まったような言い方に変わる。

「二〇年以上も経つと生活レベルというか住む世界がずいぶん変わってしまって。あの、それでもこちらは客だし向こうはデリヘル嬢だし、取りあえず指定したコースに移ることになって」

笘篠はその場を想像して鬼河内珠美に同情する。風俗嬢として会ってみれば同級生で、しかも大企業に勤めて家庭と一軒家を手に入れている。そんな相手に性的なサービスを提供する女性の心理はどんなものか想像すると居たたまれなくなる。

「枝野さんも複雑だったでしょうね」

「複雑というか何というか、あの二時間は結構愉しんでしまいました。正直、彼女が自殺したと聞いた瞬間からすごい自己嫌悪に陥っています」

「同級生と遊んでしまったからですか」

「いえ……実は遊んでいる最中に少し、いやずいぶんひどいことを彼女に言ってしまったんです」

ああそうか、と笘篠は合点する。娘ほども歳の離れたデリヘル嬢と遊んだ後で説教をするオヤジのようなもので、枝野もお愉しみの最中に忠告なり何なりしたのだろうと思ったのだ。

だが、それは早合点だった。

「わたしも言い過ぎたんですけど、そもそも珠美が悪いんですよ。昔、あんなことがなければ普通に接していられたんです」

　枝野の言葉にわずかな棘《とげ》があった。

「あんなことというのは何です」

「中学の頃、わたしと彼女は今と全く逆の立場だったんです。スクールカーストってあるでしょう。中学時分、珠美はトップのグループにいてわたしは底辺でした」

「とてもそんな風には見えませんけどね」

「刑事さんは仙台の人ですか」

「東北の各地を行ったり来たりですよ。それが何か」

「当時、仙台市内といっても郊外はまだまだ田舎でしてね。ヤンキーみたいな不良が人気者だったり、逆に勉強のできるヤツは最底辺に敷かれたりするんです。生活圏が狭くて近くに大学が存在しない。だからそもそも大学進学なんて発想がなくって、地元での力関係がそのまま成人以降も続く。鬼河内珠美はそういう不良グループの一員で、わたしは彼女たちから毎日のように虐げられていました。珠美本人からも殴られたり小遣いを巻き上げられたりしていました」

　その力関係が二〇年以上ぶりで会ったら逆転していたという訳だ。枝野の昏《くら》い喜悦は容易に想像がつく。

「ここで会ったがなんとやらで、いかに今の自分が幸せで恵まれているかを滔々《とうとう》と語りました。それも肌を合わせている最中に。昔話をすれば現状との逆転が際立つし、ひどく困窮しているらしく彼女は自分の現状を語ろうとしない。わたしが自慢話をしてもこっちは客だから、彼女は営業スマイルを崩せない。話せば話すほど爽快感が増していきました」

聞くだに胸糞《むなくそ》の悪くなる状況だが、告白している枝野が多分に罪悪感を持っているためにやりきれない。現在の格差を見せつけられた鬼河内珠美にも嘲られるだけの理由があるから、一概に弱者とは言い切れない。

「それと、これは本当に仕方がないというか、自然にそういう流れになったんですけど、そうやって珠美をいたぶっていると、どうしても中学卒業後、一度だけ珠美の消息を耳にしたことを言わずにいられなかったんです」

「どんな消息ですか」

「彼女の両親が揃って世間を騒がせたんですよ。刑事さんは憶えていませんか。ずいぶん前、宇《う》都宮《つのみや》市で起きたリサイクルショップ店員の惨殺事件」

先刻、頭の隅で何かが弾けた理由に合点がいった。二〇〇三年、宇都宮市内のリサイクルショップに勤める青年二人がオーナー夫妻に惨殺される事件が発生した。青年たちの身体には無数の傷痕があり、生前のリンチを否が応でも想像させた。鬼河内夫妻は青年二人の働きぶりが悪いと日頃から散々暴行を加えた上、ショップの損害を償えと彼らの預金から全額を引き出させた。そしていよいよ青年が警察に訴え出ようとしたその時、彼らを拘束して嬲《なぶ》り殺しにしたのだ。

巷間《こうかん》騒がれるパワーハラスメントなど児戯《じぎ》に思えるほどの凄惨さで、事件は世間の耳目を集める。犯人夫婦の苗字が特徴的で覚えやすい点も、人々の興味を掻き立てるのに拍車をかけた。鬼河内夫婦は逮捕、一審で死刑判決が下り二審で確定。既に二人とも刑が執行されたはずだ。

しかし奈津美の名前を騙っていた女が、まさか悪名を轟《とどろ》かせた鬼河内夫婦の娘だったとは驚くしかない。

「あの夫婦の行状を逐一話しながら遊んでやりました。最後の辺りになると、彼女、笑いながら泣いているんです。さすがに少し悪かったと反省したんですけどね」

枝野は頭を掻きながら言うが、懺悔《ざんげ》の言葉としても空虚であることこの上ない。散々相手を殴る蹴るしてから、死体に謝るようなものだ。

「あなたと別れる際、鬼河内珠美はどんな様子でしたか」

「営業スマイルのままでしたね。次も指名するからと言っても返事はありませんでした。……あの、そろそろいいですか。遅くなると女房が怪しみますので」

枝野を解放してから運転席に移った蓮田は聞こえよがしの溜息《ためいき》を吐《つ》いた。

「どうした」

「善悪の区別のつかなさに改めて気づかされましたよ。鬼河内珠美はクソッタレなのに受難者で、枝野はスクールカーストの被害者なのにやっぱりクソッタレで」

幼稚な物言いだが言わんとすることはよく理解できる。

「珠美が別の名前と住民票を取得した理由もこれで納得がいきます。鬼河内の姓のままでは碌に就職もできなかったんでしょうね」

「到底忘れないような珍しい苗字だし、鬼河内夫婦の事件は全国に轟いたからな。本人に罪がなくても、あの夫婦の娘という事実だけで肩身の狭い思いをしただろうな」

だが枝野の話を信じる限り、少女時代の珠美もあまり褒められたものではない。嫌な言い方になるが、鬼畜の夫婦に育てられたろくでなしの娘が三人分の罰を受けたような感がある。

「鬼河内という姓で事件を思い出したら、大抵の雇い主は採用を躊躇《ちゅうちょ》しますよ。仮に珠美本人に問題がなくても、彼女がいるだけで職場の雰囲気がおかしくなるでしょうから」

「自殺の理由も大方見当がつく。折角素性を隠して生活していたのに、一番知られたくない人間にバレてしまった。珠美の絶望は小さくなかっただろうな」

中学を卒業してから珠美がどんな人生を送ったのかは想像するより他にないが、あの鬼河内夫婦の許で育てられて幸せになる図はあまり思い浮かばない。北関東と東北を流れ歩いたのも、その出自と全く無関係ではないだろう。

最終的には風俗嬢に身を沈め、かつて自分が見下していたカースト最底辺の人間に買われる羽目になる。同級生の嘲笑に見送られながら、彼女は途中のドラッグストアで件の鎮痛剤を買い求める。そして、己が五歳まで住んでいた故郷に帰る。

およそ三〇年前の故郷。町並みは多少変わっても、海岸の位置と漂う潮の香りは昔のままだ。五歳までしかいなかったのなら悪い思い出もそうそうない。いや、ひょっとしたら鬼河内珠美にとって気仙沼で過ごした五年間こそが生涯最良の歳月だったのかもしれない。

無論、死者の思いを正確に知ることは不可能だ。だが珠美の置かれていた状況と直前に枝野から受けた仕打ちを考えれば、笘篠の推理も中《あた》らずと雖《いえど》も遠からずだろう。

「ひとまずよかったですね」

イグニッションを回しながら蓮田が訊いてきた。

「奥さんの名前を騙っていた女の素性が判明し、自殺についてもそれらしい動機を摑めたんです。管轄の気仙沼署に報告して一件落着ですよ」

いや、まだだ。

声には出さず、笘篠は自分に言い聞かせる。確かに不明だった多くの事柄が明らかになったが、肝心な点がまだ解明されていない。

いったい珠美はどんな経路で奈津美の名前と住民票を入手したのか。それを解き明かさない限り、笘篠の事件は終結しないのだ。

翌日、事の次第を伝えてやると、一ノ瀬は電話の向こうで大層驚いた。

『よりによって鬼河内夫婦の娘でしたか。道理で素性を隠そうとしたはずだ』

「珠美本人は犯罪者でなくても、世間にしてみればそうじゃない。それに世間より鬼河内の姓を嫌う者がいたかもしれない」

『それって誰ですか』

「珠美本人さ」

笘篠は己の考えに一ノ瀬がどう反応するかを確かめたかった。

「自分は両親とは別の人間だ。鬼でもなければ悪魔でもない。そう思いたくて鬼河内の姓を捨てたかったのかもしれない」

『説得力のある解釈ですね。それならウチの課長も納得します。後は身元不明の死体が鬼河内珠美であるのを証明するだけですが、それは気仙沼署に任せてください』

言い換えれば、笘篠には手を引いてもらいたいという意味だ。

「珠美がどうやって女房の名前と住民票を手に入れたか、その疑問がまだ残っている」

『それもウチに任せてください。これ以上笘篠さんが関与してくると、ややこしくなります』

「具体的にどこをどう調べるのか教えてくれないか」

『珠美が宇都宮市から転居した記録を追っていけば、名前を捨てた場所も特定できるでしょう』

「そうとは限らない。しばらくは二つの名前を併用していたかもしれない。いいか、大した教育も受けず犯罪者の両親を持った娘の立場で考えてみろ。彼女の知恵と才覚だけで他人になりすませたとは思えない。誰か助言なり手助けをした者がいたと解釈するのが妥当だ。住民票住所地の履歴だけでなく、各地で接触した人間を洗う必要がある」

『ウチの刑事課に何人の刑事がいるか、知っているでしょう』

今にも悲鳴を上げそうな口調で、一ノ瀬の置かれた立場が知れる。笘篠にも罪悪感はあるが、ここでボールを返す訳にはいかなかった。

「それなら定期的に進捗状況を知らせてくれ。でなければ俺は俺で動く」

一拍の沈黙があり、笘篠は相手の溜息を聞いたような気がした。

『くれぐれも自重してください。あなたならご存じでしょうけど、警察というところは上からよりも横からの手を嫌いますから』

電話は申し訳なさそうに切れた。

2

予測できたことだが、一ノ瀬からの進捗報告はすぐに途絶えた。あの男のことだから笘篠への情報提供を渋っている訳ではなく、単に忙殺されているだけに違いない。震災から既に七年が経過し、街の一部は以前の姿を取り戻している。以前に戻ったということは犯罪件数もまた平時に戻ったことを意味する。

そして警察官が多忙なのは、いち早く復興した仙台市内においてより顕著だった。

六月二〇日午前六時五分、市内太白《たいはく》区富沢《とみざわ》公園内で男性が死んでいるのを野球の早朝練習に来た少年たちが発見した。仙台南警察署に通報が為され、直ちに同署と県警本部の警察官が現場に向かうこととなった。

「唐沢さんは先に臨場したそうです」

ハンドルを握る蓮田は通報に無理やり起こされたのか、目を擦っている。

「いったい、あの人は何時に寝て何時に起きているんでしょうね」

「どんなに熟睡していても電話のコール一回で跳ね起きるそうだ。見習いたいもんだな」

現場である公園に近づくと入口に数台の警察車両が停まっている。見覚えのあるワンボックスカーもあるので、鑑識作業も始まっているのだろう。規制線を示すテープの前では、早くも野次馬たちが遠巻きに公園内を覗いている。

富沢公園は仙台市体育館に隣接しており、野球グラウンドが整備されていることも手伝って利用する者が多い。広い場所ゆえに鑑識作業が長引くことが予想され、少なくとも今日一日は立ち入り禁止になるだろう。

テープの下を潜って公園内に足を踏み入れる。幅のある遊歩道を進んでいくとグラウンド脇にある四阿《あずまや》の横にブルーシートのテントが設営されており、そこが現場と分かる。

テントの前では南署の捜査員が鑑識係と話をしている最中だった。

「見つかりましたか」

「いえ、半径一〇メートル内にはまだ」

先着組は何やら捜し物をしているらしい。どうせ後で詳細は知れるので慌てて訊き出すような真似はしない。

間もなくテントの中から唐沢が出てきた。

「やあ、笘篠さんに蓮田さん」

「おはようございます。もう検視は終わりましたか」

「たった今。どうぞ中に」

先刻交わされていた会話から察するに半径一〇メートル以内の採取は終わったようだが、三人は歩行帯の上を歩く。死体はその先で仰向けに横たわっていた。

笘篠は合掌してからシーツを剝がす。現れたのは中年男の裸体だ。

「一目瞭然ですが大きな外傷は四カ所。胸部の一撃が致命傷と見て間違いないでしょう」

唐沢の指摘通り、男の胸にはわずかな血溜《ちだ》まりができている。既に色を失くした身体なので赤黒い部分は否応なく浮かび上がる。血の表面は乾いているが、臭気は抜けていない。鉄と肉を攪《かく》拌《はん》したような臭いが鼻腔《びくう》に飛び込んでくる。

「創口《そうこう》と創角《そうかく》の形状から凶器は片刃成傷器。正確な判断は司法解剖の結果待ちですが、創洞《そうどう》は心臓に達していて直接の死因は失血死の可能性が高い。防御創は右掌に一カ所のみ。死亡推定時刻は昨夜一一時から深夜一時にかけて」

創口自体は見慣れたものだったので、笘篠も特には驚かなかった。

胸の傷よりも目を引く外傷は別の一カ所だ。

「ひどいな」

笘篠の背後で、蓮田が思わずといった調子で洩らした。

男の鼻から下は完全に破壊されていた。

口を裂くとか歯を折るとかの軽微なものではない。上顎と下顎が原形を留めないまでに歪曲《わいきょく》し人相すらも判別困難になっている。

「そっちの凶器は死体の傍に転がっていました。花壇から剝がしたブロックで顎を叩き潰したのですよ」

「では見つからないのは胸を刺した凶器ですね。しかし検視官、大きな外傷は四カ所という話ですが、あとの一つはどこですか」

「部下たちが捜しているのは片刃の凶器だけじゃありません」

唐沢はそう告げると、男の腹部まで捲《めく》っていたシーツを更に剝がしてみせる。

笘篠の目は男の両手に釘付けとなる。

両手とも全ての指が第一関節から切除されていた。ひどく整った切断面であり全て水平になっている。

「捜しているのは失われた十本の指です。おそらく胸を刺したのと同じ凶器で指を落としている」

唐沢の指が死体の横にある血痕を示す。

「被害者を横たわらせてから、コンクリを俎板《まないた》代わりにした痕跡がありました。上下の顎も指の断面も生活反応がないことから、死亡後の作業だったと推測できます」

凄惨な有様だが、欠損箇所を考えれば犯人の意図は明らかだった。

「顎の破壊は歯型を判別不能にするため、十指の切断は指紋照合を防ぐためですか」

「頷きたい気持ちは山々なのですが、どうやらそうとも言い切れない。男の持っていた財布には社員証と運転免許証が入っていましてね。鼻から上ですが、死体は免許証の持ち主だと特定できそうなんですよ」

唐沢から訊くだけ訊くと、二人はテントの外に出た。早速、最前話していた南署の捜査員を捕まえる。捜査員は来宮《くるみや》と名乗った。

「あんなご面相になっても、何とか免許証の本人であることは分かるんですよ」

来宮はビニール袋に収められた運転免許証と社員証を二人の目の前に掲げる。

氏名　天野明彦《あまのあきひこ》
　　　昭和46年10月3日生
住所　岩手県上閉伊郡大槌町《かみへいぐんおおつちちょう》赤浜《あかはま》○―○

離れた住所に疑念が湧いたので裏返してみると、備考欄に変更後の住所が記載されている。こちらは仙台市若林《わかばやし》区上飯田《かみいいだ》となっている。

次いで社員証を見る。


〈氷室《ひむろ》冷蔵〉

社員　天野明彦
入社２０１６年６月30日
有効期限　２０１９年６月30日

「免許証裏面の現住所は会社の寮らしいですね。しかし勤務先は九時から開始なのでまだ連絡を取っていません」

九時ならあと一時間ほどだ。

「公園内に防犯カメラは設置されていますか」

「設置されていますが入口付近とグラウンド側だけです。遊具と四阿は公園のほぼ中央ということもあって、撮影範囲から外れています」

ここからは密生する樹々に阻まれてグラウンドが望めない。入口も同様だ。それぞれ距離もあるので犯人と被害者が映っているのは期待しない方がいい。

「顎と指先の破壊、どう思いますか」

尋ねられた来宮はやや困惑気味の様子だった。

「笘篠さんも同じ見立てでしょうけど、被害者の身元を隠すためでしょう。免許証や社員証をそのままにしておいたのは、うっかり忘れたと解釈しています」

概ね妥当な解釈と思える。しかし笘篠はどうしても違和感が拭いきれない。上下の顎を粉砕するにしても十指を切断するにしても頭に血が上った状態では不可能で、根気と冷静さを必要とする。何より指の切断面の整い方がそれを物語っている。そして冷静に作業をしたとすれば、免許証と社員証を抜き忘れたという解釈は矛盾する。

不意に悪寒がした。

今までにも原形を留めない死体など何体も目にしてきた。悪寒は死体の損壊状態に対するものではない。損壊に秘められた作意が笘篠の心胆を寒からしめているのだ。

犯人はただ被害者の身元を隠そうとしているのではない。身元以外の何かを隠したがっている。

「財布の中には現金一万七五〇〇円が残っていました。上下の顎の粉砕と十指の切断からも物盗りの犯行とは思えません。十中八九怨恨《えんこん》ですよ」

来宮は自分に言い聞かせているかのように、説明しながら頷く。

「鋭利な刃物で心臓をひと突き。片手で防ごうとしたが敵《かな》わず、致命傷を受ける。見ず知らずの人間なら激しく抵抗するはずです。その痕跡がないのは、犯人が顔見知りの人物である証拠ですよ」

これもまた妥当な解釈だが、やはり笘篠は違和感を覚える。何がどう、という具体的な指摘ではなく、ピースの抜けたジグソーパズルを見せられているような感触だった。


一時間後、連絡を受けた〈氷室冷蔵〉の社員が駆けつけてきた。

「弊社の、天野が、死体で、発見されたと」

取る物も取りあえずといった様子なのは同社で作業主任をしている室伏《むろふし》という男だった。

「そちらの社員証と運転免許証を所持していました。念のため本人かどうかを確認していただきたいのですが」

来宮からの申し出に、室伏は一も二もなく承諾する。

「予《あらかじ》め申し上げておきますが、被害者は鼻から下の部分を著しく損壊されています。ご注意ください」

実物の前では損壊という言葉さえ雅《みやび》に思える。だが、対面前に必要以上に脅す訳にもいかない。死体の前に室伏を誘導し、来宮はシーツを鼻まで捲ってみせる。

ああ、という声が室伏の口から洩れた。

「確かにウチの天野です。でも、どうしてこんな目に」

「昨日、天野さんは出勤していたのですか」

「午前九時に出勤して午後六時に退社しています」

会社は寮と同じく若林区上飯田にある。退社後に富沢公園に向かったとすれば時間的な空白が生じる。

「天野さんに何か普段と変わったところはありませんでしたか」

さあ、と室伏は首を傾《かし》げる。本人の死体を前にして考えが纏《まと》まらない様子がありありと窺《うかが》える。室伏が落ち着きを取り戻してから同じ質問を試みるべきだろう。

「いいですか」

笘篠は二人の間に割り込んだ。

「室伏さん、まず深呼吸を一つしてください」

単純だが深呼吸するだけでずいぶんと気分は変わるものだ。深く息を吐いた室伏に、笘篠はゆっくりと問い掛ける。

「社員証を見ると、天野さんは二年働いているんですね」

「中途採用でした。ウチは生鮮食料品の冷凍と運送を主業務にしているんです。いきおい力仕事が多いんで五〇近い男に務まるかどうか心配してましたが、彼は音も上げずに頑張っていました」

「職場の人間関係はどうでした。誰かとトラブルになったりはしませんでしたか」

「天野に限って、それはなかったです」

室伏は自信ありげに答える。

「何しろ目立とうとしない男で、むしろトラブルを避けよう避けようとしているようでしたね。意地の悪い同僚にからかわれても、へらへら笑ってやり過ごしていました」

「本人に家族はいましたか」

「独身寮に住んでいましたが、家族については詳しく訊いていませんね。採用する際、家族は震災で亡くしたと申告していたようですから、深く訊くのが憚《はばか》られたんです」

「特別仲の良い同僚の方はいらっしゃいましたか」

「反目している相手もいなければ、つるむ相手もいないようでした。トラブルを避けるのと同じように、付き合いが深くなるのも避けているみたいでしたね。しかし、勤務態度は真面目そのものでした。無駄口は一切叩かず、やれと言われたことをやり、やるなと禁止したことは絶対にしない。作業主任として彼ほど使いやすく頼りになる従業員はいませんでした。本当に、いったい誰が彼を」

とうとう室伏は押し黙ってしまった。

後刻、本人の部屋を家宅捜索する旨を伝えると、室伏は表情を硬くしてテントから出ていった。すると入れ違いにして南署の捜査員が駆け込んできた。

「免許証記載の住所地には被害者の実家があるようです」

訊けば、大槌町赤浜の当該番地で天野姓の一〇四登録がされており、電話を掛けてみると天野の妻を名乗る女性が応対したという。

「すぐ、こちらにやってくるとのことです」

天野の家族は震災で亡くなったのではなかったか。不意に芽生えた疑念を抱えて待機していると、三時間ほどして、化粧もせずに家を出てきたような中年女が警官に連れられてきた。聞けばクルマを飛ばしてきたらしい。

「天野志保《しほ》と申します。明彦の家内です」

テントの中に安置されている無残な骸《むくろ》といきなり対面させる訳にもいかず、笘篠はまずテントの前で彼女の話を聴取することにした。

「ご主人は会社の寮住まいで、申告では家族は震災で亡くなられたということだったんです。ですから奥さんと連絡が取れて、正直驚いています」

「亡くなったのは主人の方ですよ」

志保の言葉に笘篠と蓮田のみならず、来宮までが反応した。

「主人は大震災の際、役場の近くに出掛けて津波に呑まれたんです。遺体は未だに見つかっていません。主人が死体で発見されたと聞いて驚いたのはこっちです」

三人の刑事は顔を見合わせる。まるでコメディドラマのひとコマのようだが、大抵の悲劇は喜劇と背中合わせだ。

笘篠は背筋に悪寒を感じる。

まただ。正体不明の気味悪さが足元から立ち上ってくる。

「早く主人と会わせてください」

愁嘆場を忌避している場合ではなくなった。笘篠は先導して志保をテントの中に誘う。

「最初にお断りしておきます。ご主人の鼻から下はひどく損壊していまして」

「長年連れ添った夫婦です。目を見ただけで本人かどうかの区別くらいつきます。第一、主人には顔以上に本人と分かる印があります」

「身体的な特徴ですか」

「足の指です。両足とも中指が親指より長くなっていて、主人の靴下はいつも真ん中から穴が開いちゃうんです」

死体の傍らに志保を座らせ、先刻と同様にシーツを鼻まで捲る。

しばらく死体の顔を見つめていた志保は、やがて首を大きく横に振った。

「足の指を見せてください」

笘篠は反対側に回って足元のシーツを捲り上げる。両の裸足が露《あらわ》になり、一同の目は中指に注がれる。

死体の両足は親指を頂点になだらかな坂を描いていた。中指は決して突出していない。

「人違いです」

志保は断言した。

「顔は似ても似つかないし、足の指の特徴もありません。赤の他人です」

「そんな馬鹿な」

異議を申し出たのは来宮だった。

「天野さんの現住所が記載された運転免許証もあります。写真の男性はこの死体の主と同一人物です」

来宮から差し出されたビニール袋入りの免許証を見た志保は、もうすっかり落ち着きを取り戻していた。逆に笘篠たちが恐慌状態に陥っている有様だ。

「免許証にあるのはウチの住所ですけど写真は全くの別人です。絶対に主人ではありません」

言葉だけでは不充分と考えたのか、志保はバッグからパスケースを取り出した。

「これが天野明彦です」

無造作に差し出されたパスケースを三人の刑事が頭を寄せて覗き込む。眩《まぶ》しそうに笑う志保の隣でぎこちなく笑っているのは、死体とはまるで別人の男だった。

「刑事さん、これはいったいどういうことですか。何が面白くて見ず知らずの人を行方不明の夫だなんて騙《だま》すんですか」

「決して面白がっている訳ではありません。ご主人は震災の際、役場の近くに出掛けて津波に呑まれたと仰《おっしゃ》いましたよね」

大槌町庁舎付近は津波被害が甚大であったことで注目を浴びた場所だ。当時災害対策本部を立ち上げるべく集まっていた町長以下町職員たち約六〇人は津波接近の報を受けて屋上に避難しようとしたものの、結局は二二人を残して波に攫われてしまった。同時刻に天野明彦が付近にいたとすれば被害は免れない。

「当時の大槌町の惨状を鑑みれば、奥さんが悲観的になるのも無理のない話です。しかし七年が過ぎた今も失踪宣告の申し立てはされていないんですか」

「刑事さん、地元の人ですよね」

「ええ」

「震災で誰か、まだ見つかっていない近しい人はいますか」

「……はい」

「じゃあ、あなたはあっさり失踪宣告の申し立てをしたんですか」

志保の責めるような視線が笘篠を貫く。笘篠の唇は凍りついたように動かない。

「思いを断ち切るために失踪宣告する人もいれば、諦めきれずに請求していない人もいます。あなただっていろいろな被災者を見てきたでしょ」

何の反論もしようとしない笘篠に業を煮やしたのか、来宮がなおも食い下がる。

「しかしですね、この免許証は決して偽造ではありません。岩手県公安委員会が発行した、れっきとした本物で」

「いいえ、偽物です。住所や交付日は合っているかもしれませんけど、肝心の顔が別人なんですよ」

「来宮さん、もういい」

堪らず笘篠は質問を中断させた。いくら公的発行を力説したところで家族の証言の方が信憑性がある。第一、笘篠自身がそれを体験しているのだ。

「仮に別人であるなら、その確定もしなければなりません。後日、ご自宅に鑑識の者が伺うかもしれませんが、その節は捜査にご協力ください」

「わたしは無関係じゃありませんか」

「仰る通りですが、ここに横たわっている男性は天野明彦氏として二年近くも仙台市内に暮らしていました。何故そんなことになったのか、家族として調べる必要があるとお思いになりませんか」

　すると志保はしばらく逡巡した挙句、渋々ながら承諾した。

　公園を去っていく志保の背中を見送りながら、笘篠はようやく悪寒の正体に気づいていた。

　奈津美の名前を騙っていた鬼河内珠美、そして天野明彦の名前を騙っていた被害男性。二人に共通するのは自身の顔写真が載った他人名義の運転免許証を所持していたことと、長らく別の人間として平穏な生活を送っていた事実だ。

　一人は自殺、一人は他殺という違いはあるものの、二人の行為は酷似している。そして同時期に酷似の出来事があった場合、二つは関連していると考えるのが妥当だ。

「笘篠さん」

　呼び掛けに振り向いてみると、蓮田が疑念に濁った目をこちらに向けていた。

「これ、奥さんと同じパターンですよね」

「ああ、そうだ」

「偶然の一致にしては類似点が多過ぎる」

「行方不明になって七年が経過しているのに失踪宣告の申し立てがされていないこと。他人名義の運転免許証を所持していること。今まで何事もなく生活を送っていたこと。調べればもっと出てくるかもしれん」

「これはもう笘篠さん個人の事件ではなくなりました。県警本部のれっきとした案件ですよ」

3

富沢公園で発見された男が奪われたものは歯型と十本の指だけではない。

肌身離さず携帯していたと思しきスマートフォンがどこを捜してみても見当たらないのだ。彼がスマートフォンを所持し利用していたのは、室伏がその現場を目撃したと供述しているので確かだ。休憩時間になると決まってスマートフォンをいじっていたので、ふと画面を覗き込むと競馬予想のサイトだったという。

運転免許証と社員証を残しておきながら、歯型と指紋と個人情報の塊である携帯端末を奪っていく。傍目には矛盾した態様だが、男の正体が天野明彦ではないことを承知している人物が犯人ならば納得がいく。

鬼河内珠美がカードケースの中に収めていたのは偽造された運転免許証だが、天野明彦を名乗る男が所持していたそれはれっきとした本物だった。ＩＣチップ内にはちゃんと本籍の記録も残っている。

当然、謎の男がどうやって免許証を取得したのかが問題になってくるが、これについても室伏が証言してくれた。

「ああ、天野の免許はわたしが取らせたんですよ」

公園を後にした笘篠と蓮田が〈氷室冷蔵〉の作業所を訪れると、室伏は何を今更といった様子で答える。

「ウチの仕事は海産物の運搬も主業務のうちなので、従業員は運転免許証取得が採用の条件なんです。ところがですね。天野は免許を取得していないながら現物は持っていないというんです。事情を訊いたら震災に遭った際、家屋もろとも自分の私物も免許証を含めて流されたというものですから」

「じゃあ面接の際にはどんな身分証明書を持参したんですか」

「住民票だけでしたね。とにかく当時も人手不足だったから、面接さえ通ればすぐにでも採用したい。それで社員証を先に発行させて、あいつを運転免許センターに走らせたんです」

住民票の写しと社員証があれば運転免許証は発行できる。事件の肝はここかもしれないと笘篠は考えた。

「鬼河内珠美が免許証を偽造しなければならなかった理由の一つはこれだったんだろう。今回と違い、彼女は社員証を発行してくれるような職業には採用されなかった」

蓮田は納得したように頷く。

「今は銀行口座や各種カードも住民票だけでは作ってくれないこともありますからね」

「珠美としてはどうしても身分証明書として運転免許証が欲しかったんだろうが、正規のルートでは入手できない。だから偽造に頼る以外になかった」

「二人の共通点は偽造された住民票に絞られますね」

「ああ。各種証明書類の偽造は今に始まった事件じゃないが、対象が住民票一本となると関連性を疑わざるを得なくなる」

捜査に予断は禁物なので断言めいた言葉を口にするのは憚られる。だが、二つの事件が繋がっているのは確実だと長年の勘が告げていた。

「天野を名乗っていた男は本当に岩手の出身でしたか。言葉になまりとかなかったですかね」

「うーん」

室伏は首を捻って思案に暮れる。

「話している限り、なまりは出なかったなあ。最近は標準語を話そうとするヤツも少なくないですしね」

作業所を出た笘篠たちは県道五四号線を西へと移動する。作業所から徒歩五分の場所に同社の寮があり、県警と来宮ら南署の捜査員たちが先に向かっているはずだった。

果たして件の寮は、警察車両と捜査員の行き来する姿で遠目からでも確認できた。プレハブとまではいかないが、長きに亘《わた》る風雪に耐え得る建物には見えない。震度5程度で崩壊するのではないかと、笘篠は他人事ながら要らぬ心配をする。

あれほどの大惨事を経験していながら、未だにこうした安普請の集合住宅も存在する。無論、耐震構造のしっかりした建築物が望ましいのは言うまでもないが、そこにはいつもカネの問題が横たわっている。東京オリンピックでヒトもモノも供給の足らない被災地に限らず、資金の多寡で人の安全が値づけされている。

「犯行現場に本人のスマホがなかったのは、やはり犯人が持ち去ったんでしょうね」

「そう考えるのが妥当だろう。外出するなら、普通は携帯端末を持って出るだろう」

「そりゃあそうですよ。携帯するから携帯端末なんだし」

「死亡推定時刻は午後一一時から深夜一時までの間。そんな時間に公園で誰かと会う。会う時間を決めるならスマホを介してだろう。当然本人のスマホには通話記録どころか、ひょっとしたら犯人のデータが保存されていたのかもしれない。いや、犯人の立場ならそう考えて当然だ。殺した相手のスマホは絶対そのままにしておけない」

「でも笘篠さん」

蓮田は寮を指差して言う。

「犯人が十本とも指を切り落としたのは男の本当の素性を知られたくなかったからですよね。しかし部屋の中には本人の指紋がそこら中に付いていますよ。だったら指を切り落としたところでまるで意味がないじゃないですか」

もっともな疑問だった。だが犯行が衝動的なもので、犯人が日頃から刃物を所持していると仮定すれば頷けない話でもない。死体の素性を隠そうと歯型や指紋の採取を不可能にしたまではよかったが、家の中にまでは頭が回らなかったという解釈だ。いずれにしろ、犯人が迂闊《うかつ》だったかそうでなかったかは、この家宅捜索が明らかにしてくれるだろう。

当該の部屋は二階の手前から三つ目と聞いている。来宮の姿が見当たらないが、鑑識作業が終わらない限り捜査員は臨場できないので、どこかで待機しているのかもしれなかった。

笘篠と蓮田が階段の下までやってくると、ちょうど部屋のドアが開き、中からぞろぞろと鑑識課員たちが下りてきた。違和感を覚えたのは彼らのほとんどが手ぶらだったからだ。通常であれば何人もの鑑識課員が押収物を収めた段ボール箱を抱えているはずなのだが、それが一人しかいない。

彼らの中によく知った顔があった。県警の鑑識課に籍を置く両角《もろずみ》だった。特段、酒を酌み交わすほどの仲でもないが、現場で顔を合わせると意見交換くらいはする。ところが今日の両角は笘篠の姿を認めても、不機嫌そうに脇をすり抜ける。これは収穫がなかった際の徴《しるし》のようなものだった。

入れ違うかたちで笘篠たちが階段を上がってみると、来宮と出くわした。

「鑑識作業は終了したみたいですね」

「終了したというか何というか」

来宮は悩ましい顔でドアの前に佇《たたず》む。

「とにかく奇妙なんです。殺された男は確かにこの部屋に住んでいたはずなのに、指紋が見当たらないんです」

「まさか」

背後で蓮田が頓狂な声を上げる。訝しく思ったのは笘篠も同じだった。

来宮に誘われて部屋に入る。広さは1Kほどだろうか、単身用のせいか家具が入るとさすがに狭い。冷蔵庫とローテーブル、薄型テレビとベッド。テーブルの上には成人雑誌と競馬新聞が無造作に置いてある。ベッドのシーツと枕がないのは鑑識が持ち去ったからに違いない。

だが、それにしても押収物があまりにも少なかった。これでは居住時の状態と大差ないではないか。

「本当に、これで鑑識は仕事を終わらせたんですか。雑誌や新聞なんて普通は指紋がべっとり付いているでしょう」

蓮田が疑義を唱えるが、来宮も苛立ちを隠せない。

「そんなことを言ってもしょうがないでしょう。鑑識は一生懸命でしたよ。しかしこの狭い部屋をライト片手に隈《くま》なく捜索しても、たった一個の指紋すら検出できなかったらしいんです」

二人の間を取りなすように、笘篠が割って入る。

「指紋以外も採取できなかったのですか」

「いいえ。毛髪や埃《ほこり》なんかは採取できたようです。ところが肝心の指紋が」

「普通に生活していれば家具や小物に指紋が残らないはずがない」

「どうやら普通に生活していた訳じゃないらしいです」

来宮は狭い廊下から浴室に向かう。大人一人やっと入るようなこれまた狭小空間にユニットバスが押し込められている。

「指紋が見当たらない理由はそれです」

鏡の下、石鹸《せっけん》置きの隣にガラスの容器があった。

〈瞬間接着剤〉

よく見かける容器だったが、浴室にはそぐわない。

「ゴミ箱には空の容器もありました」

「まさか指先に接着剤を塗っていたんですか」

「その瞬間接着剤は一度塗布すると半日は保《も》つらしいんです。やってみれば分かりますけど、ガラスに触れても全く指紋が付着しません。その上使用感はゼロで、指先の微妙な感覚も維持できる」

「詳しいですね」

「実際に試してみました」

仏頂面で来宮は二人の面前で両手を広げてみせた。具《つぶさ》に見れば十指全部の腹が半透明の被膜に覆われている。

「意外に優れものですよ。ちょっとやそっとじゃ剝がれないし、目立ちにくい」

「風呂場に置いてあるのは、ここで被膜の貼り替えをしていたからですかね」

「おそらくは別の場所でも貼り替えていたと思います。手軽なものですよ。容器自体はポケットに収まる大きさだし、剝がした接着剤は丸めて捨てればいい。指サックよりも安上がりで、しかも簡単に使い捨てができます」

「それで指紋が採取できなかったんですか」

「残念ながら。ただ小物やシーツ、枕にはまだ可能性があるとして押収しました」

鑑識が常備している科学捜査用ライトはＡＬＳ（代替光源）と呼ばれ、可視光線、紫外線、赤外線を応用し、特定の波長の光を照射できる。これによって指紋や毛髪を発見するのだが、それで見つからなかったというのなら絶望的だ。

「そうまでして指紋を隠したかったのは、やはり男が前科持ちだったからですかね」

「蓮田さん、それは当然わたしたちも考えました。しかし警察のデータベースには住所や指紋以外にＤＮＡ型も残っています。仮に殺された男が前科者であったと仮定して、指紋だけを隠しても無意味じゃないですか」

笘篠は蓮田と来宮の会話を聞きながら、二人ともまだ経験が浅いことに気づいた。蓮田は警察官を拝命して五年、おそらく来宮も同じくらいだろう。

「警察庁が容疑者のＤＮＡ型情報をデータベースに登録し始めたのは二〇〇五年からだ。それも各都道府県警によって取り組みの時期に差がある。宮城県警は後発組だ」

蓮田と来宮は顔を見合わせる。やはり現場に配属される以前については事情を知らなかったらしい。

ＤＮＡ型情報のデータベース登録に各都道府県警の取り組みがまちまちだったのは、偏《ひとえ》に憲法違反の惧れがあるからだ。

被疑者に対する強制的な捜査は原則として裁判所の発行する令状に基づいて行われる。これが憲法三五条一項に定められる所謂《いわゆる》令状主義だ。しかし被疑者からの指紋採取と写真撮影に関しては刑事訴訟法二一八条三項「身体の拘束を受けている被疑者の指紋若《も》しくは足型を採取し、身長若しくは体重を測定し、又は写真を撮影するには、被疑者を裸にしない限り、第一項の令状によることを要しない」という条文が令状主義の例外として認められている。言い換えればＤＮＡの採取については例外として認められていない。普段であればトップダウン方式で警察庁の意向に唯々諾々《いいだくだく》と従うはずの県警に初動の差が生じたのは、これが原因だったと笘篠は考えている。

もっとも警察庁としては各県警の足並みが不揃いなのは問題であり、二〇一二年九月一〇日には「ＤＮＡ型データベースの抜本的拡充に向けた取組について」と題した通達を都道府県警察に下ろし、身柄拘束の有無に拘わらず積極的に被疑者からＤＮＡ試料採取をするように指示している。従って容疑者のＤＮＡ型が指紋と同様にデータ化されているのは二〇一二年の通達からと捉えた方が妥当だ。

笘篠から説明を聞いた二人は、それでも納得半分という表情をしている。先に疑義を口にしたのは来宮だった。

「つまり笘篠さんは、殺された男が二〇一二年以前に逮捕されていた可能性が高いという判断ですか」

「服役していたとしたら、更にそれ以前という可能性も考えなきゃならないだろう。これだけ指紋を隠すことのみに血道を上げているんだ。二〇一二年以前まで遡るのは決して見当違いじゃない」

笘篠はテーブルの上の競馬新聞に視線を移す。

「新聞にも指紋は付いていなかったんだな」

「ええ」

視界に捉えてからずっと気になっていた。テーブルに置いてあるのは著名な競馬新聞だが、そもそも宮城県内に競馬場は存在しない。馬券売り場も大崎《おおさき》市と大郷町《おおさとちょう》の二カ所だけで、競馬という文化自体が根付いていない。競馬新聞が売られているのはコンビニエンスストアくらいで、しかも部数はごく限られている。宮城県内ではマイナーなギャンブルといっても過言ではない。

ただし男が偽の出身地としていた岩手には盛岡《もりおか》市と奥州《おうしゅう》市にそれぞれ競馬場が存在する。場外馬券売り場も県内に五カ所ほどあったはずだ。

事によると、男の出身地は本当に岩手なのかもしれない――笘篠はそう考え始めていた。

競馬新聞の日付は六月一八日、男が殺害される前日となっている。開くと中山記念の出走表に赤ペンで印が打たれている。

「中山記念の結果、分かるか」

「ちょっと待ってください。競馬にはあまり縁がなくて」

弁解しながら蓮田が自分のスマートフォンを操作する。

「ありました、中山記念の結果。順当に本命馬が優勝しています。見事に外しましたね」

他のページを見てみる。地方競馬、盛岡競馬場のレースにも印がついており、各々の戦績を確認してみたがいずれも掠《かす》りもしていない。

「この新聞を見る限り、どのレースも大穴狙いですね」

蓮田の言う通り、新聞に書き加えられた赤ペンはことごとく「◎（本命）」「○（対抗）」「▲（三番手）」「△（二、三着の可能性）」を外し、もっぱら「☆（上記以外の穴馬）」に集中している。

「何の考えもなく、リターンの大きさだけで穴狙い。この新聞だけで即断するのは早計かもしれませんけど下手の横好きを地でいっているようなものですね」

「この予想通りに金を注ぎ込んだとすると、公園に赴いた当日の所持金一万七五〇〇円というのは男の全財産だったかもしれないな」

「関係ありますかね。はした金とはいえ、現金は盗まれていなかったんですよ」

「関係ないとは言えん。カネは多くても少なくてもトラブルを呼び込む」

その日のうちに、南署に帳場が立った。県警と南署の合同捜査会議となり、南署からは井筒《いづつ》署長、県警からは東雲《しののめ》管理官と山根《やまね》刑事部長が雛壇《ひなだん》に並ぶ。端には石動も顔を揃えている。

いつにも増して空気が重いのは、被害者の素性が未だに不明であるためだ。初動捜査の遅れは事件解決にとって致命的だ。殺された人間が誰なのかさえも分からないのでは、捜査方針も立てづらい。

東雲は口数こそ少ないが思っていることがすぐ顔に出る。手掛かりの数と眉間の皺《しわ》の数はいつも反比例の関係にある。

「本日早朝、富沢公園で発見された男性の殺人事件について第一回目の捜査会議を行う。なお、被害男性は天野明彦なる氏名で生活していたが、家族との対面により身分を偽っていた事実が判明している。従ってこれ以降、姓名が判明するまで被害男性と称する。まず司法解剖の結果を」

立ち上がったのは来宮だった。

「東北医大法医学教室に解剖を依頼しました。解剖報告書では四カ所の傷の一つ、胸部へのものが致命傷となり、出血性ショック死に至ったとの内容。凶器は片刃成傷器。防御創は一カ所のみ。胃の内容物の消化具合から、死亡推定時刻は一九日の午後一一時から翌午前一時までの間。顎がほぼ完全に潰され、手の十指が第一関節から切り落とされていますが、これらは全て本人の死亡後に行われています」

雛壇横の大型モニターには法医学教室で撮影された各部位の写真が映し出されている。既に笘篠は現場で目にしていたが、数時間経過した状態を大型モニターで見せられると、おぞましさが倍増する。居並ぶ捜査員たちは顔を顰めて映像を眺めている。

「歯型と指紋を潰したのは、警察のデータベースを警戒しての隠蔽工作か」

「その可能性は小さくないと思われます」

「被害男性の所持品は」

「財布の中には一万七五〇〇円の現金と運転免許証、〈氷室冷蔵〉の社員証がありました」

来宮の口から運転免許証が岩手県公安委員会から発行されたものであることが説明されると、捜査員たちの間からは不審げな呟きが洩れた。

「免許証の発行自体に問題はなし。証明書としての住民票が不正使用だったという訳か」

来宮がちらりとこちらに視線を寄越す。住民票の偽造に関して最初に指摘したのは笘篠なので、要らぬ気兼ねをしているのだろう。笘篠は首を横に振って、気にするなと合図をする。

「次、現場周辺の地取りと防犯カメラ設置状況」

南署の別の捜査員が立ち上がる。

「犯行現場はグラウンドの近くにある四阿の横ですが、富沢公園では入口付近とグラウンド側にしか防犯カメラは設置されていません。念のためにビデオ画像を再生してみましたが、撮影範囲のちょうど死角で現場は映っていません。なお、運動広場の利用時間は午前六時から午後七時まで」

死亡推定時刻を考慮すれば、グラウンドが閉まった後、人が寄りつかない時間帯を選んだに相違なかった。

「グラウンドが閉まってから翌朝死体が発見されるまでの間に不審者を見かけなかったか近隣に訊き込みをしましたが、今のところ目撃証言は得られていません。今後は公園前の通行人に当たる予定です」

「では、次に被害者の自宅について鑑識から報告」

これには鑑識課の両角が答える。

「被害者宅は会社の単身用住宅で広さは1K。居住しているのは被害者のみなので、残留物の採取は比較的簡単と思われたのですが……」

「どうした」

両角が口籠もると、早速石動課長が先を促した。

「現在も分析の最中ですが、毛髪や体液はともかく、未だに一個の指紋も採取できておりません」

やはりそうなのか。笘篠たちは事前に瞬間接着剤の存在を知らされていたので覚悟していたのだが、雛壇の東雲以下居並ぶ捜査陣は驚きを隠せない様子だった。

「被害男性は日頃から瞬間接着剤を使って自身の指紋を消していた痕跡があるんです。ユニットバスの中に接着剤の容器がありました」

「しかし実際に生活する上で、接着剤が剝がれる局面もあるんじゃないのか。第一、風呂に浸かっていれば接着剤は自然に剝がれるだろう」

「いえ。被害男性が使用していたのは、専用の剝離剤でなければなかなか剝がれない種類のものです。もちろん人間の皮膚は代謝するので接着剤も自然に剝がれるのですが、被害男性は定期的に塗布を繰り返していたらしく、ユニットバスからも指紋は検出できていません」

「指紋が駄目でも、毛髪や体液は残っていたのだろう」

「採取はしましたが、まだＤＮＡ型分析の途中です」

「結果待ちか」

東雲は期待を込めたように言うが、期待薄なのは両角の顔色で分かる。

定期的に瞬間接着剤を指先に塗布するほど慎重な人間が、己の毛髪や体液を放置するのは大きな矛盾だ。笘篠が考えるように、仮に逮捕歴があったとしても写真撮影と指紋採取しかされなかった容疑者と思われる。そして笘篠が思いつくことなら、当然東雲たちも気づいている。

「被害男性を採用した際の履歴書と住民票は残っていないのか」

履歴書について確認したのは自分だ。

立ち上がった笘篠は咳払いを一つする。

「被害男性の勤務先〈氷室冷蔵〉に確認したところ、採用が決まった時点で履歴書と住民票は本人に返却しています。個人情報保護の観点から写しも取っていません」

「運転免許センターの方には保管していないのか」

「駄目でした。〈天野明彦〉名義で保管されていたのは運転免許経歴だけです」

東雲は無言で頭《かぶり》を振る。笘篠が発言するなら今しかない。

「管理官、よろしいでしょうか」

「何だ」

「被害男性が身分の詐称に偽造住民票を使用したのは明らかです。ところで先月二十八日、気仙沼の海岸で服毒自殺を図った女性がいました」

東雲は、いきなり何の話を始めたという顔をする。井筒や山根も同様だが、事情を知る石動だけは苦虫を嚙み潰したように唇を曲げている。

「彼女のカードケースには運転免許証がありましたが、その名前と住所は未だ行方不明となっているわたしの妻のものでした」

「何だと」

笘篠の言葉に捜査員たちが騒《ざわ》めき出す。

「無論、自殺した女性は妻とは似ても似つかぬ他人でした。しかし素性を調べるうち、彼女が面接に持参した住民票もやはり偽造されたものであることが判明したのです。ただし彼女の場合、採用先が風俗業で身分証が発行できなかったため、運転免許証も偽造に頼らざるを得ませんでした」

笘篠は〈貴婦人くらぶ〉の栗俣から聴取した内容とその後の捜査結果を掻い摘んで話す。最初は当惑気味だった東雲も次第に身を乗り出してきた。

「鬼河内か。忘れ難い名前だ。確かにあの鬼畜夫婦の娘なら素性を隠したくなるのも頷ける」

「鬼河内珠美と今回殺害された被害男性との関連はまだ認められていません。しかし調べる価値はあると思います」

「共通項は偽造した住民票か。同時期に似たような事案が発生したのは偶然ではないかもしれない」

東雲はそう呟くと人差し指でこつこつと机を叩き始めた。笘篠以下、県警捜査一課の者なら全員知っている東雲の癖だ。迷っているのではない。発言相手の真意を推し量ろうとしている時の仕草だった。

「君の提案を採用すると、気仙沼署も巻き込むことになるな」

「気仙沼署の案件は自殺で処理されていますが、捜査情報の共有で協力が得られると考えます」

「住民票偽造の大元を辿れば容疑者にぶち当たるということか」

「被害男性の素性が不明である現状、有効な手掛かりではないでしょうか」

話しながら、笞篠は見えない糸で絡め取られていくような感覚に陥る。東雲は浅慮な男ではない。相手の言質を取る才に長《た》けており、こうして言葉を交わしながら徐々に包囲網を狭めていき、いつの間にか思惑通りに約束させてしまう。

では、東雲が自分から引き出したい言質は何なのか。笞篠は注意深く言葉を選ばなければならない。

「使用された偽名は君の細君の名前だったな」

「はい」

「言い換えれば、細君の個人情報を盗んだ者がいることになる。まさか私情絡みじゃあるまいな」

「私情は一切挟んでいません」

眉一つ動かさなかった自信はある。少なくとも上司に本音を見透かされない程度には、面の皮が厚いはずだ。

「同時期に住民票の偽造が二件発生しています。管理官の言われる通りこれが偶然でないとしたら、他にも偽造された住民票が出回っている可能性を否定できません。そして、もう一つの共通項が気になります」

「ほう。言ってみ給え」

「偽造された住民票が、いずれも東日本大震災で行方不明になった者の個人情報に依《よ》っていることです」

しん、と会議室の中が静まった。

「あの震災から七年が経過しました。ご承知の通り、東日本大震災の行方不明者については、遺族の多くが戸籍法の特例を使って失踪宣告の手続きを踏まずに死亡届を提出しています。しかし他方、一縷の望みに縋《すが》って未だ失踪宣告をしていない遺族も存在しています。もしそうした行方不明者の個人情報が不法に扱われているとしたら、類似の事件がまた発生します」

静まり返った会議室に笘篠の低い声が響く。この場にいる全員が事の重大性を理解した瞬間だった。

重大性だけではない。行方不明になって既に七年が経過しているにも拘わらず、未だ死ぬこともできない被災者とその遺族の悲哀は決して他人事ではなかった。

「発言の趣旨は理解した」

東雲は笘篠を正面から見据えて言う。

「被害男性の捜査を進める過程で、偽造された住民票の顚末《てんまつ》についても解明しなければならない。気仙沼署との連携も必要になるだろう。最初に発案した君がその方面の捜査をすることも認めよう。ただし」

いったん言葉を切ってから口元を緩ませる。

「わずかでも私情を挟む気配が見えたら担当から外す。そのつもりでいろ」

これが東雲のやり口だった。

煽《あお》るだけ煽っておきながら手綱は決して緩めない。引き千切ろうとした犬には容赦なく仕置きをする。この老獪さこそが東雲の真骨頂と言えた。

ふと視線を移すと、雛壇の端で石動がにやにやとこちらを見下ろしていた。

「現状は、現場周辺での地取りを徹底。被害男性の人間関係を把握するため、鑑識の分析結果を待って身元特定を急ぐ。被害男性の顔写真を公開し、広く情報を募る。また住民票の偽造に関しては現物を入手し、作成元を追及する。以上」

初動段階での捜査方針としては妥当なところだろう。特に反論も質問もなく捜査員たちは三々五々と散っていく。

東雲にいいように操られた感が胸の底に残る。何やら異物を飲み込んだような気分でいると、背後から蓮田が歩み寄ってきた。

「さっきはちょっと、ひやひやしました」

「何がだ」

「正面切って管理官に意見していたじゃないですか」

「あれは意見じゃない。具申だ」

「どちらにしても、笘篠さんが管理官に嚙みついている図はあまりいただけません」

蓮田はそれ以上言及しなかったが、笘篠の私憤による暴走を怖《おそ》れているのは明らかだった。

4

捜査方針を受け、早速天野明彦を名乗っていた男の顔写真が全国に公開された。不正な手段で運転免許証を取得していた事情は伏せ、名無しの被害者として情報を求めるとその日のうちに一〇〇件を超える問い合わせがあった。南署の捜査員がそれぞれ確認に走ったが、二日経った時点でまだ目ぼしい成果は上がっていない。他人の空似であったり悪戯《いたずら》であったりと空振りが続いている。

一方、笘篠は押収物の中にあった天野明彦名義の預金通帳を開いていた。肩越しに覗いていた蓮田が呆れた口調で呟いた。

「何というか……刹那《せつな》的な生活をしていた男だったんですね」

通帳の入出金記録は単純な内容だった。預り欄は月末〈氷室冷蔵〉からの給料が二四万円余、その翌日か翌々日に支払いで一〇万円ほどが出ていき、月半ばでまた一〇万円余が出ていく。一〇日には水道光熱費が引き落とされるので、給料日前日の残高は決まったように三桁か四桁しか残っていない。最後の記載は六月一二日、ATMから一四万円を引き出したもので残高は二五六円になっていた。

「殺害された際の所持金一万七五〇〇円が全財産だったという読みは当たっていましたね」

「競馬新聞に付けられていた赤ペンの数を考えればギャンブルにも相当なカネを注ぎ込んでいただろうからな。生活費とギャンブルで給料のほとんどが消えていく毎日だ」

蓄えもできず、生活も向上しない。そういう日が続けば人はゆっくりと疲弊し、ゆっくりと絶望していく。疲弊と絶望の末にあるものは怨嗟《えんさ》と憤怒《ふんぬ》だ。

「ただ預金と手持ち現金だけで本人の暮らし向きを決めつける訳にはいかない」

背もたれに引っ掛けたジャケットを摑み、笘篠は刑事部屋を出ていく。蓮田が慌てて後ろをついてくるので行き先を告げる必要はない。

〈氷室冷蔵〉に到着すると、すぐに室伏を捕まえた。

「ウチの社名を出さないでくれたのは有難かったです」

作業所隅の事務所で対面すると、室伏は開口一番そう言った。

「別にウチが天野……いや、天野と名乗っていた男を酷使したとかイビっていたとかはありませんが、それでも社名が出れば口さがないヤツが色んなことを言ってくる。復興がまだ道半ばという時期に、仕事以外で従業員を悩ませるのはご免被りたいです」

「報道をご覧になったんですね」

「見ましたよ。あの日まで同じ職場で働いていた男が、あんなかたちでテレビに映し出されると妙な気分ですよ。何というか、こちら側とテレビの中の世界が地続きになったみたいで、こう、背中がぞわぞわっとしますな」

一般の感覚はこうしたものなのだろうと、笘篠は思う。十指の切断やら殺人やらはやはり非日常だ。自分の周囲一〇メートルの世界とテレビで報じられることの間には高い塀が聳《そび》え立っている。

「今日、伺ったのは被害男性の経済状態についてです。彼の勤務態度が真面目で余計なことは一切口にしないというのは、先日お訊きしました。しかし暮らしぶりはどうだったのかと思いましてね」

「暮らしぶりというとカネ回りのことですか」

途端に室伏は懐疑心を露わにした。

「殺された側のカネ回りが捜査に役立つんですか」

「役立ちます。少なくとも殺された本人がどういった人間だったのかを探る手掛かりにはなります」

「いくら名前を騙っていたからって、死んだ同僚を悪く言うのは、その、ちょっと」

既にこの段階で良くない話であるのを告白しているようなものだが、訊かない訳にはいかない。

「案外、それが名前を騙らなければならなかった理由かもしれません。天野さんだった彼の無念を晴らすには、本人には都合の悪いことも一つ一つ明らかにしていかなければなりません」

室伏を見ていると、本人の中で相剋《そうこく》する二つの感情が闘っているのが分かる。だが、捜査中の笘篠は相手に行儀の良さなど求めていない。

やがて室伏は観念したように小さく頭を振った。

「あいつがスマホで競馬予想のサイトを覗いていたのは話しましたよね」

「はい」

「仕事ぶりは真面目な男でしたけど、唯一あれだけはダメだった。競馬にのめり込んで、すぐに給料を使い果たしちまうんです。お蔭で昼飯も安いハンバーガーとかカップ麺でね。実際、同僚からちょこちょこカネを借りていました」

「給料の前借りとか、しなかったんですか」

「ウチはそういうのを一切許してないんです。だから月初めは真っ当に定食を注文していても、月半ばには途端に食生活が貧しくなる。食べる物で、あいつの懐具合は一目瞭然でしたね」

「職場で金銭トラブルはなかったんですか」

「それはなかったですね。カネを借りても給料日にはきっちり返してましたからね。ギャンブル以外は真面目なんで、皆もしようがないと言いながら貸してましたね。まあ、かく言うわたしもなんですけど」

室伏は諦めたように短く嘆息する。

「ギャンブル依存症、でしたか。カネにだらしないってのは確かに褒められた話じゃありませんけど、かといってそうそう貶《けな》されることでもないですよ。自分のカネをどうしようが自由なんですからね。それに何度も言いますけど、勤務態度さえ真面目なら、一つくらい欠点があっても却ってご愛敬というものですよ」

「彼が殺害された日、いつもと違うそぶりとかはなかったですか」

室伏は少し考えてから思い出したように言う。

「言われてみれば休憩時間中、どこか上の空みたいでしたね」

事務所を出ると、蓮田が小声で話し掛けてきた。

「被害男性の懐は予想以上に破綻していましたね」

「競馬に血道を上げて、同僚からカネを借りる。慢性的な金欠に陥って預金残高が三桁、所持金が一万円ちょっとの男が夜の一一時に人けのない公園で何者かに殺害される。指先と顎を著しく損壊されているが、怨恨よりは素性を隠蔽するためと考えられている」

「金銭絡み。それも恐喝という線ですか」

「カネのない方が恐喝する側に回るのは世の常だ。恐喝される側が逆襲に転じるのもな。そして恐喝するような相手なら当然スマホに電話番号その他の情報を保存している。事によれば、恐喝のネタ自体を保存していたのかもしれない」

喋りながら自分の推論にどれだけの説得力があるかを吟味してみる。ここまでは論理に大きな逸脱はない。被害男性と犯人が顔見知りであったというのも、時間と場所を考えれば妥当な推論だった。

「ひょっとしたら競馬が縁で、犯人と知り合ったんですかね」

ありそうな話だと思った。だが被害男性が県外の競馬場や県内二カ所の場外馬券売り場にまで足を伸ばさない限り、二人の接点と仮定するには根拠が薄弱に過ぎる。

「大崎市と大郷町の場外馬券売り場に防犯カメラが設置されていて、被害男性が誰かと一緒にいる場面でも映っていればめっけものなんですけれどね」

「そんなに都合よくいけば苦労しない」

だが可能性を全否定する根拠もない。被害男性の素性が明らかになろうとなるまいと、いずれは東北各県内に設けられた競馬施設の防犯カメラを虱潰《しらみ》しに当たる羽目になるだろう。

「都合よくはいかないが、捜査本部で具申はしておく必要があるな」

今は顔認証システムが発達しているので画像検索に大した手間暇はかからない。むしろ面倒なのは各地の防犯カメラからデータを取り出してくる作業だ。現在稼働している鑑識の手が足りなくなれば、科捜研の人間も駆り出さなければならない。いずれにしても捜査本部が膨張するのは、あまり好ましい傾向ではない。船頭多くして船山に上るの喩えではないが、捜査員を徒《いたずら》に増やしても効果が見込めるのはローラー作戦くらいのもので、今回のように被害者の身元さえ不明な状況下では有効性に疑問が生じる。第一、東雲が捜査本部の拡大を渋るのは目に見えている。

とにかく被害男性の素性を特定することが優先される。そうでなければ他の捜査の進捗を阻む結果になりかねない。

寮の部屋で押収された私物や残留物の分析がどこまで進んでいるかが気になるところだ。だが二回目の捜査会議の席上においても、鑑識から目ぼしい進捗の報告は為されなかった。

「そういえば今日一日、フロアで鑑識の人間を見かけなかったな」

「朝イチでまた〈氷室冷蔵〉の寮に向かっているみたいですね」

鑑識課に同期の人間がいるせいか、蓮田は彼らの動向に通じている。情報が確かであるのなら、鑑識課は寮の部屋からまだ押収できるものがあると考えていることになる。新しい試料が採取できれば捜査の進展が見込める。

笘篠は再び寮に向かうことにした。


寮の敷地内に停められていたのは鑑識のワンボックスカーだけだった。階段を上ると件の部屋の前には警官が立っている。

「ただ今、鑑識の作業中です」

作業中なら捜査員は足を踏み入れることができない。

「両角さんを呼んでもらえませんか」

警官に言伝《ことづて》を依頼して一五分もすると、作業を中断された怒りを隠そうともせず、両角が出てきた。

「笘篠さん、いったい何の用だ。作業中なのが分からんような粗忽者《そこつもの》じゃないだろう」

「一度臨場した現場に舞い戻ってきた鑑識の意図が知りたい」

あまりに直截《ちょくせつ》な物言いに、両角は機先を制されたように顔を強張らせる。

「捜一が無関係とは言わないが、あなたに鑑識の事情を逐一報告する義務はないぞ」

「それなら当てずっぽうを許してほしいが、先に押収した試料では何の進展もなかったからじゃありませんか」

両角は黙ってこちらを睨む。肯定しているのも同然だった。

「寝具からは毛髪や体液が採取できたでしょう。DNA型も分析できたかもしれない。しかしデータベースにはヒットしなかった。後は被害男性の部屋を再度家宅捜索して、更なる試料を採取するしかない。鑑識にすれば面目を潰されるような話だが、管理官の指示なら従わざるを得ない」

畳み掛けると自己嫌悪を覚えたが口の重い男には有効だ。案の定、両角は億劫《おっくう》そうに口を開いた。

「俺たちもあんたと同じく宮仕えの身だからな。本部の方針には従うし、鑑識の名にかけてブツの一つでも咥《くわ》えて帰らなきゃ士気に関わる」

「鑑識には両角さんのように経験値の高い人材が揃っている。まさかダメ元で再臨場するはずもない。何かしらの勝算があってのことですよね」

「今ここで喋れっていうのか」

「捜一は無関係ではないのでしょう」

揚げ足を取るのも笘篠の流儀からは外れるが、これくらいは許容範囲だろう。自分の暴走に歯止めを掛けようとしている蓮田も今は二人のやり取りを見守っている。

「……被害男性は指先に瞬間接着剤を塗布して、徹底的に指紋を隠そうとしている。功を奏して部屋からは指紋が一つも採取できていない。しかし本人が見逃したかどうか盲点も存在する」

「使用後に剝がした接着剤の被膜ですね」

「そうだ。被膜の裏側にはこれ以上ないほど克明な指紋が残っている。浴室に接着剤の容器が置いてあったところから、被膜の貼り替えはあそこで日常的に行われていたと考えるべきだ。言い換えれば、剝がされた被膜も浴室で流された可能性が高い」

「排水管浚いですか」

「浴室の排水管から高圧をかけて外に吐き出させる。もちろん排水管は中で繫がっているから、各部屋の汚物もまとめて排出される。それを広げて一つ一つ摘まみ上げる作業だ」

聞くだに悪臭が漂ってきそうな話だ。だが鑑識はそういう汚れ仕事をルーチン業務としてこなしている。眉一つ顰《ひそ》めるのも憚られる。

「排水口はこの裏側にある」

両角は言い放つと二人の脇をすり抜けて階段を下りていく。ついて来いとも来るなとも言われていないが、無言の引力で笘篠と蓮田は後を追うしかない。

建物の裏に回るとマンホールの蓋が開けられ、周囲を三人の鑑識課員が取り囲んでいる。その横にはブルーシートが敷かれ、排出の時を待ち構えている。

「よければ手伝いましょう」

「要らん。素人に手伝ってもらっても仕事が増えるだけだ。あんただって俺たちが地取りや鑑取りに参加すると言い出したら顔を顰めるだろう」

指摘通りで返す言葉がない。

「あんたたち捜一が焦る気持ちも分からんじゃない」

両角の目が不意に同情の色合いを強める。

「特に笞篠さん。あんたは奥さんの個人情報を盗まれている。気合いの入り方も人一倍だろう」

「いや、そんなことは」

「あんただけじゃない。捜査会議の席上で言うことじゃなかったから黙っていたが、大なり小なりほとんどの人間が身内や知り合いの誰かを失くしている。口幅ったい言い方だが、あんたの気負いや憤りは皆が感じている。だから、まず俺たちを信じろ」

両角の言葉が胸を刺す。同情と厳峻《げんしゅん》を併せ持った響きだった。

「ここは鑑識に一任しましょう」

背後から蓮田も引き留めにかかる。ここで笞篠が我を押し通せば醜態にしかならない。

「よろしく」

それだけ言い残して笞篠は踵《きびす》を返す。自分でも気づかぬうちに勇み足になりかけていたのかもしれない。

感謝と羞恥を綯《な》い交ぜにしながら県警に戻って一時間後、両角から連絡が入った。

排出物の中から接着剤の被膜らしきものが採取されたとの知らせだった。

三　売る者と買う者

1

寮の排水口から採取された接着剤の被膜は一センチ四方もないちっぽけなものだったが、捜査本部にとってはこれ以上ないほど大きな贈り物となった。

被膜は早速警察庁の指掌紋自動識別システムに照会され、間もなく一人の前科者の指紋と一致した。

真希竜弥《まきたつや》、一九七四年五月七日生。二〇〇六年二月八日に宮城県栗原《くりはら》市内のコンビニエンスストアに押し入り、店員を刃物で刺した上で現金五万二〇〇〇円を強奪。同月二三日に逮捕・送検され懲役九年の判決を受ける。二〇一五年二月に刑期を終えて宮城刑務所より出所、その後の消息は不明。

「その後の消息は不明というのは、ずいぶん素っ気ない回答ですね」

覆面パトカーのプリウスを駆りながら蓮田が話し掛けてくる。

「出所後は保護司なり身内のところに転がり込むのが普通でしょう。それでも足取りが摑めなかったというのは何故ですか」

「真希の身内はあってないようなものだ」

データベースで真希の前科を確認していたので、笘篠にもうっすらと事情は透けて見える。

「真希の郷里は大崎市にあるが、まだ実家暮らしだった二一歳の時、窃盗で逮捕されている。以来、実家とは没交渉だったらしい。二度目のコンビニ強盗の際、店員の受けた傷が比較的軽傷だったにも拘わらず情状酌量が認められなかったのは再犯だったからだ」

「仏の顔も一度きり、ですか。親兄弟が手を差し伸べていたらコンビニ強盗をせずに済んだかもしれませんね」

笘篠は敢えて返事をしない。資質だけでもなく家庭環境だけでもない。残念なことには出所者への支援体制でもない。何が人を犯罪へ走らせるのか、数多《あまた》の犯罪者を見てきた笘篠ですら参考になるような意見を持てないでいるのだ。

「身内が見放していても保護司が面倒を見てくれていたら、出所者の行方や近況くらいは分かるものでしょうに」

「それも含めて今から確かめに行くんだ」

二人が向かっているのは富谷《とみや》市の保護司宅だった。警察庁のデータベースに記録がなくても保護司が出所後の真希を知っているだろう。真希竜弥が誰と出会い、どんな経路で天野明彦の個人情報と住民票を取得したのか。現状、真希の保護司以外に手掛かりらしいものは見当たらない。

「それで天野……真希竜弥の保護司というのは何者なんですか」

「久谷《くたに》という男だ。以前は町議を務めていたとプロフィールにあった」

保護司は保護観察所の所長が推薦する国家公務員だが、無給なので公的なボランティアという性格を持つ。特段の資格を必要としないが公務員経験者や宗教家といった篤志家が顔を揃えており、久谷のような地方議会議員も多い。

だが篤志家というひと括りで判断するのは早計だと笘篠は考える。前職が議員というのも引っ掛かる。議員が全員篤志家とは限らないし、保護司を一種の名誉職と捉える向きもある。とにかく会ってみなければ何とも言えないが、出所後の真希について多少なりとも情報を提供してくれるのなら、相手が篤志家でも偽善者でも構わない。

出所した二〇一五年二月から〈氷室冷蔵〉に就職する翌二〇一六年六月までの一年余りの間、真希がどこで何をし、誰と接触していたのか。その片鱗《へんりん》でも摑まなければ、天野明彦の個人情報の入手方法は解明されない。

富谷市ひより台。この周辺は国道四号線沿いの丘陵地に新興住宅地が並び、仙台のベッドタウンとして人口を増やしてきた。最初の団地ができてから半世紀が経とうとしている今も、人口は微増を続けている。

久谷の住まいは住宅地の一番端に位置していた。この辺りでも最古参の住人なのだろうか、増築部分がそうと分かる、相当築年数を経た木造二階建てだった。

事前に仕入れた話によると、久谷は現在七八歳。町議を務めたのは過去の話で、最近は二回連続で落選しているとのことだった。玄関に出てきた久谷は好々爺然《こうこうやぜん》とした風貌だが、目だけは笑っていなかった。

「宮城県警の笘篠と蓮田です」

「これはこれはお勤めご苦労様です」

二人を居間に迎えたものの、久谷は妻が出掛けているのを理由にもてなしらしいことをする気配がない。

居間には町議会議員の当選証書が額装されて並んでいる。笘篠は客を招き入れる場所に己の功績を誇示する人間をあまり好きになれない。

「真希竜弥くんの件でしたな。警察の人が二人も来たということは、また彼が何か仕出かしましたか」

笘篠は久谷の表情をじっと観察する。もしこちらを揶揄《やゆ》するような色が一瞬でも浮かべば、真希の末路を承知している可能性がある。

「真希は死にました」

笘篠が告げると、久谷は俄に目を細くして遠くを眺めるような顔をした。

「そりゃあ本当かね」

何人もの人間に事情聴取をしてきた甲斐《かい》があり、相手が詐欺の常習犯でない限り反応一つで嘘《うそ》を吐いているかどうかくらいの見当はつく。久谷が演技をしているようには到底思えなかった。

「六月二〇日、仙台市内の富沢公園で死体で発見されました」

「殺されたのかね」

「どうして、そう思われるのですか」

「少なくとも自殺するような男には見えなかったからね」

「久谷さんは出所後の真希の面倒を見ていたんですよね。本日お伺いしたのは、当時の状況を知りたかったからです」

「出所直後の真希くんの様子を知りたいのは、まだ犯人の目処《めど》が立っていないということかな」

目の奥に猜疑《さいぎ》心が見え隠れする。どうやら犯人云々よりも、己が事件に結びつけられるのを警戒しているようだ。

「言っておくが、わたしは富沢公園なんかに行ったことはない」

「何も久谷さんを疑っている訳ではありません。わたしたちはとにかく真希竜弥の交友関係を知りたい一念でしてね。真希は再犯だったことも手伝い九年の懲役を食らいました。九年も刑務所で暮らしていると、塀の外側の知り合いが少なくなるものです」

「ああ、そういう傾向はあるな」

久谷は訳知り顔で頷く。

「今までにも何人か世話してきたが、最初は皆おっかなびっくりの体でね。テレビが薄型になったり、ケータイの代わりにスマホが出てきたり、世の中の変化についていけんらしい。塀の内と外では流れている時間が違うのかもしれん」

「まるで浦島太郎ですね」

「浦島太郎は言い得て妙だな。現状に適応できない有様は確かにお伽噺《とぎばなし》の住人だ。もっとも浦島太郎は善行から竜宮城でもてなしを受けるが、受刑者は悪行の果てに刑務所で仕置きを受ける。似て非なるものだ」

気の利いた皮肉とでも思ったのか、久谷は口元を綻ばせる。議員という仕事をした人間が全員こうだとは思わないが、久谷は受刑者に対する配慮が希薄に過ぎる。数分話しただけだが、とても保護司の言葉とは思えない。聴取を笘篠に任せた蓮田も眉に嫌悪の色を漂わせている。

久谷が保護司の仕事を始めたのは七年前のことだ。ちょうど町議会議員選挙に敗れた頃であり、保護司のような公的なボランティア活動で票集めを画策しているのではないかと勘繰ってしまう。

たかが票集めというなかれ、一度当選の味を占めた者なら片手間のボランティア活動などお安い御用だろう。前科者の支援をするだけで数十票でも取り込めるのなら御の字だ。

「真希の場合はどうでしたか」

「彼もまた浦島太郎だったね。シャバで暮らすわたしですら九年というのは相当に長い。この間、中国が世界第二位の経済大国になり、日本と韓国が犬猿の仲になった。北朝鮮は金正日《キムジョンイル》から金正恩《キムジョンウン》に政権がわたった。日本では政権が代わり、そして……東日本大震災が起こった」

さすがに震災に言及する時には、声が一段落ちた。

「刑事さんは震災時、どこにいたのかね」

「捜査中でしたが県内にいましたよ」

「なら宮城刑務所の中がどんな様子だったか関係者から聞いているかね」

「生憎、刑務官の知り合いは多くありません」

「刑務所というのは建物が元々頑丈にできていて、あの震災でもびくともしなかったそうだ。しかも水や食料品の備蓄はたんまりあるから塀の外ほどは日常生活に変化はない。毎日ではないが風呂にも入れる。家族と財産を流され、避難所生活を強いられている者にとっちゃあ刑務所の中はそれこそ竜宮城だっただろうさ」

久谷は憤懣《ふんまん》遣る方ないといった口調だった。当然の事ながら震災被害は富谷市にも及んでいる。一般市民が辛酸をなめているさ中、犯罪者が鉄砦《てっさい》の中でぬくぬくと生活していると知れば、はらわたが煮え繰り返るのかもしれない。何といっても刑務所は税金によって運営されているのだ。仮に久谷が票集めのために保護司を務めているとすれば、さぞかし複雑な心境だろうと想像する。

「真希くんが出所して最初に驚いたのが、まだ震災被害の爪痕が残る町並みだったらしい。出所したのが二〇一五年の二月だったから、ようやく震災から四年経った頃で復興工事は道半ば、まるでよその国に来たみたいだと言っていた」

懲役を終えて帰ってみれば浦島太郎、というのは街の様変わりも指している。

「いきなりよその国に迷い込んだんだから、以前の知り合いが訪ねてくることもない。二度目の逮捕ともなると以前の友人・知人は蜘蛛《くも》の子を散らすようにいなくなったと、本人も愚痴をこぼしていた」

「出所後、真希は久谷さんのお宅に寝泊まりしていたんですか」

「一週間だけはね」

久谷はそう言ってから忌々《いまいま》しそうに鼻を鳴らす。

「色々と骨を折ってやったんだが、一週間して出ていった」

「その間、刑務所仲間が訪ねてくるようなことはなかったですか」

「ないね」

久谷はにべもなく答える。

「出所した際に返却されたケータイをいじっているのを何度か見たが、それで真希くんを訪ねる者が何人いたかと聞かれれば答えはゼロだ。わたしが知っている限り、彼を訪ねてきた者はいない」

「出所した真希はすぐ仕事を探そうとしましたか」

「富谷市というのは昔からベッドタウンで、求人が急に増える場所でもないし、やはり震災後は倒産する会社が後を絶たなかったから就職口はなかなか見当たらなかった。逆に仙台市はいち早く復興の狼煙《のろし》を上げたので、そこそこ求人もあった。ところが場所が仙台となるとわたしも知り合いがいない。刑事さんは出所者の就職状況を把握しているかね」

「残念ながら、われわれは犯人を捕まえるのに精一杯でしてね」

「大方の見当はついているだろうが、前科者を雇ってくれる企業はそれほど多くない。法務省では保護観察対象者を雇用してくれた企業に対して年間最大七十二万円の奨励金を支給することにしているが、年間七二万円の支給と前科者を雇うリスクとどちらを取るかの問題だ」

久谷の口調が更に素っ気なくなる。

「わたしは保護司の立場だからどんな前科を持っていても扱いは似たようなものだが、雇う側は話が別だ。軽微な窃盗と強盗致傷ではリスクの程度がまるで違う」

「つまり強盗致傷罪で懲役を食らった真希は、就職するにしてもハードルが高かったという趣旨ですか」

「実際に紹介してみると骨身に染みる。ただの保護司じゃなく、元町議会議員の肩書をフルに利用しても、前科が強盗致傷ではどんな企業も挙げかけた手を引っ込める」

笘篠は意外な感に打たれる。いささか権力志向過多と思われる久谷だが、その肩書を出所者支援に役立てようというのなら見方は違ってくる。

「思いつく企業二、三社に当たってみたが、結果は惨憺《さんたん》たるものだった。きっと本人も予想していたんだろう。わたしが面接を断られたと伝えても、さほど落胆する様子は見せなかった。それで彼はここを出ていった」

「どこか行く当てでもあったのですかね」

「それはどうかな。これ以上迷惑をかけるのも心苦しいので、就職先は自分で何とか探してみると言っていたが、その一週間で人脈ができたとは思えん。人脈があるとしたら、刑務所仲間くらいしか考えつかんよ。最後に吐いた愚痴はシャバへの恨み節みたいなものだったし」

「どんな恨み節ですか」

「刑務所で囚人番号で呼ばれている時は、それで気にもならず、気にもされなかった。強盗致傷の罪状も箔《はく》にはなっても恥にはならなかった。ところがシャバに出たら全てが逆転した。前科が強盗致傷と言った途端に門前払い、真希竜弥の名前を出しただけで皆が白い目で見る。いっそ前科と一緒に名前も捨てちまいたいと」

思わず蓮田と顔を見合わせた。真希が他人の個人情報を得ようとしたきっかけは、これではなかったのか。

「正直、あの時ほど自分の無力さを痛感したことはない。保護司の立場も元町議会議員の肩書も、世間の偏見の前では何の役にも立たん」

　久谷の機嫌の悪さは自己嫌悪に起因するものだった。人を見る目が未熟なのだと、笘篠は自戒する。

「真希くんのことは窃盗と強盗致傷という前科しか聞かされていなかったから、身元引受人になるのは躊躇したんだ。ところが実際に本人に会ってみると、気の弱そうな優しげな男だった。訊くでもなしに確かめてみると、コンビニに押し入った時、店員と揉《も》み合ったために怪我をさせてしまったらしい。元来、凶悪な人間じゃない。多少性格がだらしなく要領が悪いだけだ。もちろん本人の行状は褒められたものじゃないが、ちゃんと刑期を全うして出所したのなら、それで償いは済んでいるはずだ。雇う側の心配も分からんじゃないが、偏見は持つもんじゃない」

　捜査情報をどこまで開示していいかは微妙なところだ。笘篠は慎重に言葉を選びながら、次の質問をぶつけてみた。

「名前を捨てたい、の後に続く言葉はありませんでしたか。たとえば他人の名前を騙ってみようとか」

　問われた久谷はしばらく記憶を巡らせている様子だったが、すぐに頭を振った。

「いいや。特にそんなことは言っていなかったな」

「富沢公園で殺害された時、真希は別の名前で暮らしていました。働いていた職場もその別名で通っています」

「採用する際には住民票なり身分証明書の確認が必須じゃないのかね」

「誰か、個人情報の悪用、住民票の不正使用を教唆している者がいるのではないかと我々は疑っています。真希一人にできる仕事じゃありません」

「要領の悪い者には尚更不向きか」

久谷は静かに憤っているようだった。

「何か思い出したら、必ず連絡を差し上げる」


久谷宅を辞去した笘篠と蓮田はプリウスを大崎市へと向けた。真希が実家と没交渉になっているというのはあくまでも宮城刑務所経由の情報だ。直接、家族に話を訊かなければ信憑性に欠ける。

「でも笘篠さん。たかが窃盗で捕まった程度で面会にすら来なくなった家族ですよ。コンビニ強盗で縁を切ったというのも理解できない話じゃないですよ」

「それでも出所したら連絡を取ろうとするかもしれない。とにかく出所後の真希がどこかに接触を試みていたのは事実だ。関係者を片っ端から当たるより仕方がない。それに、家族には本人の死亡を伝えなきゃならない」

大崎市三本木《さんぼんぎ》地区は津波被害よりも震動による被害が顕著な場所だった。総合支所庁舎のような大型施設は吹き抜けの天井が広範囲に亘って崩落し、市道は至るところで罅《ひび》割れ、陥没した。現在、震災の爪痕は目立たなくなっているが、罅が補修されないままのブロック塀や廃墟と化した店舗が残骸を晒《さら》している。

真希の実家も震災被害の痕が刻まれていた。壁には亀裂が走り、雨樋《あまどい》が途中でひしゃげている。震災から七年が経過したにも拘わらず補修がされていない事実で、真希家の台所事情が透けて見える。

ポストを確認すると〈真希菜穂子《なほこ》〉とだけ記載がある。

インターフォンで来意を告げると、小柄で白髪の婦人が玄関から顔を覗かせた。

「竜弥なら刑務所に行ったきり音信不通です。折角来ていただいても大して話はできません」

彼女が母親の菜穂子なのだろう。白い解《ほつ》れ毛と目尻に刻まれた深い皺がのっけから門前払いの気配をぷんぷんさせるが、笘篠のひと言が菜穂子の態度を一変させた。

「真希竜弥さんは六月二〇日、仙台市にある富沢公園において遺体で発見されました」

「え……そんなニュース、初耳です」

「発見時、真希さんの素性は明らかではありませんでした。昨日になってようやく身元が判明したんですよ」

「嘘」

菜穂子は言うなりドアを閉めようとする。笘篠が隙間に足を挟み入れて防いだ。

「嘘じゃありません。わざわざあなたを騙すために県警の捜査員が大崎までやって来ると思いますか」

「音信が途絶えていたのは本当で、だから話せることなんて何も」

「では、せめて息子さんが亡くなった事実を報告させてください。わたしたちも無駄足を踏みたくありません」

菜穂子の逡巡は一瞬だった。ドアの隙間に挟んだ足から、すっと圧力が抜ける。

「……上がってください」

富沢公園で死体が発見された後、顔写真は公開している。本人の家族なら捜査本部に一報があって然るべきなのに、それもなかった。今まで理由が不明だったが、居間に通されてやっと合点がいった。

テレビもパソコンも見当たらなかったのだ。

代わりに目についたのは、真希の父親と思しき老人の遺影だった。天井近くの壁に掲げられ、こちらを睥睨《へいげい》している。

「竜弥が死んだというのは本当ですか」

菜穂子から問い掛けられ、笘篠は免許証の写真を取り出した。

「免許証に記載された氏名・住所は無視してください」

「ああ、ああ、ああ」

写真を取った菜穂子はうわ言のような声を洩らしながら腰を落としていく。

「……た、竜弥に間違いありません」

「テレビが見当たりませんが」

「竜弥がコンビニ強盗をした時、処分したんです。毎日のようにニュースで竜弥の名前を連呼されるのが嫌で嫌で」

「テレビがないと、また震災が発生した時に困るんじゃないですか」

「今はスマホで地震速報とかあるので……」

「それにしてもテレビごと処分するというのもよほどのことだと思います」

「処分しろと言ったのは主人なんです」

菜穂子は遺影を見上げて言う。

「コンビニ強盗の時には一週間近くニュースで流れていました。その間はご近所の目が怖くて一歩も外に出られませんでした」

「具体的に嫌がらせとか誹謗《ひぼう》中傷があったのですか」

「特にそういうのはなくて……でも、外に出たらどうせ後ろ指を差されると主人から止められたんです」

笘篠は改めて遺影を眺める。見るからに厳格そうで、今にも遺影の中から怒鳴り声が聞こえるようだ。

「結構、厳しいご主人だったんですね」

「小中学校の校長を務めていたせいでしょうか……特に竜弥は一人息子だったのも手伝って、ずいぶん干渉していました。最初に他人様のおカネを盗んだ時には、頭から火が出るんじゃないかと思うくらい激怒して、宥《なだ》めるのに大変苦労しました」

「その辺りからですか、本人と疎遠になったのは」

「まだ在職中だったので、逮捕歴のある息子なんか実家に近づけるなと徹底していたんです」

親が厳し過ぎるのも考えものという一例だ。罪を犯した事実はともかく、まだ若い身空で寄辺を失った人間はそうでない人間よりも更生が進みにくい。カネに困った真希が懲りもせずコンビニ強盗に手を染めたのは、案外家庭環境が一因だったのかもしれなかった。

「ご主人が亡くなられたのはいつですか」

「つい二年前です」

二年前なら真希が〈氷室冷蔵〉に勤め始めた頃だ。

「時期としては既に本人が出所しています。本人から連絡はなかったんですか」

「前に捕まった時、父親から勘当を言い渡されています。それ以降、本当にただの一度も電話もないんです」

菜穂子は恨めしそうに言う。恨んでいるのが夫なのか、それとも竜弥なのかは分からない。ひょっとしたら本人にも分からないのではないだろうか。

「主人は家の中でも校長先生でした。放任とは正反対の教育方針で、よく竜弥は叱られていました。良い子なんですよ。良い子なんですけど、絶えず誰かの背中に隠れているような子でした。そういう他人に依存する癖も主人は嫌っていました」

父親に疎んじられたら当然、家には居づらくなる。

「でも優しい子で、決して他人様を傷つけるような真似はしたことがありません。むしろ、いつも苛《いじ》められる方で……そのうち悪い友だちと付き合うようになって、パチンコ屋にも通いだして不在がちになりました。大学に進学できる成績でもなくて、挙句、就職もできずにいる時に最初の事件を起こしたんです」

「ご主人が怒り心頭だったので、本人も連絡しづらかったのかもしれませんね」

「わたしは何度も連絡しようとしたんですけど、主人が許してくれませんでした。頑固一徹なところがありましたから……」

家の中でも絶対的な権力を揮《ふる》う夫と従属する妻の姿が目に浮かぶようだった。死者に鞭《むち》打つつもりはないが、夫は息子ばかりか妻の行住坐臥《ぎょうじゅうざが》にも口を挟んでいたに違いない。そうでなければ、夫の死後も言いつけを守って息子への連絡を絶っていた菜穂子の行動を説明できない。

やがて菜穂子はゆっくりと顔を上げた。

「竜弥は公園で見つかったと言いましたね。自殺なんですか」

「いいえ」

「殺されたんですね」

富沢公園で発見された男が他殺であるのは既に報道されている。ここで隠しておく必要もなく、実の母親には告げておくべきだろう。

「すぐには素性が分からないよう、身体の一部が損壊されていました」

「亡骸は今どこにあるんですか」

「南署の霊安室に安置されています」

「会わせてください、今すぐ」

菜穂子は床に座り込んだまま低頭する。

「お願いします、お願いします」

身も世もなく乱れる様を見ていると、さすがに哀れさが募る。笘篠は菜穂子の肩に手を置いて落ち着かせるのが精一杯だった。

見かねた様子で蓮田が割って入る。

「お母さん以外、誰も息子さんを弔ってくれる人はいません」

「あ……」

「息子さんであると確認していただいたら、然る後死体検案書とともにご遺体を引き渡します。市役所に死体検案書を提出すれば火葬許可証が発行されます」

遺体の受け取りから葬儀までの流れを説明されると、ようやく菜穂子は我に返ったようだ。自分がしっかりしなければ息子の葬儀も出せないことに気づいたらしい。

ひと通り説明を聞き終わると、菜穂子はゆらりと立ち上がる。

「竜弥のことを色々と質問されたのは、犯人がまだ捕まっていないからですね」

「面目ないです。身元が判明したのはつい昨日のことでしたから」

「必ず」

その声は腹の底から絞り出すような声だった。

「必ず犯人を捕まえてください。犯人に罰を与えてください。そうでなかったら竜弥に申し訳なくって」

顔を覆った両手から嗚咽《おえつ》交じりの声が洩れる。

「実の息子が刑務所から出てきたことも、殺されたことも今の今まで知らなかった。何て、何てひどい母親なんだろう」

嗚咽はしばらく続いた。


「こんなに腹が立ったのは久しぶりですよ」

真希宅を辞去する時、いつになく蓮田が憤慨していた。

「真希竜弥は天野明彦という新しい名前を手に入れた。その代わりに真希竜弥に関係した全ての人間を忘れなきゃいけなかった。つまり、そういうことなんですよね」

「鬼河内珠美も同じだ。犯罪者夫婦の娘であるのを隠すために以前の名前も生活も捨てなきゃならなかった。ありつけたのは身分証明書を必要としない仕事だけだった」

過去から逃れようと足掻《あが》いた者たちが、結局は追い詰められて命を落とした。皮肉と言えば皮肉な話だ。

「二人の共通点は、本来の名前では生きていけなかったことだ。本人に前科があるか、あるいは親族に前科者がいる。そういう境遇の者たちに、行方不明者の個人情報を売り渡したヤツが存在している」

「真希竜弥を殺害した犯人もそいつなんですかね」

「可能性は小さくない。いずれにしても俺たちが追うべきは、個人情報の売人だ」

「しかし鬼河内珠美も真希竜弥も死んでいます。二人以外にも新しい名前で生活している者がいたとしたら、まず自ら名乗り出ることはないでしょう」

「下流でなくて上流を当たってみる」

「何か当てがありそうですね」

笘篠は返事を濁したが、真希が出所者であるのを鑑みれば捜査範囲はたちまち狭められる。受刑者同士の世界はそれほどに狭小なものだった。

2

真希竜弥の素性が明らかになると、俄然《がぜん》捜査本部は色めき立った。被害者が名無しではまともに鑑取りもできないが、前科者なら交友関係は自ずと絞られてくる。この辺りの見立ては笘篠と同一だ。

真希が宮城刑務所で服役したのは九年間。刑務所内で受刑者同士の会話はほとんど禁じられているが、だからといって付き合いが皆無になるはずもない。規則の陰に隠れてひっそりと、あるいは公然と親交を深めているケースが少なくない。真希に行方不明者の個人情報を売ったのは刑務所仲間ではないかという疑念は、至極当然といってよかった。

受刑者同士の人間関係を一番察知する立場にいるのは、やはり当の受刑者か刑務官だろう。

笘篠と蓮田は刑務官への事情聴取を任され、宮城刑務所へと赴いていた。

付近の駐車場にプリウスを停め、二人は正門前に立つ。時代を感じさせる赤レンガの高い門が立ちはだかる。ふと見れば蓮田は心なしか緊張しているようだ。

「初めてなんですよ、刑務所に来るの」

含羞と物珍しさの入り混じった表情だった。

「県警本部ともさほど離れていないし、わたしたちの挙げた犯人が収容されているのに、不思議と訪ねる機会がないんですね」

「刑務所というのは刑事施設であると同時に更生施設でもあるからな。警察官と縁遠くなっても不思議はないさ」

宮城刑務所内には木工の他、印刷・洋裁・革工の作業工場が設置されている。聞けば作業に熟達した受刑者も少なくなく、さながら職業訓練所の様相を呈している。

一方で、宮城刑務所は仙台矯正管区内で唯一死刑執行施設を持つ。刑事施設と更生施設と二つの性質を兼ね備えた宮城刑務所は独特の佇まいを見せている。

二人は正門を潜り、看守棟へと向かう。久谷からの伝聞通り刑務所の外壁は堅牢《けんろう》さを誇り、古《こ》色蒼然《しょくそうぜん》としていながら重厚感に満ちている。

事前に訪問目的を申し入れておいたので、目当ての刑務官にはすぐ面会できた。

東良《ひがしら》主任看守。刑務官歴一二年のベテランで、服の上からでも筋肉質であるのが分かる。ただし表情は変化に乏しく、笞篠が正面から見据えても愛想笑いの一つもない。

「お忙しいところをお邪魔して恐縮です」

「いえ。職務ですから」

東良は眉どころか表情筋すら動かさない。受刑者を指導するための仕様としても、まるで彫像と話しているような気がする。

「本日伺ったのは、以前ここに収容されていた真希竜弥に関して話を訊きたかったからです」

「真希竜弥」

東良は抑揚のない口調で復唱した。

「すみません。もしお分かりでしたら囚人番号で言ってくれませんか。我々は囚人を名前ではなく番号で呼ぶことがもっぱらですので」

「五二四七号と聞いています。コンビニに押し入った男です」

「五二四七……思い出しました。強盗致傷で九年の懲役を食らった男でしたね」

「ここへの入所は二〇〇六年です」

「まだわたしがヒラの看守だった頃です。ちゃんと憶えています」

「真希……五二四七号はどんな受刑者でしたか」

「どんな」

問われた東良は能面のような顔のまま沈黙した。回答を拒絶しているのかと思ったが、どうやら記憶を辿っているようだ。

「特にこれといった印象はありません。刑務官の指示に逆らう言動もなく、唯々《ただただ》従順な態度だったと記憶しています」

冗談とも本気ともつかなかったので、笘篠は笑うのも躊躇《ため》われた。刑務所内で刑務官に盾突く人間などそうそういるものではない。

「刑務官に対する態度ではなく、受刑者同士の関係を知りたいのですが、五二四七号と特に親しかった受刑者はいましたか」

「原則、受刑者同士が言葉を交わす時間は限られています。従って、特定の受刑者と親しくなるというのは可能性が低いです」

「東良さん、我々は何も刑務所の原理原則や建前を訊きに来たんじゃない」

このままでは埒《らち》が明かないと判断し、笘篠は天野明彦名義の運転免許証の写真を提示した。

「囚人番号五二四七号真希竜弥は、出所後に天野明彦という行方不明者の身分を騙って就職し、生活していました。ところが先日、富沢公園で死体となって発見されました。しかも身元が判明しないよう、手の十指の先端と顎を損壊されていました」

東良の顔にわずかな変化が生じた。疑問が氷解したというように頷いてみせたのだ。

「富沢公園で男が殺害された事件は聞き知っています。何となく写真に見覚えはあったのですが、あれが五二四七号でしたか」

平然とした口調に違和感を覚える。見覚えのある人間がどんな目に遭っても、所詮この男にとっては番号を付した囚人に過ぎないのだろうか。

東良の人間性を論《あげつら》っても仕方がないが、隣に座る蓮田はそう思っていないらしく不満げな様子を隠そうともしない。ここで事情聴取の相手と争っても何の得もない。笘篠は蓮田に、抑えていろと目配せする。

「真希竜弥は住民票を取得して行方不明者の身分を騙っていたと考えられます。しかし他人の住民票を入手するなんて普通は難しい。誰か真希に口添えをするなり個人情報を売った人間がいるはずなんです」

「それが受刑者仲間ではないかという疑問をお持ちなのですか」

「世知辛い話ですが、いったん塀の中に入ってしまうと、その中で知り合いが増えてしまう。規則の上では受刑者同士の限られた時間以外の会話は禁じられているでしょうが、あなたたち刑務官がずっと全員を監視していられるとも思えない」

「それはわたしたちの執務能力への懐疑ですか」

「たとえ受刑者同士が親しくなったとしても、誰もあなたたちを責められないと言っているんです」

話してみると、東良は組織防衛の意識が強い。舌を滑らかにするにはこちらから免罪符を与えるしかない。

「東良さんほどのベテランなら受刑者同士のひそひそ話も刑務所内に飛び交う噂《うわさ》も耳に入るでしょう。我々が集めているのはその類の情報です」

東良は瞬きもせずに笘篠を見つめる。相変わらず感情が読み取れず、笘篠は次第に焦りを覚えてきた。

「県警さんの捜査目的は五二四七号の殺害犯を逮捕することですか。それとも行方不明者の個人情報を売った者を検挙することですか」

「個人的に、その二つは同義だと考えています。そして彼または彼女を逮捕することは模倣犯の予防に繋がります」

しばらく笘篠と東良の間で睨み合いが続く。

正直言って模倣犯の予防効果云々こそ警察の建前ではないかという気がする。元々の身分では偏見に邪魔されてまともな職にありつくこともできなかった。他人の名前を騙ったのは違法だが、そうでもしなければ生きていけなかったのも事実だ。本来、責められるべきは鬼河内珠美と真希竜弥に身分詐称を余儀なくさせた世間ではないのかとも思う。

ただ笘篠の心情として、奈津美の名前を盗んだことはどうしても許せなかった。鬼河内珠美たちの事情を知った今もなお、私憤の焔《ほのお》は胸の裡に燻《くすぶ》っている。

「模倣犯の予防ということであれば、刑事施設に身を置く者として協力しない訳にはいきませんね」

事務的に過ぎ、とても協力する口調ではなかった。

「刑務所の一部で受刑者同士のよからぬコミュニティが存在する可能性は否定しません。笘篠さんが疑っているように、個人情報売買の斡旋《あっせん》をした輩《やから》がいるかもしれません。しかし残念ながら、わたしは直接そういった事実を見聞きしておりません」

一瞬だけ揺らいだと見えた感情が、また凝結したようだった。唇から洩れる言葉が、味気ない電子音声のように聞こえる。

これ以上長居しても時間の無駄だ。そう判断すると割り切りも早かった。

「そうですか。貴重な時間をいただき申し訳ありませんでした」

笘篠は軽く一礼して腰を上げる。蓮田も仕方なく後に続く。

「こちらこそお役に立てず」

ここまでくれば天晴《あっぱれ》だが、謝罪の言葉すら事務的に聞こえた。木で鼻を括られた立場としてはひと言添えたい気分だ。

「今日のところはこれでおいとましますが、引き続きご協力を願います。模倣犯が増え、本来の身分を隠した人間が跳梁跋扈《ちょうりょうばっこ》すれば、真希竜弥のような悲劇はもっと増えるでしょうから」

「断言されるんですね。その根拠は何なのですか」

「羊の皮を被った狼《おおかみ》でも、狼の皮を被った羊でもいい。およそ中身と合わない被り物をしたところで生き辛くなるだけです。生き辛さの果てにあるのは大抵が悲劇でしょう」

「同じ刑事施設に勤める人間同士なのに、おっそろしく非協力的でしたね」

宮城刑務所を後にしても蓮田の不機嫌は収まらなかった。

「刑務官というのは、みんなあんな風なんですかね」

「同じ刑事施設といっても向こうは法務省管轄、こっちは国家公安委員会管轄だ。目指しているものも求められているものも違う」

「それにしたって」

「刑務所は規律が全てだ。受刑者たちが徒党を組んだり、出所後の悪巧みをしているなんていちいち刑務官が大っぴらに認める訳にはいかないだろう。東良刑務官の素っ気ない態度も、胸に手を当てれば警察にだって似たような輩がいる。帰属意識が高い人間は、どうしても外面が鉄仮面みたいになるさ」

ハンドルを握る蓮田は拗《す》ねたように唇を曲げる。案外子どもっぽいところがあるのだと微笑《ほほえ》ましくなる。

「笘篠さんは達観しているんですよ」

「意外だな。俺の暴走を阻止しようとしているように見えたんだが」

逸《はや》る気持ちが霧消した訳ではない。だが鬼河内珠美と真希竜弥の事情を知ってからは彼らへの同情が芽生えている。

「あんな事務的な対応されて落ち着いているのは、ひょっとして笘篠さん、何か摑んだんですか」

「一人だけ心当たりがある。宮城刑務所に服役中、受刑者たちの信望を集めながらシャバに出てからの裏ビジネスをずっと考えていた男だ」


宮城県多賀城《たがじょう》市中央《ちゅうおう》三丁目、雑居ビルの一室に男の根城があった。一度訪れた場所なので、笘篠は一切迷わなかった。

小汚いビルのかび臭いフロアのせいで、ドアに掲げられた〈エンパイア・リサーチ〉の金看板が尚更安っぽく映る。

「笘篠さん、ここは」

ようやくお目当ての人物に見当がついたらしく、蓮田は声を潜めた。

インターフォンを無視してドアを叩く。警察官を名乗れば、まず間違いなく居留守を使われるからだ。

五回目でやっと反応があった。

「どこの原始人だ。インターフォンが見えねえのかあっ」

他人を脅すしかコミュニケーションの仕方を知らなそうな男が顔を覗かせた。笘篠は男の面前に警察手帳を突き出す。

「五代良則《ごだいよしのり》はいるか」

不意打ちを食らった男は口を噤《つぐ》む。

「捜査一課の笘篠と蓮田だ。名前を伝えれば思い出す」

男が首を引っ込めてしばらくすると、姿より先に聞き覚えのある声が部屋の中から発せられた。

「久しぶりですねえ、ご両人」

先の凶暴な人相の男とは打って変わり、現れたのはにやにやと軽薄な笑いを浮かべる細面だ。

この男が五代良則だった。

「本日は何のご用で」

「〈エンパイア・リサーチ〉の業務内容について訊きたいことがある」

「捜査令状は……お持ちじゃないようですね。じゃあ額面通りの事情聴取ですか」

「事務所に刑事が居座ったら体裁悪いか」

「滅相もない。ウチは真っ当な企業ですから、警察には全面的に協力しますよ。どうぞお入りになってください。大したもてなしはできませんけど」

笘篠と蓮田は言われるまま事務所の中に足を踏み入れた。

五代良則は詐欺罪の前科を持つ男だ。もっとも今の仕事も表向きは民間調査会社だが、裏に回れば闇ルートの名簿屋なので後ろ暗い商売に変わりはない。

五代とは過去の事件で知り合った。五代のムショ仲間が容疑者として浮上し、その消息を追う過程で五代に辿り着いたのだ。理知的な目が印象的な男で、頭の回転も速い。わざわざヤクザな仕事を選ばずとも別の道があると思うのだが、本人は清流には棲《す》みたくないらしい。

五代は応接セットに二人を誘うと、いきなりブランデーの瓶と三人分のグラスを部下に取ってこさせた。

「いかがですか」

「勤務中だ」

「残念。じゃあわたしだけいただくとしましょう」

五代はちびりと琥珀色《こはくいろ》の液体を舐める。こちらが謝絶するのを承知の上で勧めたに違いない。人を食った態度は相変わらずだ。

「で、ご用件は何ですか」

「先日、富沢公園で男の死体が発見された事件を知っているか」

「ああ、ニュースで報じていましたね。何でも全部の指を切り落とされてたそうじゃないですか」

「被害者の顔写真が公開されている」

「見ましたよ。最近はSNSに上げた自撮り写真が主流なのに、昔懐かしい証明写真でしたねえ」

「被害者の顔に見覚えはないか」

「ありませんね。まさかウチの名刺でも持っていましたか」

「公表された名前は天野明彦だが、被害者にはもう一つの名前がある」

不意に五代の目が警戒の色を帯びた。

「十本の指を切り落としたのは、本当の素性を隠すためですか」

「質問しているのはこっちだ」

「公開されたのが証明写真ということは、身分証明書の偽造絡みってことですよね。それが、どこをどうやったらわたしに関連するんですか」

「殺された男には前科がある。懲役を食らってお前と同じく宮城刑務所で服役していた」

五代の顔に薄笑いが広がる。これだけの会話で全てを察したようだった。

「なるほど。わたしが殺された男と顔馴染みじゃないのか。そいつに他人の個人情報を売ったのもわたしじゃないのかと疑っているんですね」

最小限の情報を与えただけで図星を指されたのなら、残りを隠していても無意味だった。

「実はもう一つ疑っている。天野明彦というのは震災被害の行方不明者だった」

「ははあ」

五代は合点がいったというように頷いた。一を聞いて十を知るとはこのことだ。つくづくヤクザ者にしておくのがもったいないと思ってしまう。

「ウチが名簿屋をしているから、行方不明者の個人情報を取得するのも住民票を偽造するのも朝飯前だと考えたんですね。ふーん。震災から七年経っても、未だに失踪宣告されていない行方不明者がいるって話ですからね。彼らの個人情報を元に住民票を偽造すれば、親族が何らかの手続きをしない限り、不正使用がバレる心配もない。なるほど、なかなかいい着眼点ですね。昨今、本名で生きていけない人間は増加の一途を辿っているし、３Ｄプリンターやら何やらの技術革新で偽造技術も日進月歩。ビジネスチャンスも小さかない」

歌うように喋ったかと思うと、五代は不意に肩を竦《すく》めてみせた。

「しかし後発組にはあまり旨みがない。もっともどんな商売だって同じですがね」

「どういう意味だ」

「口で言うより現物を見た方が早いかな。スマホをお持ちなら〈代書屋　値段表　偽造〉で検索してみてくださいな」

隣で話を聞いていた蓮田が早速端末を操作する。表示された一つを開いてみると、こんな一覧表が出現した。

・戸籍謄本（実在名義の本物）	30万円
・卒業証明書	10万円
・成績証明書	10万円
・パスポート	50万円
・住民票	10万円
・印鑑証明	10万円

・住民基本台帳カード　6万円
・病院診断書　10万円
・給料明細　10万円
・源泉徴収票　5万円
・公共料金振込票　6万円

笘篠は思わず目を剝いた。代書屋とは司法書士・行政書士の別称だが、裏の世界では文書偽造業者を指す。まさか文書偽造がこうも堂々と宣伝されているとは思ってもみなかった。

「今はそんな代書屋が乱立していましてね。謳い文句が妙な日本語になっているんで察しがつくでしょう。今は海の向こうから業者が雲霞《うんか》のごとく集っているんです。供給側が増えたら価格競争になるのは理の当然で。そこに出ている値段だって去年に比べたら半額近くに暴落している」

「後発組に旨みがない理由か。しかし本名で生きていけない人間も増えたんじゃなかったのか」

「価格が暴落すると商品のクオリティが下がるのも商業原理でしてね。たとえば公的文書の透かしってのは結構高度な技術と設備を要求されるんで、一〇万円じゃ割に合わない。いきおいローテクで偽造するから粗が出る。役所の慣れた職員が見たらバレバレの偽物だから、およそ役には立ちません。役に立たないものを誰が買うもんですか」

文書偽造は大した儲《もう》けにならない――五代の理屈はもっともだが、ただ行方不明者の個人情報を売るだけなら商売として成立するのではないか。

「その目は、まだわたしを疑っている目ですね」

「あんたくらいに賢かったら、価格競争でも生き残るんじゃないのか」

「賢いから文書偽造なんてハイリスク・ローリターンの仕事には食指が動かないんですよ」

「じゃあ、そういう仕事に手を出しそうな知り合いに心当たりはないか」

「ムショでは気の許せる人間がほとんどいませんでしたから。前にも言ったでしょ。わたしが友人を選ぶ基準は一にも二にも真面目なヤツだって」

「友人になりたいというのはビジネスパートナーになりたいのと同義だとも言っていたな」

「都合の悪いことまで、まあ記憶力のいい刑事さんだなあ」

五代は感心したように言うと、恭しくドアの方を指し示す。

「申し訳ありませんが、わたしがお話しできるのはこのくらいです。どうぞお引き取りを」

単なる事情聴取では退去を命じられたら従わない訳にはいかない。

「また来る」

「来ないでください。ビジネス以外のお話は何の得にもなりませんので」

慇懃無礼《いんぎんぶれい》とまではいかないが、床に唾を吐きたくなる程度には腹の立つ応対だった。笘篠は唾を溜めたい欲求を堪えてドアに向かう。

「お疲れ様でした」

はっきりと揶揄する言葉に送られて事務所を出る。

クルマに戻ってくると、蓮田の癇癪《かんしゃく》が爆《は》ぜた。

「あの野郎、人を見下しやがって」

「見下しても逆襲されないと見越しているんだ」

「笘篠さんの心証はクロですか」

「まだ何とも言えん。ただ、さっきの口ぶりだと代書屋に知り合いは多そうだな。行方不明者の個人情報さえ入手できれば、偽造を代書屋に委託してマージンを取るという手もある」

「五代を張りますか」

「張る前に鬼河内珠美と真希竜弥が五代と接触した裏を取らなきゃならん。裏付けがなければ捜査本部もうんと言うまい」

警告じみた物言いは自分自身に対してのものでもある。確かに五代は怪しいが、死んだ二人との接点を見つけられなければただの見込み捜査になる。捜査対象がヤクザ者である点も目を曇らせる原因になりかねない。

「隙がなさそうな相手ですからね。仮に五代が住民票の偽造を請け負っていたとして、注文主との接触跡を迂闊に残しておきますかね」

「それなら別の方向から探る。名簿屋の情報元は役所か金融機関と相場が決まっている。行方不明者の情報を抱えている部署と五代が接触している事実を摑めば突破口になる」

納得したように蓮田は頷き、イグニッションキーを回す。

だが笘篠はまだ充分に納得していなかった。

3

五代への事情聴取は捗々《はかばか》しい成果が得られなかったものの、全くの空振りだった訳でもない。

裏稼業で名簿屋を営む五代は、仕入れた個人情報は素材のままではとても売り物にならないというのだ。

『名簿を求める顧客ってのは、具体的な目的というかターゲットがあるんですよ。たとえば年収ン百万円以上とか、年齢六五歳以上とか、持家ありとか、有価証券や不動産を所有しているとか。ターゲットによって優先する情報がある。もちろん複数の情報を欲しがる顧客もいる。そこで名寄せっていう作業が必要になる』

五代の説明によれば、素材となる個人情報を統合・分類し、目的に合致する優先順位に並べ替える作業なのだという。

『不動産の担保ローンを組ませたいのなら持家ってのは最重要の条件だし、株式運用を勧めるなら預金口座が一〇〇〇万円を超えているヤツ、介護保険の新規開拓をしたいのなら六〇歳以上。言い換えるとね、税務署やら市役所に申告はするけれど、本人が大っぴらにしたくない詳しい情報ほど有益。当然、情報の単価も高くなる』

敢えて五代は口にしなかったが、個人情報の仕入れ先は税務署や市役所が多いらしい。鬼河内珠美と真希竜弥に個人情報を売った犯人も、そのルートで素材を入手した可能性が高い。東日本大震災で行方不明になっていながら未だ失踪宣告がなされていない市民の個人情報。そんなものを保存・保管しているとなれば、真っ先に思いつくのは各市役所だ。

『市の職員といっても真面目なヤツもいれば不真面目なヤツもいる。市民の方を見ているヤツもいれば上ばかり見ているヤツもいる。笘篠さん、情報に価値がある限り漏洩《ろうえい》しない可能性なんてゼロですよ』

そう嘯《うそぶ》かれても、悔しいかな笘篠に抗弁する余地はない。市民全員が品行方正でないように、公務員の中にも不心得者がいる。どんな世界にも私欲に転ぶ人間は一定数存在する。

震災被害が発生した際、東北の各警察署と消防庁は連携して行方不明者の洗い出しに奔走した。死亡が確定した被災者については各市役所に連絡がいく流れになっている。つまり失踪宣告の出されていない行方不明者について、一番詳細で最終的な情報を握っているのは各市役所ということになる。

だからといっていきなり市役所に乗り込んで個人情報が漏洩した事実はないかと詰問したところで有益な証言が得られるはずもない。情報漏洩に関連した捜査が進行していないかをまずは把握しておく必要がある。

幸い県警捜査三課には見知った者がいる。小宮山《こみやま》という捜査員で、タテよりはヨコの関係を大切にする男だった。笘篠とは歳も近く、何度か飲み食いしたこともある。

笘篠の突然の来訪に小宮山は嫌な顔一つしなかった。

「官公庁絡みの情報漏洩で、現在捜査中の案件だと。捜査一課の事件とどう関わっているんだ」

行方不明者の名前を騙った二人の男女が相次いで死亡している件を伝えると、矢庭に小宮山の顔が引き締まった。

「漏洩した個人情報を身分詐称に使用しているっていうのか」

「少なくとも実例が二件出てきた。いずれも元の身分では就職も社会生活もままならない人間に、失踪宣告がされていない行方不明者の住民票を与えている」

「情報を売っているヤツは二重の意味で人でなしだな。行方不明者の遺族だって事情があって失踪宣告を躊躇って……」

小宮山は途中で言葉を呑み込んだ。目の前にいる男も家族の失踪宣告を躊躇っている一人であるのを思い出したからだろう。

「最近、三課にその類の被害届は出ていないか」

「所轄の生活安全課を通じて、苦情に近いのが来る。クリック詐欺の請求書が毎週届くとか、複数のリフォーム会社からひっきりなしに訪問されるとかの苦情だ。間違いなく業者間に同じリストが出回っている」

「クリック詐欺にリフォーム詐欺か。どうやらこっちの事件との接点はなさそうだな」

「そうでもない。その手の架空請求が二年前から急増している。そっちの事件も偽造された住民票や免許証が使われ始めたのが同時期なんだろう」

真希竜弥が〈氷室冷蔵〉に就職したのは二〇一六年だから時期的には一致している。

「行方不明者の個人情報を含めて名簿を悪用している業者は一社じゃない。しかし情報の漏洩元は同じじゃないかと疑っている刑事が少なくない。かく言う俺もその一人だ」

「根拠は何だ」

「それを訊かれると返答に困る」

小宮山は本当に困ったかのように頭を搔く。この男に限っては芝居っ気も皆無で、思ったことがそのまま顔に出るので話していてストレスを感じずに済む。

「捜査途中で一課には話せない内容なのか」

自制しようと思っていても、つい言葉尻がきつくなる。

小宮山は非難もせずに様子を窺っている。こちらの焦燥を読み取ろうとしているかのようで、いささか面映ゆい。

「ちょっと顔貸せ」

小宮山は立ち上がるなり、刑事部屋を出て行く。笘篠は後をついていくしかない。

向かった先はフロア隅に設置された喫煙コーナーだった。刑事部屋が副流煙で霞《かす》みがかっていたのも今は昔、最近では庁舎と名のつく場所はどのフロアも禁煙になっている。絶滅危惧種となった喫煙者たちは哀れ二畳ほどの喫煙コーナーに押し込められる羽目となった。

だが絶滅危惧種の住処《すみか》は常人の立ち寄れぬ場所でもある。煙をフロアに洩らさないようブースは密閉されており、防犯カメラの死角にあるから内密の話をするのにこれ以上好都合な場所もない。

中央に分煙機が設置されているが、ブースの中は煙草の臭いが染み着いている。喫煙歴四〇年の古参は「死体の臭いよりはマシだ」と豪語しているが、それはどちらの臭いにも失礼というものだろう。

「実際、苦情が洒落《しゃれ》にならない頻《ひん》度《ど》になってから三課が動いている。個人情報の漏洩元が仙台をはじめとした各市役所じゃないかという疑念があるからだ」

「根拠のある疑念なんだな」

「どこの役所もそうだが、個人情報を含む膨大な行政文書は各部署共有のサーバーに蓄積されている。この共有サーバーはほぼ一〇〇パーセントがリース物件で、定期的にハードディスクが交換される仕組みだ。しかも宮城県内の官公庁では〈仙台リース〉がシェアの八割を獲得している」

情報処理システムはメンテナンスも含めて高額だ。独自開発でない限りほとんどの官公庁はリースにしており、最高裁や防衛省すらも例外ではない。

「サーバーをリースしている官公庁では、その多くがデータ消去を〈仙台リース〉に丸投げしている。事務仕事が過多という事情もあるが、そもそも借り受けたものだから適切に処理してくれるのなら文句はないというスタンスだな」

「それも当然といえば当然だな。リース物件だから下手に処理して壊してしまったら弁償しなきゃならない。餅は餅屋でリース会社に処分を任せる方がずっと気楽だ」

「官公庁の規定では復元不可能な状態で廃棄しろとしているだけで、職員自らが廃棄しろとは明示していない。処理を業者に委託しても構わない。委託先の業者からの消去結果を確認するように義務づけてはいるがな」

「おい、ひょっとしたら」

「ああ、そのひょっとしたらだ。交換済みのハードディスクを受け取った〈仙台リース〉は自社で消去作業を行わず、別の廃棄業者に処分を委託した。三課ではその廃棄業者から情報漏洩したと疑っている」

「管理体制が杜撰《ずさん》だな」

「個人情報保護法が成立してから、この手の不祥事は後を絶たん。個人情報を取り扱っている団体や組織に廃棄専門の部署を設定しているところが少なく、逆に廃棄業者が増えたために事実上の分業になっているせいだ。もちろん委託先への管理をきちんとしている団体もあるが、ひどいところは丸投げが常態になっている。民間の場合は定期的にチェックをしている企業がほとんどだが、お役所の場合は専門の部署を新設する余裕がないのか、チェックすらされていないところが多い」

説明を聞いているうちに記憶が甦る。二〇一四年、鹿児島県日置《ひおき》市の職員労働組合、そして二〇一七年、岐阜県美濃加茂《みのかも》市の教育委員会。いずれもパソコンの処理を業者に委託し、適切な消去がされていなかったために個人情報が外部に流出した事件だ。類似の事件がここ宮城県で発生していても不思議ではないということか。しかも宮城県内の官公庁では〈仙台リース〉がシェアの八割を獲得しているという。情報漏洩の規模が県内全てに拡大する惧れすらあるではないか。

「〈仙台リース〉がハードディスクの廃棄を委託したのは〈ブロードディスケイド〉という全国に展開している廃棄業者だが、仙台支社だけなら従業員が四〇人ほどしかいない。今は一人一人を洗っている最中だ」

「従業員の一人がハードディスクの個人情報を消去しないまま売り捌《さば》いているという読みか」

「あるいは単純にハードディスクそのものを商品として盗んで横流ししている。容量三テラバイト程度のハードディスクなら、中古屋へ持っていけば結構な値段で引き取ってくれるからな」

ネットで売買する手もあるが、パソコン部品の中古屋となれば店舗数も限られてくる。店の者が〈ブロードディスケイド〉の従業員を憶えていれば、即刻任意同行を求めるつもりなのだろう。

「進捗状況を訊いていいか」

「担当しているのは俺だけじゃないから全体の進捗は分からん。しかし俺が追っている従業員についてもまだ成果は教えられん」

逮捕状を請求するまでは同僚にも教えられない情報がある。当然だ。逆の立場なら箸篠も口を閉ざしている。ここまで打ち明けてくれたのは偏《ひとえ》に小宮山の気遣いだった。

「目処がつき次第、話を聞かせてくれ」

「ああ」

ブースから出た二人はそれぞれ違う階に下りて別れる。

個人情報を漏洩させた側の捜査については三課に進行を任せる他ない。だからといって丸投げにするのは笘篠の性に合わない。笘篠は笘篠でエンドユーザーとなった鬼河内珠美と真希竜弥の側から個人情報の売り手を辿るつもりだった。そして笘篠の捜査と小宮山たちの捜査が一点で交わった時、初めて事件の全容が解明される。

何としても鬼河内珠美と真希竜弥の接点を探さなければならない。

改めて、二人の携帯端末がともに失われているのが痛恨の極みに思えてきた。おそらく個人情報を売った人間の連絡先なり通話履歴が残っていたはずだ。真希竜弥を殺害した犯人もそれを知っていたから携帯端末を持ち去っている。

苛立ちを抑えながら捜査一課に戻る途中、胸ポケットのスマートフォンが着信を告げた。発信者は気仙沼署の一ノ瀬だった。

「はい、笘篠」

『一ノ瀬です。聞いてますよ、鬼河内珠美の件。とうとう捜査本部を立ち上げちまいましたね』

「別に俺が立ち上げた訳じゃない。その後に殺人が発生したからだ」

『笘篠さんが捜査を続けていなければ二つの事件は繋がらなかった。あなたの執念ですよ』

「そんなことを言うためにわざわざ連絡したんじゃあるまい」

『鬼河内珠美の住まいが判明しましたよ』

「どうやって探し当てた」

『それを訊かれると辛いな。公開された写真を見たアパートの大家が署に通報してくれたんですよ』

「写真の公表からずいぶん経っているが、ガセじゃないのか」

『それを今から確認しに行くんです』

同行しないかという誘いだった。

「アパートの場所は」

『一関市《いちのせきし》ですよ』

一ノ瀬が告げた場所を頭に叩き込み、笘篠は庁舎を飛び出した。


岩手県一関市室根《むろね》町折壁《ちょうおりかべ》。気仙沼街道の両脇には商店が立ち並んでいる。しばらくプリウスを走らせていると店舗の姿がまばらになり、中低層の集合住宅が目立ってきた。やがて当該地と思えるアパートの前にパトカーと一ノ瀬を発見した。

「待たせた」

「いえ、ほとんど同着ですよ」

笘篠は目の前のアパートを眺める。昭和の香りが漂う古い建物で確実に築三〇年以上は経過しているだろう。壁には罅が入り、屋根の真下に掲げられた〈折壁ハウス〉のプレートも「ウ」だけが欠落している。大震災でよくも耐えたものだと感心するが、ひょっとしたら壁の罅はその際に入ったものかもしれない。

大家は一階の奥に住んでいた。曽我《そが》という五〇代と思しき女性で、もう二〇年来大家を務めているという。

「元々は父の建てたアパートなんですけど、足腰が不自由になってわたしが管理を任されたんです」

事前の打ち合わせで質問は任されている。笘篠は鬼河内珠美の写真を取り出した。名前を偽った運転免許証の写真ではなく、〈貴婦人くらぶ〉のサイトでコンパニオン紹介に使用された写真だ。サイトでは目線を入れているので修整が加えられていない元の写真を見せる。入手できる限り、直近の姿だった。

「ああ、確かに笘篠さんだ。笘篠奈津美さんに間違いありません」

事情を知悉《ちしつ》していても、いざ第三者の口から奈津美の名前が出ると抵抗を覚える。

「二〇二号室に住んでいます。もう二年くらいかしら」

「同居家族はいますか」

「いいえ、単身のはずですよ」

「この人は五月二九日、気仙沼の海岸で遺体で発見され、テレビのニュースでも顔写真が公開されていました。通報が今日になったのは何故ですか」

「ここ何週間か腰痛で入院してたんですよ」

自分のせいではないというように、大家は険のある目で笘篠を見る。

「退院してから笘篠さんの家賃が振り込まれていないのに気がついたんです。督促しに部屋を訪ねても留守だし。でも昨日、ニュースを見ていたら笘篠さんに似た女の人が映って。それで通報したんですよ」

「彼女とはよく話したんですか」

「顔が合ったら挨拶する程度ですね。それまで家賃はきちんと払ってくれていたから、こちらから出向くこともなかったし」

「鍵をお借りできますか」

大家から鍵を借り、一ノ瀬とともに階上の二〇二号室へと向かう。表札のプレートは空白のまだ。

「鑑識を呼ぶ羽目になるかもしれないな」

「そうならないことを祈ります」

手袋を塡《は》めた手で、開錠したドアをゆっくりと開く。その瞬間、埃っぽい熱気に全身を包まれた。何週間も部屋を締め切っていた証拠だ。

間取りは1DK、単身者にはちょうどいい広さだ。キッチンは狭いなりに片付いている。綺麗好きだったのか、水回りに目立つ汚れはない。リビングの内装は質素で、華美なインテリアや洒落た小物などは見当たらない。

「部屋は地味でも服はそこそこ派手ですね」

クローゼットを開いた一ノ瀬が感心したように言う。背中越しに眺めれば、確かに部屋の内装とは不釣り合いな色合いのワンピースやブラウスが並んでいる。もっとも鬼河内珠美の職業を考えれば、これらはユニフォームなのかもしれなかった。

購読していなかったらしく新聞の類は一紙も見当たらない。ベッド周りに置いてあるのはファッション雑誌と東北版のグルメ雑誌だ。日頃からブランド物に身を包み、三ツ星のレストランに通い慣れているような人種は、この手の雑誌を買い求めない。

「ずいぶんと倹《つま》しい生活だったんですね。風俗嬢だから、もっと派手な生活かと想像していたんですけど」

「何でもピンキリだろう」

彼女と遊んだ荻野は中の下と評価していた。業界に詳しい訳ではないが、一見の客からそうした評価を受けるようなレベルでは荒稼ぎできなかったのは容易に想像がつく。

小物入れ、納戸、本棚を漁ってみたが格別興味を引くようなものは見当たらない。

「何というか押しつけがましくない、落ち着いた部屋ですねえ」

感に堪えないように一ノ瀬が洩らす。

「派手でもお洒落でもない。しかし侘《わび》しくもない。余分なものは置いてないし整理整頓も行き届いている。倹しくても居心地がいい」

同感だった。本人の気持ちは知る由もないが、少なくとも部屋の佇まいから切羽詰まったものや貧苦は感じられない。

鬼河内夫婦の娘として迫害され続けた珠美が心底安らげる空間だったのかもしれない。笘篠奈津美という新しい名前を得て、初めて見つけた安住の地だったのか。

ふとテーブルの上に懐かしいものを発見した。ホームベース型の折り紙が何十枚も重ねて並べられている。

笘篠はそのうちの一枚を取って展開する。広げると、一合枡《ます》大の箱が出来上がった。元はファッション雑誌の一ページだったようだ。

「何ですか、それは」

「広告チラシを折って作るゴミ箱だ。野菜クズとか果物の皮とかをこいつに放り込んで、後は丸めて捨てる。要らない紙を再利用するから無駄にならない」

「何で、そんなおばあちゃんの知恵袋みたいなことを知っているんですか」

「女房がよく作っていたからな」

——無駄をなるべく減らしたいのよ。

広告チラシをこまめに折りながら、奈津美は誇らしげに言っていたものだ。

奈津美の名前を騙っていた珠美に、不意に親近感を覚えた。我ながら単純だと思ったが、ものを粗末にしない性格の女が女房の名前で生活していたことを許してしまいそうになる。

珠美がこしらえたゴミ箱の素材は全て雑誌の切り取りだった。折り畳んでいても薄さと記事の内容で分かる。読み終えた雑誌をそのまま再利用したのだろう。

探っていると指の腹に異物感があった。他よりもずっと硬く雑誌のページに使われる紙ではない。笘篠は取り出して折りを元に戻してみる。

それはパンフレットの表紙だった。

〈東日本大震災被災者キズナ会〉

瞬時に記憶が蘇《よみがえ》る。笘篠自身も家に持ち帰ったパンフレットではないか。

どうしてあのパンフレットがここにあるのか。

『今まで話せなかったことを話してください。
今まで胸に溜め込んでいた想いを吐き出してください』
代表　鵠沼駿《しゅん》

笘篠は他のページも残っていないかと捜す。一枚、二枚。パンフレットをばらしたと思しき紙は全部で六枚あった。

「それ、どうかしましたか。ただのパンフレットじゃないですか」

「他のは全部雑誌のページを切り取ったものだが、これだけが違う」

「雑誌を再利用するのなら、要らなくなったパンフレットだって使うでしょう」

「読み終わった雑誌の再利用は分かる。しかしNPO法人のパンフレットを、鬼河内珠美はどこで入手したんだ。こんなものを往来で配っているのか」

裏表紙の隅に記載されている本部住所は仙台市内だ。珠美の仕事上、仙台市内に立ち寄るケースも有り得るが、彼女の派遣先は気仙沼を中心にしているはずだった。

「法人発足時に街頭で配るのなら分からんこともないが、このパンフレットを発行したのは震災の五年後だ。おまけにこれはA4サイズになっている」

「サイズがそんなに問題になるんですか」

笘篠はパンフレットを一ノ瀬の眼前に翳《かざ》す。

「女物のバッグに収めるには大き過ぎる。街頭配布されているものを受け取っても、よほどの関心がなかったら家に持ち帰る前に捨てるヤツが大半じゃないのか」

「それはそうでしょうけど、じゃあ鬼河内珠美がこのパンフレットをどんな経路で入手したっていうんですか」

「NPO法人のパンフレットが置いてある場所なんて限られている。市役所の窓口や市民センター、公民館。しかしそれでも不自然さは残る。考えてもみろ。鬼河内珠美は中学卒業と同時に栃木に移り、両親は死刑になっている。家族を失くした被災者の集まりに、どうして関心を示す必要がある」

「じゃあ、パンフレットを持ち帰る動機は何なんですか」

「およそ関心のない刊行物を持ち帰らなきゃならないシチュエーションの一つは、当該団体の施設で直接手渡された場合じゃないかと思う。差し出されたものを突き返すことはできないし、建物を出た直後に捨てるのも気が引ける」

「鬼河内珠美がキズナ会の本部に出向いたっていうんですか。いったい何の目的で」

笘篠が答えられるのはそこまでだった。

パンフレットの切れ端から展開する推理には限界がある。それ以降は一つ一つ立証してからでないと先に進めない。

「パンフレットは鑑識に回しておく。鬼河内珠美以外に、どこの誰が触れているかおおいに興味がある」

証拠物件としてパンフレットを押収し、笘篠と一ノ瀬は部屋を出た。収穫は紙切れ数枚。これが捜査の役に立つかどうかは皆目見当もつかない。

だが笘篠がキズナ会本部を訪問する前に動きがあった。翌日、小宮山の携帯端末から連絡が入ったのだ。

『ついさっき〈ブロードディスケイド〉の従業員一人に任意同行を求めた』

任意同行を求めた時点で三課がその人物を犯人と特定しているのは明白だ。笘篠は早速、取り決めた場所で小宮山と落ち合うことにした。

別フロアの喫煙コーナーに赴くと小宮山が待っていた。非喫煙者の小宮山にとって居心地がいいはずもなく、不快そうに顔を顰めている。

「昨日の今日で特定した訳じゃないだろ。俺が質問した時には証拠固めの段階だったんだな」

「中古屋の店主が使用済みハードディスクを売りにきた男を憶えていた。定期的に大量のブツを持ち込む常連だった」

「間の抜けた話だな。犯行を隠そうという気はなかったのか」

「最初は緊張したかもしれんが、何度やっても誰にもバレない。常態になれば窃盗も日常茶飯事になる」

ハードディスクを売り捌いていたのは溝井《みぞい》という従業員で、ハードディスクの破壊を担当していたらしい。

「破壊というのはハードディスク本体に穴を開けて使用不能にするんだが、作業の終了は報告だけで済ませて現物を確認していなかった。そりゃあ盗み放題にもなるさ」

小宮山は呆れたように言う。盗んだ従業員も従業員なら、確認をいい加減に済ませていた会社も会社だ。管理責任は到底免れるものではない。

「供述ははじまっているが、その中で溝井が気になることを話している。日々送られてくる廃棄対象のうち、市役所からのものは中古屋以外の顧客に流していたらしい」

「市役所由来専門のバイヤーか」

「ハードディスクを中古屋へ大量に持ち込んでいると、店主を介して直取引を持ち掛けられた。中古屋相場の一・五倍で引き取ってくれる条件だったから溝井は二つ返事で応諾した。以来、市役所からきたハードディスクだけはそのバイヤーに流しているそうだ」

「バイヤーの名前は自白したのか」

「まだだ。ハードディスクを売ったのは確かに違法行為だが、買った人間に罪はないと主張している」

「バイヤーがスジ者か、あるいは溝井がまた同じ裏稼業を再開するのを見越して顧客離れを防いでいるかだな」

「取り調べ担当者も同じ意見だ。一度病みつきになったらやめられない商売なんだろうな」

「一つ手掛かりらしいものがある」

笘篠は鬼河内珠美の自室でＮＰＯ法人のパンフレットを見つけた旨を伝える。

「キズナ会か。あの鬼河内夫婦の娘という素性を考えれば、確かにそぐわないな」

「ダメ元でぶつけてみてくれないか」

真意を探るようにこちらを見ていた小宮山は、ふっと表情を緩めた。

「どうせぶつけるなら本人の反応を見たくないか」

「取り調べに捜一の俺が同席する訳にもいくまい」

「だが隣の部屋から眺めるのなら構わないだろう。ネタを提供してくれたんだ。それくらいのお膳立てはしてやる」

4

笘篠が隣室に滑り込むのと同時に、小宮山が取調室に入ってきた。パイプ椅子に座る溝井の表情には疲労の色が浮かんでいる。何しろ答える側は溝井一人だけだが、尋問する側は四交代制だ。小宮山は二人目の相手であり取り調べが始まる以前に趨勢《すうせい》は決している。それでもバイヤーの名前を吐かずに持ち堪えているのは、窃盗犯ながら天晴というべきか。

「疲れているみたいですね」

小宮山は丁寧な物腰で尋問を開始する。三課は盗犯を主に扱っているが、だからといって最初から居丈高に振る舞う刑事ばかりではない。

「だってこっちは一人なんですよ。分が悪過ぎる」

溝井は心底疲れたように言う。取り調べは一日八時間以内と決まっているが、逆に言えば八時間も同じ質問をされるという意味だ。これで疲れないのならよほど尋問慣れしているか、さもなければ常人離れした精神力を備えている。

「溝井さん。警察だって趣味であなたを責めている訳じゃない。あなたが横流ししたものが単なるゲーム機や貴金属なら、とっくに取り調べは終了している。終了しないのは、あなたの売ったものが個人情報そのものだからだ。今の仕事に就いた時、雇用主から個人情報の重要性は耳にタコが出来るほど説明を受けたはずだ。いや、重要性を知っているからこそ官公庁にリースされていたハードディスクは二束三文で中古屋に売り飛ばさず、別のバイヤーに高く売った」

「売り物にどんな値付けをしようと俺の勝手じゃないですか」

「ええ、盗品じゃなければね」

盗人にも三分の理というが、実際には窃盗犯の抗弁など何の説得力もない。溝井は出鼻を挫かれたように舌打ちをする。

「刑事さん、個人情報個人情報って煩《うるさ》く言っているけど、ケータイの電話番号や預金残高を知られるのが、そんなに大変なことなんですか。そりゃあ気味が悪いだろうけど、知られたところで即刻財産を奪われる訳じゃない。カネ目当てで近づくヤツらはいるだろうけど、自分がしっかりしていれば詐欺師に騙されるはずもない。大体、大多数の下級国民の個人情報なんてほとんど何の価値もないんですよ」

「ほう、資産がない人間は個人情報を護られる価値もないというんですか」

「そこまでは言いませんけど」

さすがに溝井は気まずそうに口籠もる。

「〈ブロードディスケイド〉の給料はそんなに安くなかったと聞いていますけどね」

「安くもないけど高くもなかった。まあ、俺が碌な資格もなかったのが原因っちゃあ原因だけど、今日び会社の給料だけで何不自由なく生活できるのは上級国民くらいですよ」

「あなたが常連になっている中古屋から訊きました。容量三テラバイトのハードディスクは一個四〇〇〇円程度で引き取っていたそうですね。あなたは一度に最低でも二〇個は持ってきた。単純計算で八万円。しかも官公庁から横流ししたものは一・五倍の値付けだというからトータル一〇万円は楽勝でしょう。副業でそれだけ稼げたら上級だの下級だの言う筋合いじゃない」

「だからって買った人間まで捜し出して罪を問う必要はないでしょ。児童ポルノじゃあるまいし」

「逆に質問しますが、どうしてそこまでお得意さんを護ろうとするんですか。別に買ったことについて罰するなんて言ってませんよ。ただ警察としては個人情報が悪用されるのを防ぎたいだけです」

「だから、貧乏人の個人情報なんて悪用のしようがないって」

「溝井さんは生まれも育ちも石巻《いしのまき》でしたよね」

「ええ。それがどうかしましたか」

「震災で誰か身内を失くしましたか」

「母親が……いや、それと今回の事件は何の関係もないでしょ」

「五月、気仙沼の海岸で女性の自殺死体が発見されました。所持していた免許証は本人とは全く別の住所・氏名になっていました。震災で行方不明になったままの人物の住所・氏名でした」

溝井の顔色が変わった。

「六月に富沢公園で男性の他殺死体が発見されましたが、この事件も同様に被害男性は行方不明者の名前で日常生活を送っていました。入手した住民票でご丁寧に運転免許証まで取得していた。二つとも市役所から漏洩した個人情報が悪用されているとわたしたちは考えています」

「そうと決まった訳じゃない」

「震災でお母さんを失くしたということでしたね。仮に遺体が見つからないまま、何者かがお母さんの名前を拝借して住民票を取得したり、住民サービスを受けたりしている。そう想像したことはありませんか。他人の名前を騙らなければならないのは、その本人が前科者かそれに近い人間だからです。前科者がお母さんの生きてきた人生を利用して日常生活を満喫している。あるいはお母さんの名前を使って詐欺や窃盗、売春といった犯罪を繰り返しているとしたら、溝井さんはどう思いますか」

初歩的だが上手い尋問だと思った。これが初犯の溝井は性根が腐りきっておらず、良心に訴えかける余地がある。加えて、全ての男にとって母親はアキレス腱《けん》だ。母親の話を持ち出されて無関心でいられる男はあまりいない。

「俺が売ったハードディスクに行方不明者の個人情報が記録されていたっていうのか」

「各自治体への確認は済んでいます。〈仙台リース〉に戻したハードディスクの一個には震災時の記録一切合財が保存されていました。さっき紹介した二人の行方不明者の個人情報も然り。あなたがハードディスクを横流ししたことによって、不特定多数の行方不明者の人生が乗っ取られているんだ」

小宮山の口調が冷徹に変わる。

「官公庁のハードディスク一個で六〇〇〇円。その一個に全市民・全行方不明者の個人情報が網羅されているというのに、あなたはたった六〇〇〇円で売り飛ばしてくれた。溝井さん、あなたはそのカネで何を買った。贅沢《ぜいたく》なディナーか。流行りの服か。それとも日頃の憂さ晴らしに競馬場で散財したのか」

決して大声を上げず激することもない。しかし小宮山の言葉は確実に相手の胸に刺さっている。溝井は視線を机に落とし、小宮山の視線から逃げている。

「官公庁のハードディスクを誰に売りましたか」

「弁護士を呼んでくれ」

「まだ選任届もないのに気の早い話ですね。弁護士を雇うのは勝手ですが、いくら弁護士でも必ずしも取り調べに同席できる訳ではないんですよ」

「今すぐ弁護士を雇う。弁護士が来るまでは、もう何を訊かれても答えないからな」

「いつまでもガキみたいにぐずってないで」

小宮山は溝井を威圧するように上半身を乗り出した。

「言っておきますが〈ブロードディスケイド〉はあなたを懲戒解雇する方向で動いているから、会社の顧問弁護士を頼りにしても無駄です。かといってあなたが懇意にしている弁護士もいなそうだ。そうなると、今から選任したとしても弁護士が動けるのはあなたが逮捕されてからだ。その間にも行方不明者の個人情報は他人に使用され、彼らの尊厳は貶《おとし》められ続ける。何もかもあなたの責任だ。あなたがくだらない小遣い稼ぎをしたお蔭で、何百万人という善良な市民の生活と精神が脅かされる」

溝井はまだ小宮山を正視しようとしない。いや、できないでいる。すると小宮山はここぞというタイミングでぼそりと呟いた。

「キズナ会の鵠沼駿」

効果覿面《てきめん》だった。

その名前を告げられた途端、溝井の表情が固まった。未知の人間の名前を出された時の反応とは到底思えない。

「どうやら知っている名前のようですね。おっと、知らないとは言わせない。定期的に売買をしているのなら、品物の受け取りや金銭のやり取りは郵送記録や銀行口座に残っている。現金と現物の引渡しだったら、ケータイに通話記録が残っている。どちらにしても徹底的に調べるから隠しても無意味ですよ。もう、お互い無駄な質問は繰り返したくないし、あなたも限界に近づいている」

笘篠のいる場所からでも溝井の葛藤ぶりは手に取るように分かる。郵送記録、銀行口座、そして通話記録。いずれかに心当たりがある様子で、追い詰められた小動物のように怯《おび》えている。

「今回、窃盗で捕まっても初犯だから執行猶予がつくと思っているのなら、そうは問屋が卸さない。ただの窃盗ではなく、大量の個人情報を売った罪の方が重い。検察庁も一罰百戒で臨むだろうから、易々と温情判決をもらえるはずがない。しかしね、溝井さん。あなたが警察に協力してくれるのなら話は別だ。窮鳥《きゅうちょう》懐に入れば猟師も殺さずという諺《ことわざ》は知ってますか」

葛藤から狼狽へ。所詮、初犯の窃盗犯と手練《てだ》れの捜査員では勝負にならない。溝井は落ちる寸前の顔をしている。実際は刑事事件だけではなく民事で訴えられたら億単位の損害賠償が発生するに決まっているのだが、追い詰められるとそこまでは頭が回らないらしい。

「バイヤーに恩義があって裏切れないというのなら、あなたは喋らなくてもいい。ただわたしの問い掛けに、首を縦か横に振るだけでいい。それならあなたの道義心も傷つかないでしょう。どうですか」

溝井は黙り込んだまま、やがて一度だけ頷いた。

「官公庁のハードディスクは鵠沼に売り渡したんですね」

こくり、ともう一度頭が垂れる。

小宮山は満足そうに頬を緩めた。

供述調書に署名捺印《なついん》をすると溝井は取調室から連行されていった。

少し後れて小宮山が取調室から出てきた。

「お見事」

「初犯相手に手間取った。何が見事なものか」

謙遜ではなく、本気でそう思っているようだった。

「すぐにでも鵠沼を引っ張ってくるつもりなんだろ」

「来るなと言われても、ついていくって顔だな。言い争うのも馬鹿らしくなった」

三課の捜査に一課の捜査員が同行する。異例と言えば異例だが、どちらが主導権を握るかは後で課長同士が協議すればいい話だ。鬼河内珠美と真希竜弥を追ってきた笘篠は、小宮山と競合してでもキズナ会に乗り込むつもりだった。


パンフレットによればキズナ会の本部は仙台市宮城野区安養寺《あんようじ》とある。現地に赴いてみれば一般住宅と集合住宅が混在する住宅街だった。

覆面パトカーに同乗した笘篠はハンドルを握る小宮山に話し掛ける。

「本部に行ったはいいがもぬけの殻じゃ格好がつかんぞ」

「お前から情報をもらった時点でマークしてある。県警を出る直前に確認した。鵠沼は本部にいる」

「溝井からハードディスクを買い取っただけで任意同行に応じると思えんが」

「分かりきったことを訊くな。買い取っただけじゃ罪にならないことを知っているから任意同行に応じる。県警本部に引っ張ってきた段階で個人情報の不正使用について尋問すればいい」

近くに幼稚園があるのか、歩道には園児たちの列が見える。街角のコンビニエンスストアには授業をフケたのか高校生カップルの姿も見える。どこにでもある平凡で平和な街並みだが、この風景の中に胡散《うさん》臭いＮＰＯ法人が息を潜めていると思うと笘篠の目にはいくぶんくすんで映る。

〈東日本大震災被災者キズナ会〉に関しては以下の事項が情報公開されている。

同会の設立は二〇一三年の三月、設立時の定款には宮城県の観光の振興と経済活動の活性化を挙げている。これは二〇種類に限定されたＮＰＯ法人の活動分野にも合致している。登録された社員は鵠沼を含めた一〇人だが、これもまたＮＰＯ法人設立の条件を満たしている。ＮＰＯ法人の中には政治家や著名人を理事に据えるところもあるが、キズナ会の場合はその限りではない。関係書類を揃えた同会は仙台市に審査を申請し、二カ月後に認証を受けて法務局への登記に至っている。

だが、登記簿に記載された一〇人のうち何人が真正の社員なのかと笘篠は怪しんでいる。元より代表者を名乗る人物が市民の個人情報を買い漁っているような団体だ。先入観を抱くなというのは無理な注文だった。

「あれだ」

小宮山の視線の先に当該建物があった。元々は店舗だったのか事務所然としたスレート葺《ぶき》の平屋で、〈キズナ会〉の袖看板が見える。だが小宮山がそうと特定したのは袖看板ではなく、三軒隣のコンビニエンスストアに覆面パトカーがあったからだ。乗っているのはおそらく三課の人間だ。県警本部を出る寸前に確認したというのは、彼ら監視要員からの報告という意味だろう。

駐車場にクルマを停めて二人同時に出る。まだ見ぬ鵠沼駿がどんな男なのか油断はできない。反社会的勢力に属する人間で物騒な得物《えもの》を隠している可能性も皆無ではない。突発時に備えて簡単な打ち合わせをしておく。

本部といっても質素な造りで、ドアは安っぽいアルミサッシだ。まず笘篠がドアノブに手を掛ける。入口近くの受付に座っていた女性が声を掛けてきた。

「いらっしゃい。会員さまですか」

「いえ。代表の鵠沼さんはいらっしゃいますか」

「おりますが、どちらさまでしょう。アポイントは取っていますか」

「笘篠という者ですが予約はしていません。とにかくお目にかかりたくて」

「ひょっとしてご家族が震災の被害に遭われたのですか」

予想された質問だった。笘篠は正直にそうだと答える。

「それなら入会希望者じゃありませんか。だったら代表にお会いになる前に会の説明をしましょう」

勧誘慣れしているらしく、受付女性はしつこく絡んでくる。鵠沼本人に会うまでは警察官の身分を明かしたくない笘篠は適当にあしらおうとするが、簡単には逃してくれそうにない。

「まだ入会希望ということでもないんです。入会の意思を決める前に、会を設立した鵠沼さんの話が聞きたいんです。そうでなければなかなか決心がつきません」

我ながらいささか強引だと思ったが、彼女の熱心さに対抗するにはこれくらいでちょうどいい。

「そうですかあ。じゃあ少し待っててください」

功を奏したのか、受付女性はようやく諦めてくれたらしい。踵を返して奥の部屋へと引っ込んだ。

いよいよ鵠沼の顔を拝める。

ところが一分ほど待っても奥の部屋からは誰も現れない。不安を覚えたと同時に受付女性が戻ってきた。

「変ね、さっきまで奥の部屋にいたのに」

瞬時に笘篠は小宮山とともに奥へと走り出す。

受付女性の言う奥の部屋というのはすぐに分かった。内装に不釣り合いな社長机と応接セットが設えられた部屋で、机の上には中身が半分ほど残ったコーヒーカップが置いたままになっている。触れてみると、カップはまだ温かい。

やられた。

臍《ほぞ》を嚙む間もなく部屋を出て更に奥へと突き進む。無断でスタッフルームに入った途端、我知らず汚い言葉が口をついて出た。

スタッフルームは勝手口に直結していたのだ。

小宮山が苛立たしげに勝手口のドアを開ける。一帯が住宅の密集地なので道路からは見えなかったが、家と家の間には人一人通れそうな路地が走っている。

「クソッタレ」

小宮山はひと言罵ると、自身のスマートフォンを取り出した。

「裏口から鵠沼が逃げた。まだ遠くに行っていないはずだ。追ってくれ。応援も要請しておく」

言葉通り県警本部に応援を要請すると、小宮山はようやく笘篠に向き直った。

「お前は追いかけないのか」

「追いかけるのはお前たち三課に任せる。ここで調べたいことがある」

「奇遇だな。俺も同じことを考えていた」

カップの中身が半分残っていたのは、寛いでいる最中に異変を察知して逃走を企てたからだ。何が鵠沼に異変を知らせたかは不明だが、いずれにしても急いでいたことは間違いない。つまり個人情報の不正使用について証拠を隠滅する時間的余裕はなかったはずだ。

「逃げたとしても捕まるのは時間の問題だ。追いかけるのもいいが、俺はこの事務所に残された宝の山に興味がある」

溝井から横流しされた官公庁のハードディスクが見つかれば、取りあえずブツを押さえられる。証拠物件さえこちらの手の内にあれば、後は本人から供述を引き出すだけだ。

「盗品捜しは三課に任せる」

「任せてばかりだな」

「俺は社員から事情を訊く」

小宮山を鵠沼の部屋に残し、笘篠は元来た廊下を戻っていく。受付女性は当惑した様子で入口近くに突っ立っていた。

「鵠沼代表は逃げたみたいですね」

「そんな」

「代表が不在なら、あなたに話を訊くしかありません」

受付女性は鈴波寛子《すずなみひろこ》と名乗り、今年の春からキズナ会に勤め始めたのだと言う。笘篠が警察手帳を開示するとひどく驚き、そして怯えた。

「会の活動内容は被災者の遺族同士の交流を深める、でしたね。実際にそうした集会は行われたんですか」

「よく分かりません」

「もう二カ月も勤めているんですよね」

「少なくとも本部でそういう集会はありませんでした」

見てくれと言わんばかりに寛子は事務所の中で両手を広げる。事務所の広さは十畳ほどだが、事務机やキャビネットのせいで四人も入ればいっぱいになる。ここではとても集会など開けない。

「事務所では無理だとしても、市民センターや貸事務所でできるでしょう。受付をしているのなら、そういうスケジュールや開催場所はご存じのはずでしょう」

「すみません。わたしは受付と代表が購入した物品の領収書管理が主な仕事で、キズナ会の活動には深く関わっていないんです」

「じゃあ誰が関わっているんですか。ここには最低一〇人の社員がいるはずですよ。他の社員の姿が見えませんが、いったいどこにいるんですか」

「知りません」

寛子は嫌々をするように首を振る。

「採用されてから、わたし以外の社員なんて見たことがありません。だからわたし一人がフルで働いているんです」

「失礼ですが、鈴波さんの雇用契約は何年毎になっていますか」

「一年です」

キズナ会はペーパーのNPO法人に相違ない。社員と呼べるのは寛子だけで、他の九人は名義を借りているか、あるいは無断で登録してある。寛子の雇用期間を一年にしているのは、一年毎に入れ替えて会の実態を把握させないためだろう。

NPO法人は一般企業や他の社団法人に比べて社会的信用が大きく、資金調達の面で有利になる。その上、国や地方自治体からは助成金や補助金が支給される。活動記録を改竄《かいざん》しておけば実質代表一人社員一人でもNPO法人として存続させられる。

そしてペーパーNPO法人の名に隠れて鵠沼が稼業としているのは個人情報の不正使用だ。ここからは笘篠の想像だが、まだ失踪宣告がされていない行方不明者を抽出して、その個人情報を新しい名前と身分を欲している人間に売り渡しているに違いない。

「鈴波さん。あなたは何も知らないということですが、更に詳しい事情を聴取したいので県警本部までご同行願います」

寛子は力なく頷く。消沈している理由が鵠沼の失踪にあるのか、それとも明日からの勤め先に困るからなのかは判然としなかった。

やがて県警本部から捜査三課が押っ取り刀で駆けつけてきた。直ちに事務所内の捜索が始まり、大した時間もかからずに溝井から横流しされたと思しきハードディスク数個が発見された。行方不明者の個人情報が含まれているかどうかは鑑識なり科捜研なりが解析してくれるだろう。

一方、案に相違して逃走した鵠沼駿の行方は杳《よう》として知れなかった。県警は主要道路で検問を張ったが、逃走から二日経過しても鵠沼の目撃情報一つ寄せられなかったのだ。

ただし新たに判明した事実もある。溝井の取り調べは翌日も続けられたが、彼の得意先はもちろん鵠沼だけではなかった。官公庁から戻されたハードディスクは鵠沼専用だったが、銀行等金融関係から送られてきたハードディスクについては何と〈エンパイア・リサーチ〉の五代に横流ししていたというのだ。

情けないことに、溝井の供述を聞くまで笘篠は一度も五代を結びつけて考えなかった。だが名簿屋を稼業にしている五代なら金融機関の個人情報は喉から手が出るほど欲しいはずだった。

話を聞いた笘篠は小宮山とともに〈エンパイア・リサーチ〉に赴いた。同じ人間から個人情報を仕入れている関係で、鵠沼の行方に心当たりがないかと期待したのだ。

「前回、五代はハードディスクの横流しについて言及しませんでしたね。あの時点では三課が溝井に目をつけるとは予想していなかったんでしょうね」

訊かれたことには答えるが、訊かれないことには答えない。五代に限らず脛《すね》に傷を持つ人間の反応はそうしたものだろう。

多賀城市の雑居ビルに到着し、〈エンパイア・リサーチ〉を訪れると、例のごとく人相の悪い男が応対に出た。

「今、お巡りさんの相手をしている時じゃないんだ」

男は当惑した顔を見せながら笘篠たちを追い返そうとする。

「お前に相手をしてもらおうとは思っていない。五代社長と話をさせてくれればいい」

「その社長がいない。俺たちだって捜しているんだ」

「何だと」

「昨日、不意に事務所を出て行ったきり、全然連絡がつかない」

四　孤高と群棲

1

何年か後、今年に限っては和暦よりも西暦で語られることが多くなるのではないか——平成十一年というのは、そういう年だった。

『一九九九年七カ月、
空から恐怖の大王が来るだろう、
アンゴルモアの大王を蘇らせ、
マルスの前後に首尾よく支配するために』

言わずと知れたノストラダムスの予言で、今年七月には恐怖の大王がやって来て、世界は滅亡してしまうのだという。

高校二年生というのは中学を卒業してまだ一年経ったばかりの、要するにガキだ。クラスの半数近くが予言の的中率やら、恐怖の大王の正体やらの話に花を咲かせている。

「やっぱり起きるんじゃないか、第三次世界大戦」

「バカ。恐怖の大王が降りてくるんだぞ。異星人の襲来に決まってるじゃん」

「違う違う。未知の細菌兵器がロシアとか中国とか共産圏の実験施設から漏れてだな」

窓際の席に座っていた五代良則は、話に興じているクラスメイトたちを眺めながら心中で毒づく。

バカはお前ら全員だ。

五代自身は大昔の人間が遺した言葉を鵜呑《うの》みにするほどの純朴さも、世界が一瞬のうちに滅びると信じるような浅薄さも持ち合わせていない。クラスメイトに対する侮蔑と憐憫《れんびん》があるだけだ。

予言や世界の滅亡を嬉々《きき》として語っているのは、大抵クラスでも成績が下位のヤツらばかりだ。言い方を変えれば、賢さもなく秀でた能力も持たない人間が現状を破壊してほしくて騒いでいるだけだ。

五代の高校は偏差値が四〇以下で、県下で底辺高校の一つと呼ばれている。偏差値が四〇以下の高校から国公立や有名私大に進める人間はそうそういない。ほとんどは進学せず、家業を継ぐか地元企業に就職する。いや、仕事に就ける目処があるのはまだましな方で、高校ＯＢの何人かはフリーターや暴力団の準構成員の身に甘んじている。

入る学校、属しているクラスで早くも人生が決まっているのだ。クラスメイトたちはその事実を受容する勇気も拒絶する勇気もなく、ただ漠然と自分の将来に絶望している。その絶望が、予言の成就と世界の終わりを希求しているように思えて仕方がない。

入学式を迎える前には、五代にも希望があった。新しいステージに新しい友人、そして新しい可能性。高校に入れば、今まで考えもしなかったことが体験できるのではないかと期待に胸を膨らませていた。

だが、そんなものはなかった。

最初から生徒に期待などしていないという態度を明確にした担任。

最初から授業よりは〝校外活動〟に活路を見出した生徒たち。

高校は新しいステージなどではなく、敗残兵の屯《たむろ》する廃墟だった。

五代は一五、六歳にして底辺がどんな状態を示しているのかを知っていた。

本当の底辺というのは手を伸ばすことさえ諦めた状態だ。周囲に向上心を持つ者はおらず、一〇年後二〇年後の自分が容易に想像できる。小難しい日本語や方程式は外国語と同じだ。滅多に使うことがないから覚える必要もない。簡単な計算は携帯端末がしてくれる。日常的な日本語さえできれば生活に支障はない。

二年に進級すると、五代たちのいる場所は更に荒廃した。授業をまともに受けているのは一〇人にも満たず、教える側もそれで良しとしていた。校外活動に精を出す生徒は次々に停学や退学を食らったが、それで学校側が慌てふためく様子もなかった。卒業式には、入学した生徒の半分が残っていれば御の字というのが、この高校の〝指針〟なのだ。そろそろ進路を考える時期だが選択肢は驚くほど少なく、選択というよりは妥協せざるを得ない生徒が大半だった。

ただし、五代にとって諦観と厭世《えんせい》が漂うクラスはそれほど居心地の悪いものでもなかった。

五代にしても成績は下から数えた方が早く、芸術やスポーツで際立つような才能は持ち合わせていない。他人より秀でたものがあるとすれば面倒見の良さと人を見る目だが、そんな才能が仕事に役立つとは思えなかった。

クラスメイトたちは、まだノストラダムスの予言にかこつけて好き勝手なことを喋っている。

「七月っていったらあと三カ月じゃない。もう学校でつまんねえ授業なんて受けなくていいじゃん」

「学校どころか、家に帰んなくってもいいんだぜ」

「いやいやいや。それを言うんならコンビニや本屋から万引きしたっていいんだ。どうせみんな死ぬんだから、やりたい放題な訳だよ」

五代は彼ら彼女らの言説を愉快な気持ちで聞いている。あいつらには予言も世界の滅亡も関係ない。

ただ学校をサボり、街に繰り出し、悪さをしても咎《とが》められない理由を欲しがっているだけだ。度胸のないヤツらだ。そんな理由がなくたって、学校をフケたければフケればいいし、万引きしたけりゃすればいい。理由がなければ規則を破れないヤツらが何を偉そうに言ってるんだか。

「委員長はどーよ」

一人が最前列に座る鵠沼駿に声を掛けた。

鵠沼は授業をまともに受けている一〇人足らずのうちの一人だった。授業をまともに受けているから、どうしても雑務や面倒臭い役割を押し付けられる。鵠沼がクラス委員長になっているのも、そういう事情だった。

「委員長だって、ホントは弾けたいんだろ。だったら一緒にフケようぜ」

「あー。あたしもイインチョが羽目外すとこ、見てみたい」

「おお、カナがお誘いしてんじゃん。今からでもツルもうぜっ」

五代は不意に興味が湧いた。

鵠沼とは二年生から同じクラスになったが、未だに一度も言葉を交わしたことがない。一目で自分とは人種が違うと分かったからだ。なぜこんなヤツがこの学校にいるのかと不思議なくらいだった。同じ世界の人間でなければ、話をしても仕方がない。

鵠沼は彼らに向き直る。

「君たちは勇気があるんだな。僕にはとても真似できない」

「勇気って何の勇気よ」

「ノストラダムスの予言が当たって今年の七月に人類が滅亡する可能性はあるかもしれない。三カ月先の未来なんて誰も分からないし、ひょっとしたらノストラダムスには本当に未来が見えていたのかもしれない」

「でしょー。だからハメ外そうって」

「だけど、予言が外れる可能性もある。君たちと遊び呆けたはいいけど、七月が過ぎて八月になっても高校生活が残っていて、世の中が当たり前に動いていたら、それまでの三カ月間をドブに捨てたことになる。そんな怖い賭けに僕は乗れない。小心者って言われるかもしれないけど、七月までの三カ月間を今までと同じように過ごした方が無難だと思う」

皆は呆気《あっけ》に取られて言い返しもしない。

「それに、いきなり世界の終わりが来て人類があっという間に滅亡するっていうのは話としては簡単だけど、あまりにも一人一人の命を軽視し過ぎている。自分が何の理由もなく無抵抗で殺されるのを想像したことがあるのか。ないとしたら、想像力の欠如だ」

鵠沼は言い終わると、皆の反応を待たず正面に向き直った。

冗談をクソ真面目に返されると馬鹿らしくて反論する気も失せる。皆の反応はちょうどそんな具合だった。

やはり自分と鵠沼では人種が違う。

いけ好かないヤツだと思った。


特に腕っぷしが強い訳でもないのに、五代は不良たちのリーダー格に祭り上げられていた。生来の強面《こわもて》が実年齢以上に見せることと、やはり面倒見の良さが理由だろう。

高校でのドロップアウトが誇らしいはずもないのだが、この歳で将来が見えてしまえば努力したり夢を持ったりするのが惨めらしく思えてくる。こうなれば札付きまでは一直線だ。そして札付きになってしまえば、ろくでなしになるのも一直線だ。

五代くらいの高校生ともなれば校外活動は資金稼ぎの一環になる。カツアゲにウリの斡旋、クスリの売人。五代たちに仕事を回してくるのは高校のＯＢなのだが、暴力団の準構成員であるのを公言している。つまりは五代たちも卒業後はＯＢの後継者となるのがお定まりのコースになっているのだ。

高校二年の段階で五代は五人ほどのグループを作っていた。ヤクザ紛《まが》いの校外活動には多過ぎず少な過ぎず、理想のメンバー構成といえた。

四月は新入生と新入社員が街に溢れている。慣れていないからカモにしやすい。この時期、五代たちが狙うのはそういう連中だった。かといって毎日回っても効率がよくない。何においても労力を集中するべき時がある。そこで別のシマに出張することにした。

二五日、五代はグループの面々を引き連れて駅前商店街に繰り出した。二五日は大手企業の給料日が集中している。まともにひと月分は出なくても、初任給ということで浮かれた新入社員がよく網に掛かる。従って五代たちが活動を始めるのは、彼らが退社する午後六時以降となる。

「景気、よさそうだね。お兄さん」

最初に声を掛けるのは古尾《ふるお》の役目だ。貧相な体格で押し出しも弱いが、度胸のない人間とカネのありそうな人間を見つけ出す嗅覚に長けている。古尾が目を付けたのは、まだスーツを着こなしていない学生面のサラリーマンだった。

「給料、入ったんでしょ。俺みたいな貧乏な学生にカンパしてほしいなあ」

何やかやと理由をつけ、裏通りに引っ張り込めばこっちのものだ。古尾一人と高を括っていた獲物は、そこに四人の仲間が待機しているのを見て途端に怯え始める。

獲物を確保すると見張り役の岸部《きしべ》が表通りまで移動する。岸部は生来の臆病が幸いして、危険を即座に察知する特技を持っていた。

交渉役はもっぱら郷田《ごうだ》と能村《のうむら》の役目だ。

「いい服着てんな。どこの会社だよ」

「初任給、いくら出たんだよ」

「あの、すみません。おカネ、持ってないです」

「現金持ってなくても、カード持ってるだろ。暗証番号教えてくれたらいいから」

「勘弁してくださいよ」

「やだね」

言葉の交渉で渋っていたカモも、郷田と能村が暴力を行使し始めると現金やカードを気前よく拠出してくれる。

「毎度ありい」

同じ場所で狩りをするのは危険が伴うので、五代たちは商店街に設けた十カ所のポイントを移動しながら仕事を続ける。ただし欲張りはしない。一日の上がりが一〇万円になったら、すぱっとやめる。長居は禁物だ。

狩りを開始して二時間。三人の新入社員らしき男から巻き上げたのは現金が三万五〇〇〇円と腕時計が二個。腕時計は質草にして合計五〇〇〇円にしかならなかった。

「やっと四万円か」

喫茶店で小休止をしていると郷田が物足りなさそうにこぼした。

「普通の日ならともかく給料日でこれだぜ。しけてるよなあ、まったく。これじゃあ上納金を払ったらいくらも残らねえ」

「新入社員で高級腕時計してるヤツなんていねえよ」

古尾はコーヒーを啜《すす》りながら言う。

「まあ、ケータイ奪ったところで、それもあまりカネにならねーしよ」

「時期の問題かな」

「二五日給料のところは満足に一カ月分が支給されてない。でも月末給料日の会社は元々しけてる」

「じゃあ、次の狙い目はゴールデンウイーク直前だな」

郷田と古尾が愚痴り合っているところに岸部が割り込んでくる。

「連休中にカネが要るからＡＴＭで出金するヤツが多くなるだろ」

「じゃあ同じリーマンでも家族持ちのオッサンとか主婦がターゲットになるかな」

これに能村が疑義を差し挟む。

「待てよ。オッサンや主婦が現金をいっぱい引き出すってのはいいにしても、手に負える相手かどうかが問題になってくるぞ。主婦はすぐ警察に泣きつくし、オッサンの中には身体鍛えてんのに、服の上からじゃ分からんヤツがいる。返り討ちなんかに遭いたくねーしな」

皆の会話を聞き流していると、古尾が話しかけてきた。

「どうした、五代。何、考え込んじゃってるんだよ」

「これからのこと」

五代がぽつりと洩らすと、皆の目が集まった。

「どういう意味だよ」

「街角でカネ持ってそうなヤツらから脅し取るのは効率が悪いような気がする。古尾の勘だって百発百中じゃないし、そうでなくても景気がどんどん悪くなっているからしけたヤツが多い。一人あたまのあがりが目減りしたら数をこなさなきゃならなくなる。そうなるとリスクも高くなる」

暴力担当だがリスクに敏感な郷田が身を乗り出してきた。

「お前の言うのはもっともだ。でも、他の方法もリスキーだぞ。ヤクの売買は警察のマークが厳

しいし、ウリの方も最近は別のヤー公から目ェつけられてるじゃないか
「こっちから無理に脅し取るんじゃなくて、向こうから喜んでカネを差し出させる方法がないかと思ってさ」

「詐欺みたいなものか。けどよ、俺たちは詐欺ができるほど頭がよくねえぞ」

「詐欺といってもそんなに難しい話じゃない。聞いた話なんだが、子どもの名前を騙って親からカネを出させる詐欺があるらしい」

五代が切り出すと、他の四人は興味津々といった体で耳を傾けてきた。

「最近は七〇、八〇の爺《じい》さん婆《ばあ》さんがカネを貯め込んでいるだろ。で、こいつらの家に息子のふりをして電話をするんだ。理由は何だっていい。交通事故の示談で今すぐ現金が必要だとか、会社のカネをなくしたとか。それでこちらの言う口座に振り込ませる。もちろん架空名義だから足もつかない。誰を殴るでも、誰を脅すでもない。安全で、大金が手に入る簡単な詐欺だ」

「確かに簡単そうだな」

郷田は感心した様子で言う。

「カネさえ受け取っちまえば架空口座だから足もつかねえ」

「銀行を使うのが危ないと思ったら、直接カネを受け取りにいけばいい。事情が事情なだけに息子さんの代理で来ましたとか言えば、大抵信じてくれる」

岸部が疑問を呈する。

「けどよお、そんなに上手くいくもんかね。中には疑《うたぐ》り深い爺さん婆さんだっているんじゃねえの」

「こういう詐欺っていうのは数をこなしてナンボなんだ。一件二件じゃない。一〇件も二〇件も電話して一件ヒットすれば御の字だ。第一、一回当たり数百万、数千万の詐欺だから単価がでかい。一〇〇件試して一件成功すりゃあ万々歳だ。そうは思わないか」

数千万という金額に四人は声を失う。きっと頭の中は捕らぬ狸《たぬき》の皮算用でいっぱいに違いない。

「もちろん今すぐの話じゃない。ターゲットを決めて、情報を仕入れて、準備をしてからだ。言っとくけど遠い将来の話じゃない。今後はこういう稼ぎ方が主流になっていくような気がする」

四人が尊敬の眼差しでこちらを見る。

悪い気はしなかった。

喫茶店を出た五人は本日のノルマを達成するべく、次の狩場へと移動する。遠大な計画は話していても聞いていても気分が昂揚《こうよう》するが、まずは目の前に落ちているカネを拾うのが先決だ。

店舗併設型ＡＴＭ近くの脇道に待機し、古尾が客を引っ張ってくるのを待つ。

そろそろ四人の辛抱が限界に近づいた時、古尾が学生服姿の男を引っ張ってきた。

男の顔を見て、五代は少し意外な感に打たれる。古尾が咥えてきた獲物はクラスメイトの鵠沼だった。

「何だ、君たちか」

鵠沼の方は大して意外でもなさそうだった。

五代が軽く睨んでやると、古尾は弁解がましくこう言った。

「ＡＴＭから出てきたばかりのところを捕まえた。カネは持っているはずだ」

クラスメイトだろうが幼馴染みだろうが、一度網に掛かったら巻き上げるのが五代たちの流儀だ。顔馴染みだからという理由で解放したら舐められる。恐怖こそが支配の原理だ。五代たちが高校で君臨するためには、皆に恐怖を与えなければならない。ただし鵠沼は顔見知りなのでひと言くらいは断りを入れるのが、ワルなりの礼儀だろう。

「運が悪かったな、委員長」

鵠沼は五代の目の前に引き出されても、怯え一つ見せなかった。

「俺たちはぴいぴいしているんだ。カンパしてくれ」

「君たちにカンパするようなカネは持っていないよ」

「たった今、ＡＴＭから出てきたばかりなんだろ」

「引き出したのは参考書を買うためだ」

途端に五代たちは爆笑した。

「さ、参考書って」

「笑わせるなよお」

「傑作う」

「あのな、委員長。ウチらみたいな底辺の高校で成績トップになったって、何の自慢にもならないし、何の役にも立たないぜ。委員長なら、それくらいは知っていると思ってたけどな」

「別にトップを取るために勉強しているんじゃない」

「じゃあ何のためだよ」

「最低限のことを知らなかったら、最低限のままだからだ」

自分の吐いた言葉が五人の劣等感を刺激するのも構わず、鵠沼は平然と言ってのける。

「勉強してどこまでいけるか分からないけど、少なくとも努力を馬鹿にするような人間にはなりたくない」

「委員長、ひょっとして俺たちを馬鹿にしてるのか」

「君たちを馬鹿になんかしていない。底辺であるのを自分で決めつけて、受け容れている人間と一緒にされたくないだけだ」

「……カネだけ取れば解放してやるつもりだったけど、そうも言っていられなくなった」

五代が口調を一変させたことで、他の四人にも意思が伝わった。

「選ばせてやる。カネを出すのが先か。それとも殴られるのが先か」

「どっちも損だ」

度胸があるのか、それとももとことん鈍感なのか、鵜沼は微塵《みじん》も怯えの表情を見せない。ひょっとしたら意外に腕っぷしが強いのかもしれない。

それなら先手必勝だ。

五代の目配せで、まず郷田が動いた。膝を鵜沼の脇腹に入れて先制する。

ぐふ、と呻いて鵜沼が膝を屈する。ちょうど頭が腰の位置に落ちたところで、能村が膝蹴りを放つ。

鵜沼は呆気なく後方に倒れた。

何だ。やっぱりこけ脅しだったか。

それからはサンドバッグ状態だった。地面に倒れた鵜沼に、腹と言わず足と言わず古尾と岸部が蹴りを入れ続ける。鵜沼は抵抗らしい抵抗を見せず、ただ動物のような悲鳴を上げているだけだった。

やがて鵠沼の動きが緩慢になったのを見計らい、郷田たちは攻撃を中断した。日頃暴力に慣れているから、限界も熟知している。これ以上やれば絆創膏《ばんそうこう》や塗り薬では済まなくなる。

古尾が鵠沼のポケットから財布を抜く。中身は五〇〇〇円と二一〇〇円だった。現金を全て抜き、空になった財布を鵠沼の顔に叩きつける。

「五〇〇〇円か。大層な演説聞かされた割には大した金額じゃなかったな」

「ああ。好き勝手に喋らせて損した」

鵠沼はぐったりとして動かない。五代が見下ろしていると、何やら鵠沼の唇が動いている。

何か言っているらしい。腰を落として顔を近づけてみると、弱々しい声が聞き取れた。

「カネ……返してくれ……」

これだけ痛い目に遭ってもまだカネに執着しているヤツは初めてだった。

なかなか根性あるじゃないか。

褒めてやる代わりに顔を踏みつけてやった。

「返してほしけりゃ力ずくで奪い返せ。それができなきゃ黙っていろ」

地面に伸びたままの鵠沼を置き去りにして、五代たちはその場を去っていく。

せしめた四万円余の現金は上納金を差し引くと、その日のうちになくなってしまった。

2

ゴールデンウイークに突入する直前、五代たちは早速駅前で狩りに精を出した。連休用にATMで出金する獲物を狙うという目論見は当たり、初日は午前中だけで五人から一五万五〇〇〇円をせしめるのに成功した。

「一人あたま三万円ちょいか。時給換算でも大したもんだな」

バイトすらしたことのない古尾が得々と語る横で、五代は岸部が浮かない顔をしているのが気になっていた。

行きつけの喫茶店で小休止をしている時、問い質《ただ》してみた。

「どうしたよ、岸部。何だか顔色が悪いけど」

「大したことじゃないんだ」

岸部は愛想笑いを浮かべて頭を振る。否定の仕方がわざとらしかった。

「いいから言え」

「俺の勘違いかもしれないし」

「その勘を買ってるんだ。言え」

「道路を挟んで、ATMの反対側にゲーセンあるだろ」

「ああ、あるな」

「さっき五人目を引っ張り込む時、ゲーセンから二人組の男がこっちを見ていた」

「ポリ公か」

「ポリじゃない。堅気には見えなかった」

他の三人も岸部の言葉に耳を傾けている。岸部の危険察知能力は天性のものだ。理屈も何もないが、岸部が不安を口にした時には結構な確率で警察官と遭遇している。

「どうするよ」

能村が頭を寄せてきた。

「こいつ、こんなこと言ってるけど、馬鹿にできねえってのも知ってるしよ」

能村の言葉に郷田が頷く。皆が迷っているのは、今が稼ぎ時であるのを心得ているからだ。

「提案なんだけど」

能村は言葉を続ける。

「もう今日は閉店して、続きは明日にしないか」

「ゴールデンウイークの前日だ。明日からはＡＴＭの利用客が激減する。去年のことを憶えてるだろ。二日目も勇んで出撃したけど、三カ所のＡＴＭコーナーを回って、〝接客〟できたのはたった二人だった」

「そりゃそうだけどよ」

四人とも不安と期待の間で揺れ動いている。五代の決断を今か今かと待ち望んでいるのが分かった。

五代は逡巡した挙句、折衷案に辿り着く。

「こうしよう。巻き上げる金額がいくらでも、今日はあと一人で打ち止めにする」

四人はほっとしたようだった。

小休止を終え、五代たちは市庁舎まで移動した。市庁舎に隣接するATMコーナーは密かな狙い目だった。人目につきにくく、利用者が意外に多いからだ。

大抵の人間は立ち寄るATMコーナーを決めている。市庁舎横のATMを使う者に、当然市庁舎に勤務している職員が多いのは自明の理だ。そして公務員だから、引き出す金額にも期待が持てる。

いつものようにATMコーナー付近に古尾を立たせ、五代たちは少し離れた場所に待機する。

「打ち止めにするんだから、太客を引っ張ってきてくれよ。頼むからさ」

岸部は拝むように言う。切羽詰まった素振りに郷田が興味を抱いたらしく問い掛ける。

「何、焦ってんだよ」

「連休中に最低八万円は稼ぎたい」

「八万円は大金だな。何に使うんだよ」

「中絶費用」

三人は同時に噴いた。

「何だよ、それ。初耳だぞ」

「俺も連休前に急に言われた。出来ちゃったみたいだって。中絶費用八万円出すか一緒に育てるかどちらか選べって」

「……相手、カナだろ」

「そーだよ。他に誰がいるってんだよ」

「あのな、岸部。その八万円、B組の安田《やすだ》とD組の坂崎《さかざき》と割ったっていいんだぜ」

「どういう意味だよ」

郷田はくすくす笑いながら言う。

「だからよ。お前ら三人、穴兄弟なんだって」

岸部が固まり、三人が哄笑《こうしょう》したその時だった。

「歓談中、悪いねえ」

五代の背後から猫撫で声がしたかと思った時にはもう遅かった。

四人の周囲に五人の男がいた。いや、七人だ。別の二人が古尾を両側から挟んでこちらに連行している。

「最近、ATMの客襲ってる高校生のガキって君らのことだよねえ」

七人の風体は明らかにそのスジの者たちだった。最初に話し掛けてきた銀髪の男がリーダー格らしい。

「困るんだよねえ。学生の分際であういうことされちゃ。ここいら一帯、宏龍会《こうりゅうかい》の縄張りなんだよ」

銀髪は鼻の頭が触れそうになるほど顔を近づけてきた。吐く息がひどくニンニク臭い。

「取りあえず、今持ってるだけのカネ、吐き出せや」

いくら高校生が粋がったところで本職のヤクザに敵うはずもない。五人はあっという間に財布を取り上げられる。

「これ以上は鼻血も出ない。もういいだろ。放せよ」

「何言ってんの、お前」

銀髪は不思議そうに言う。

「本チャンのヤクザのシマ荒らして、カネさえ払ったら無罪放免されると思ってるの。やっぱガキだわ」

言い終わらぬうちに、股間に銀髪の蹴りが飛んできた。

五代は堪らず腰を落とす。

まずい。

敵の七人は歩く度にちゃらちゃらと音を立てている。ナイフかあるいはメリケンサックか、いずれにしても物騒な得物を携帯しているのは想像に難くない。

「あのさ。ヤクザにしてみたら、縄張りをガキに荒らされるなんて恥以外の何物でもないのさ。それ相応の後始末つけなかったら上に顔向けできない訳よ」

銀髪の話が次第に剣呑《けんのん》な空気を帯びてきた。自分たちも暴力を振るってきたから分かる。

こいつらは本気だ。

本気で五代たちをシメようとしている。

「まさか俺たちの存在を知らなかった訳じゃないだろ。勇気あるねえ。だけど暴れる勇気があるんなら、罰を受ける勇気も当然あるよな」

半殺しで済めばよし、下手をすればもっと悪い結果になるかもしれない。

咄嗟に五代は仲間たちに背を向け、右手を後ろに持っていった。

人差し指を下に向ける。普段から取り決めてある、一斉に逃げろの合図だった。

男気や犠牲精神ではない。

四人をここまで引っ張ってきたのは自分だ。とうとう責任を取るべき時が来たらしい。

次の瞬間、五代は銀髪に飛び掛かった。

「うわ」

頭を押さえ、銀髪の耳に齧《かじ》りつく。耳は人体で最も柔らかな部位の一つで、しかも急所だ。いきなり襲われるとすぐには抵抗できない。

「があああああっ」

銀髪が絶叫すると、少し遅れて口の中に血の味が広がった。不思議に血までがどこかニンニク臭かった。

「っの野郎」

たちまち他の六人が五代と銀髪を離しにかかる。ここで反撃の手を緩めて堪るか。

「離れろ、このクソガキ」

「口、開かせろおっ」

男たちの容赦ない鉄拳と蹴りが五代を襲う。

視界の隅、遠ざかっていく仲間たちの背中が見える。だが、その視界が次第にぼやけてくる。

五代はとうとう引き剝がされた。口にはまだ血の味が残っているが、肉片らしきものは感知しないので、どうやら耳を咬《か》み千切ることはできなかったらしい。

それでも相手には相当なダメージを与えたらしく、銀髪は咬まれた方の耳を押さえて地面でのたうち回っている。

「ガキがずいぶんとナメた真似してくれるじゃないか」

「もう無事には帰れないぜ」

どうせおとなしく従ったところで無事に帰らせるつもりなどないだろうに。

憎まれ口の一つでも叩こうとしたが、腹を蹴られて上手く呼吸ができない。そうこうするうちに銀髪がゆっくりと立ち上がった。

「……生まれてきたことを後悔させてやる」

銀髪はポケットから光るものを取り出した。

折りたたみナイフだった。

次の瞬間、五代は腹の中心部に激痛を覚えた。

どうやら刺されたらしい。

鼓動と同調して出血していくのが分かる。血が流れ出るにつれて命も流れ出ていくような感覚がある。

このまま死ぬのか。

残念だな。

人間としての出来はよくなかったが、それでもやりたいことの一つや二つはあったんだ。

あいつら、ちゃんと逃げ果たせたかな。

畜生、痛いな。

世の中に生き方を強制されてきた。

せめて死に方くらいは自分で選びたかったな。

畜生、本当に痛いな。

だが、激痛も意識とともに薄らいでいく。

やがて五代の意識に闇が訪れた。


瞼の裏がぼんやりと明るかった。

うっすら開くと蛍光灯が真上にある。

朦朧《もうろう》としていた意識が次第に鮮明になり、五代は周囲を見渡した。

ベージュ色の壁と天井、白いカーテンと医療機器。

視覚の次には嗅覚が戻ってきた。血と消毒薬の臭い。どうやら自分は病院のベッドに横たわっているらしい。

「気がついたみたいだ」

声のする方に顔を向けると、隣のベッドに鵠沼が寝ていた。

「どうして、お前、こんなところに」

「へえ、もう喋れるのか。大した体力だ」

鵠沼は感心したようにこちらを見ている。

「待ってろ。今、先生を呼んでやるから」

「その前に答えろ。どうしてお前がここにいる」

鵠沼は答える代わりに左腕を掲げた。

腕に注射の痕が見えた。

「輸血した。同じ血液型でよかった」

五代の頭は混乱したままだ。

「あの辺に用事があって市役所の近くを通りかかったんだよ。そこで君が倒れているのを見つけて救急車を呼んだ。病院が近くにあったのは本当に悪運が強いんだな」

「待てよ」

五代は相手を睨む。この状況下でどこまで凄めるかは甚だ心許なかったが、睨まずにはいられなかった。

「どうしてお前が俺を助けなきゃならないんだ。いったい何を企んでるんだ」

「変なこと、言うなよ」

鵠沼は不思議そうだった。

「目の前でクラスメイトがすごい出血して倒れているんだ。助けるのは当然じゃないか」

「お前、俺たちからカツアゲされたんだぞ」

「それとこれとは話が別だ。第一、死にそうな人間を放っておく理由なんて、世の中に存在しないだろ」

「……お前、馬鹿じゃないのか」

「少なくとも君よりは賢いつもりだ」

「恩になんて着ないからな」

「いちいちそんなこと考えて行動できるか」

しばらくして医師と看護師が駆けつけてきた。

「もう意識が戻ったのか。大した体力だな」

「お友だちにお礼を言っとくのよ。かなり血を分けてもらったんだから」

五代が自分の受けた傷を説明してもらっている間も、鵠沼は天井に視線を向けてこちらを見ようともしなかった。

看護師からは礼を言えと勧められたが、言えるはずもない。

鵠沼もそんなことは望んでいないような気がした。

かなりの量の輸血がされたのは事実らしく、鵠沼もすぐに起き上がるのを禁じられていた。

その後、鵠沼は一切話し掛けようとはしなかった。

壁時計が午後一〇時を過ぎると、鵠沼はようやく起き上がった。

「じゃあ、お大事に」

それだけ言い残して、彼は病室を出ていった。

やがて刑事が事情聴取に現れたが、適当に誤魔化してやり過ごした。

その夜は、なかなか眠れなかった。


五代は退院した翌日、学校で鵠沼を捕まえた。

「二週間で退院か。治りが早いな」

「ちょっと面貸せ」

「病み上がりが僕に何の用だ」

「つべこべ言わずに来い」

鵠沼を連れていったのは、無人の音楽室だった。

「返す」

突き出すように封筒を差し出す。

「何だよ、これ」

「お前から盗ったカネ。五二一〇円だったよな」

鵠沼は封筒の中身を検《あらた》め、納得するように頷く。

「うん。五二一〇円きっかりだ」

そして当然のように制服の内ポケットに仕舞い込んだ。

「……詫《わ》び代はなしだ」

「要らない。参考書が買えればいい」

「輸血の礼もしない」

「カネを受け取ったら売血になる」

飄々《ひょうひょう》とした受け答えに、すっかり気勢を殺《そ》がれた。

「まあ、座れよ。いくら丈夫でもまだ病み上がりなんだ」

「うるせえ」

「今、ここで君に倒れられたら、また僕が血を分けなきゃいけない羽目になる。それでもいいのか」

妙な屁理屈《へりくつ》でも説得力がある。五代は言われるまま、手近にあった椅子に座る。

「もう傷口は塞がったのか」

「塞がってなかったら退院なんてするかよ」

「それもそうだな。で、僕を連れてきた理由は何だ」

「カネを返したかっただけだ」

「それだけの理由でここまで連れてきたのは、みんなの前で返すのが恥ずかしかったからか」

「うるせえよ」

「君が義理堅いのは新発見だったな。ついでに金額が五二一〇円きっかりだったのも感心した」

「どうして」

「それ以外の金額を上乗せしたら、君が僕にしたことをカネで解決しようとしたことになる。それは許せない」

「ふん。やっぱり根に持っているんじゃねえか」

「殴った方は忘れても殴られた方は忘れない」

「だったら、こうしろ」

五代は学生服とシャツを胸まで捲《まく》り上げる。腹には赤黒い縫合痕が残っている。

「ここを思いきり蹴れ。医者の話だと癒着して間もないから、すぐ傷口が開く。それで貸し借りなしだ」

「馬鹿か、君は」

鵠沼はほとほと愛想が尽きたというように首を振る。

「さっきの繰り返しになるけど、君が出血したらまた僕が助ける羽目になる。正直言うと、あれだけ輸血すると、小一時間は頭がふらつくんだ。もう二度とごめんだ」

「恩を着せたまま逃げようってのか」

「怒っているのか」

「お前に助けられたままっていうのが、無性に腹が立つ」

「変だな」

「何が変だ」

「君の体内では相当僕の血も流れているはずだ。それなら、そんなに怒りっぽくはならないはずだけどな。ああ、もうじき次の授業だ。戻らなきゃ」

「待てよ。まだ話は終わっちゃいない」

「だったら次の休み時間にしてくれ。それでも時間が足りないなら放課後、それでも足りないなら明日に回してもいい。時間はいくらでもある。生きている、無事でいるってのは、そういうことだろ」

五代に返す言葉はなかった。

3

輸血の一件以来、五代は鵠沼とよく話すようになった。ただし親しげな会話ではなく、あくまでも相手の本音を探るのが目的だった。

五代にとって鵠沼という男は不可思議な存在だった。決して腕力がある訳でもないのに肝が据わっている。理屈っぽいのに情がある。少なくとも今までには見《ま》えなかった種類の人間だった。

家族構成と親の職業くらいは他のクラスメイトから聞いて知っている。両親と本人の三人暮らしで兄弟はいない。鵠沼の父親は配管工、母親は衣料量販店勤めらしい。

観察していると、鵠沼は自ら先頭に立とうとする自己顕示欲もなく、クラス委員長の仕事も周囲から押しつけられたから引き受けたという様子だった。

不思議に思って、教室にいた本人に直接訊いてみた。

「何だって、そんな役やってるんだ。大学進学や就職の時、有利にでもなるのか」

「委員長くらいじゃ何の役にも立たないだろうな」

鵠沼は白けた口調で言う。

「海外でボランティア活動をしたとか、学生の身分でNPO法人を立ち上げたとかの派手めなことでもしない限り、面接で評価されない」

「だったらクラス委員長なんて、ただの雑用係じゃないか。とんだ骨折り損だぜ」

「みんなから頼まれたからな。それに、誰かがやらなきゃならない役目だ」

「お前がやらなきゃならないってことはないだろう」

「僕がやっちゃいけないという法もない」

何の得にもならない仕事を、他人から頼まれたという理由だけで引き受ける。それ自体が五代には理解しがたい行動だった。お人好しが許されるのは中学までだ。そこから先は打算と企みの上に行動が成り立っているものだと考えている。

「お前という人間が分からん」

「へえ」

鵠沼は意外そうな声を上げた。

「君は成績はともかく、僕よりもずっと世の中の道理が分かっていると思っていた」

「世の中の道理が分かっていたら、どうだっていうんだ」

「僕くらい分かり易い人間はいないからな。それが見抜けないというのなら、君もそれほど賢いという訳じゃなさそうだ」

輸血される前であれば胸倉を摑み上げているところだが、不思議に怒りは感じない。

「賢かったら、こんな学校で燻っているもんかよ」

学校で郷田たち以外と話す機会がなかったので、鵠沼との会話は新鮮だった。いや、新鮮だったのは相手がまるで理解不能な人間だったからだろう。

鵠沼への興味は尽きず、下校中にも付き纏うことにした。

「君とは帰る方向が違うはずだぞ」

「肩を並べているんじゃない。後ろから付いていっているだけだから気にするな」

「付き纏って何をするつもりだ」

「機会を窺って殴ってやろうと考えている。お前に助けてもらってから、どうにも本調子が出ないからな」

「僕を殴ったら調子が戻るのか」

「……そういう理屈っぽいのが、とことん気に障る。自覚しているのか」

「理屈は大事だ」

鵠沼は至極当然といった調子で言う。

「感情に流されると、人間は大抵碌でもない行動を取る。僕はそういうのが好きじゃない」

「俺を助けたのは感情的な行動じゃなかったのかよ」

即答されるものとばかり思っていたが、この時だけは一拍の空白が生じた。

「あれは感情というより脊髄反射みたいなものだ。それよりさっき君は自分が燻っていると言ったな」

「ああ、言った。それがどうした」

「燻っているというのは、大きな目標を持っている人間の言い草だ。君はどんな目標を持っているんだ」

五代は返事に窮する。

目標だと。

そんなこと、親にも教師にも、そして己自身にも訊かれたことがなかった。すぐに答えられるはずもない。

「ひょっとしてヤクザでも目指しているのか」

まるで公務員を志望するのかと問うような言い方だった。ところが鵠沼は存外に空気が読めないらしく、二人連れの主婦たちとすれ違いざまに話したものだから五代はひどくきまりが悪かった。

「ああいうのは目指すものじゃなくて、いつの間にかなっちまうものなんだよ」

「そういえば、ヤクザの専門学校というのは聞いたことがないな」

「ふざけてんのか」

「ふざけたことは、あまりない」

冗談かと思ったが、こと鵠沼に関しては本当かもしれない。確かに鵠沼がジョークを口にする姿は想像しにくい。

「今のままだったら、君もいつの間にかヤクザになってしまうのかもな」

言い返そうと口を開きかけたが、喉元で言葉が詰まった。

鵠沼は決して間違っていない。鵠沼に限らず、誰の目にも五代の将来は明らかだ。高校生の身で暴力団の準構成員から仕事をもらっている状況では、卒業と同時に彼らの舎弟にされる公算が大だった。

不意に五代の足が止まる。

鵠沼の背が離れていく。

鵠沼は振り返りもしなかった。

五代は回れ右をして、自宅への帰路に就く。先ほどまで鵠沼の後を追っていた足が急に重く感じられた。

五代の家は石巻市旧北上《きゅうきたかみ》川沿いの街中にあった。鵠沼の家よりは海から離れていたが、川沿いであることに変わりはない。

五代は自分の家が嫌いだった。

住んでいる土地に嫌悪感はない。物心つく頃から川のある風景は見慣れている。穏やかな時、激しい時、日によって千変万化《せんぺんばんか》する川面は見ていて飽きない。大概のゴミや土砂を押し流してしまう力強さも好ましかった。

嫌いなのは、ただ自分の家だった。

築三〇年の木造平屋建て。古くからの住宅地だから近隣はどこも似たようなものだ。玄関を開けると、土間には見慣れた男ものの靴が脱ぎ散らかしてある。どうやら今日も父親は家にいるらしい。

この時点で気が萎えたが、元来た道を戻るのは癪に障る。五代は構わず玄関に上がった。台所の横を素通りして、奥にある自室に向かう。途中で父親の寝室を横切る際に、ぷんと酒の匂いが鼻を突いた。ここ二年ほど足を踏み入れていないが、廊下にまで漂うのだから、部屋の中がどんな有様なのかは推して知るべしだろう。

通り過ぎる時、つい早足になる。

「帰ったのかあ、良則ぃ」

寝室から野卑な声が飛んできた。

「帰ったら、親に挨拶ぐらいしろおっ」

真っ当な説教をしているつもりのようだが、呂律《ろれつ》が回っていない。昼間から飲んでいるに相違なかった。

酔っ払いの相手などしていられるか。五代は父親の声を聞き流して自室に入る。もちろん、内側から鍵をするのを忘れない。身長も体格も既に父親を超えている。取っ組み合いをして負ける気はしないが、父親の顔を殴ってもあまり楽しくはあるまい。触らぬ神に祟《たた》りなし。疫病神とは距離を置いた方が得策というものだ。

父親の晴彦《はるひこ》が酒に溺れるようになったのは、五代が中学三年の頃だった。腕のいい左官職人だが短気な性格が災いして碌に仕事が続かない。仕事が続かなければ収入も安定しない。晴彦に暴力を振るわれていた母親は愛想を尽かし、男を作って出奔してしまった。以来、五代は父親と二人で暮らしている。

チンピラ紛いのことをしていても、一人になればただの一七歳だ。自室に閉じ籠もってベッドに寝そべると、不安が顔を覗かせる。

『今のままだったら、君もいつの間にかヤクザになってしまうのかもな』

鵠沼の言葉が脳裏に甦る。ヤクザになる可能性を考えなかった訳ではない。先輩たちの使い走りをしていれば当然の帰結なのだろうが、経験値の低さが目を曇らせていた。

まだまだ人生は長い。一七歳かそこらで一生が決まって堪るものか。そういう気分がなかったといえば嘘になる。だが気分はどこまでいっても気分だ。一七歳の気分など現実の前では塵芥《ちりあくた》に過ぎない。

不意に視界が狭まったような錯覚に陥る。無限などとは程遠く、目の前に伸びる道は一本きりしかない。その先に見えるのは一目でそれと分かるヤクザ者の姿だ。

おそろしくつまらない人生だな。

五代は絶望に押し潰されそうになりながら、己の未来像を眺める。現実を直視しようとしなかったツケがそろそろ回ってきた感がある。

ヤクザ者の末路が幸福であるはずもない。刑務所の中で老いさらばえて病死するか、シャバで看取る者もなく野垂れ死に同然になるかの二つに一つだろう。進む道が一本きりなら、死にざまの選択肢は当然に少なくなる。

自分の最期を漠然と想像していると、壁を隔てた向こう側から父親の声が聞こえてきた。酔って歌を歌っていた。父親が二〇代の頃に流行った昭和のロックらしい。「ツッパリ」だの「ロックンロール」という単語が、やけに耳障りに聞こえる。今でもそらで歌えるくらいなら、当時はさぞかし熱唱を繰り返していたのだろう。

ツッパリとロックンロールに憧れた挙句が、女房に逃げられてヤケ酒を呷《あお》る毎日か。傑作過ぎて溜息も出ない。

普段なら聞き流せるはずの歌声も、今日ばかりは我慢がならなかった。五代はベッドから跳ね起きると、父親の寝室へと向かう。

寝室を開けるなり怒鳴ってやった。

「うるせえよっ。近所迷惑だ」

「んだとお」

晴彦の顔がゆっくりとこちらを向く。赤ら顔で目は充血していた。

「何だ、親に向かってその口の利き方は」

「真っ昼間から酒に飲まれている人間失格が、どの面《つら》下げて父親だ。ふざけんな」

「野郎」

晴彦はのそりと立ち上がり、拳を振り上げてきた。

したたかに酔っているので動きは緩慢だ。五代は飛んできた拳を躱《かわ》し、晴彦の脛を蹴りつける。支えを失った晴彦は堪らず床に倒れ伏す。

床に腹這《はらば》いになった晴彦は、なかなか起き上がろうとしない。反撃されるのも嫌なので、腹の裏側を思いきり踏みつける。

晴彦は獣のような呻き声とともに胃の内容物を大量に吐き出した。それまで酒臭かった部屋に、たちまち吐瀉物《としゃぶつ》の臭いが立ち込める。

晴彦は胃の中身を吐き出しきると、何度も空嘔《からえずき》をする。あまりに不様で、見ていて気持ちのいいものではない。

爽快感など欠片《かけら》もなく、五代は自分の部屋に戻る。あの有様では夕食もまともに入るまい。一食分浮くのだから感謝してほしいくらいだ。

再び天井を仰ぎ見る。浮かんでくる画は、どれもこれも薄汚れた未来でしかなかった。


翌日も五代は下校中の鵠沼に付き纏った。付き纏われている本人が一向に拒絶しようとしないので、五代は好き勝手に話し掛ける。

「そろそろ君の愚痴も聞き飽きた」

「お前の都合なんか知るか。俺は勝手に喋ってるんだ。嫌なら耳を塞いでいろ」

「耳を塞いで道路を渡るのは危険だ。そんなことをして事故に遭ったら、とんだ笑い種になる」

「じゃあ黙って聞き流せ。優秀なんだから、そのくらいの芸当はできるだろ」

「聞き流すには、君は声が大き過ぎる」

鵠沼はやっと振り向いてみせた。

「適当に相槌《あいづち》を打てば言葉数も減るだろうと思っていたんだけど。さっきから聞いていると、チンピラ紛いの仕事に対する愚痴が大半だ。君はそういう仕事を好きでやってたんじゃないのか」

「他に稼ぐ方法を知らなかっただけだ」

「ヤクザになりたい訳じゃないのか」

「誰が好き好んで泥濘《ぬかるみ》に顔を突っ込むもんか。ただ、真面目なサラリーマンは絶対無理だと思っているだけだ」

「ヤクザの世界が泥濘だという認識はあるんだな」

悪意が感じられないので聞き流しているが、鵠沼以外の人間が言ったなら最低一発は殴っているところだ。

「別に畳の上で死にたいとは言わんが、ヤクザの末路なんて惨めなものらしいからな」

「だったら話は簡単だ。今からでもタチの悪い先輩ときっぱり縁を切って、自分がなりたい自分を目指せばいい」

「進路指導の先生かよ」

「誰に話を持っていっても同じ答えが返ってくる。進路相談以前に常識の問題だ」

なりたい自分と言われても具体的な像がなかなか描けない。成績は中の下、スポーツや芸術に秀でている訳でもなく、殊更女にモテる訳でもない。有効な武器を持たない人間には目標も限定される。

「選択肢の少ない俺はともかく、お前は何を目指しているんだよ。それだけ大層な口上を並べ立てるんだから、さぞかし立派な進路を希望しているんだろうが」

「特には決めていない」

「へっ、ずいぶんと無計画じゃないか」

「僕の父親は配管工をしている」

「知ってる」

「新しく配管したり、古くなった配管を交換したりしている。要するにライフラインの保全だ。地味で目立たないけど、尊い仕事だ」

「配管工が尊い仕事かよ」

「配管そのものじゃなくて、人の生活や生命を護る仕事が尊いと言っている。他人を幸せにできる仕事をするなんて最高じゃないか」

「……お前、何かヤバい宗教団体に入ってるんじゃないのか」

すると鵠沼が苦笑してみせたので五代は驚いた。鵠沼が笑うのを見たのはそれが初めてだった。

「何を驚いている」

「いや。お前も笑うんだな」

「失礼な。笑うことができるのは人間と一部のサルだけなんだぞ」

鵠沼の笑顔は妙に惹《ひ》きつけられる。滅多に見せない顔だから、余計に稀少性《きしょうせい》がある。

そうこうしているうち、鵠沼の家に到着してしまった。家の中にまで足を踏み入れるつもりはないので踵を返しかけたその時だった。

玄関ドアが開いて、中からスーツ姿の男と鵠沼の母親が出てきた。

「本当にもう、色々お世話になってしまって」

「いえいえ、こちらこそ鵠沼様のお役に立てれば、これに勝る喜びはありません」

鵠沼の母親は感謝してもしきれないというように、何度も頭を下げる。おそらくは仕事関係の相手なのだろうが、すれ違いざまに男の顔を見た五代はあっと思った。

「ああ、駿。おかえり」

母親は二人の姿を認めると相好を崩した。

「あら、お友だちなの」

「友だちという訳じゃない」

「何言ってんの。友だちじゃなかったら、どうして一緒に下校してるのよ。あなた、お名前は」

急に話し掛けられたので逃げられなかった。

「えっと、五代っていいます」

「五代くんね。よかったら上がっていきなさいな。お茶くらいは出すから」

明けっ広げというか強引というか、母親は五代の腕を取るとそのまま玄関に引っ張っていく。

五代は救いを求めるように鵠沼を見るが、彼は諦めろというように首を横に振る。

なし崩しに鵠沼の部屋に通された五代は仕方なく、母親がいそいそと持ってきた座布団に座るしかなかった。座布団の具合はともかく、居心地がいいとはとても言えない。

「無理やり引っ張り込んだようで悪かったな」

鵠沼は殊勝にも詫びてきたが、謝られるような筋合いでもない。

「どうやら、お前は母親似じゃないみたいだな」

「ああ。どちらかといえば父親似だと言われる。母さんのアレはまあ、性分みたいなものだから勘弁してくれ。君も僕なんかと一緒にいたら息が詰まるだろ」

「俺は別に構わないんだけどよ。ちょっと気になることがある。さっき家の前で出くわしたスーツの男。あいつ、何だよ」

「ファイナンス会社の社員だよ。〈東北ファイナンス〉だったか、能島《のうじま》って人だ」

名前を聞いて五代は確信した。やはり同一人物だったか。

「その〈東北ファイナンス〉の社員が、どうしてお前ん家《ち》に出入りしてるんだよ」

「ファイナンス会社の社員が訪問する理由なんて一つだ。資金の貸し付けの営業だよ。いや、どちらにしてもクラスメイトに話すような内容じゃないな」

「カネ、借りているのか」

「ウチみたいな自営業はどこも大なり小なり借金をしている。不景気だから、中小零細は自転車操業しなきゃやってられない」

「いくら借りた」

「そこまで知らない。というか、どうして君にそんなことを話す義務があるんだ」

「今すぐ断れ」

「えっ」

「えっじゃない。絶対に契約するな。もし契約した後なら、他に乗り換えてでもソッコーで返済しろ」

「いきなり何を言い出すんだ」

「あの能島ってのはスジ者だぞ」

今まで冷静だった鵠沼の顔色が変わる。

「冗談だろ」

「冗談でこんなこと言えるか。俺たちに仕事を寄越すのは金山組《かなやま》っていう暴力団なんだが、もちろん代紋掲げて真っ当な仕事ができるはずがない。その辺の事情は分かるよな」

五代自身も地元暴力団である金山組について全てを知っている訳ではない。しかし先輩たちから聞いた情報の断片で全体像くらいは把握していた。

「フロント企業といってな。表向きは堅気の会社だけど経営陣には組の関係者が名前を連ねている。表の商売で得た利益はそのまま組の資金源になるって寸法さ。〈東北ファイナンス〉もフロント企業の一つだ。一度、能島が先輩と会っているのも見たことがある」

「ぞっとしない話だな。しかし〈東北ファイナンス〉は表向き、真っ当な会社なんだろ。バカ高い利息や無茶な取り立てをするような金融会社なら、いくらウチの親がおめでたくても契約なんてするはずがない」

「〈東北ファイナンス〉自体はな。それが向こうの狙いだ。債権譲渡って知っているか」

鵠沼が首を横に振るので、五代は説明を続ける。

「債権の内容を変えずに他の金融会社に移転させる。一種の債権回収の方法だが、メガバンクやノンバンクじゃ普通にやっている」

「債権の内容が変わらないのなら、債権者の名前が変わるだけなんじゃないのか」

「譲渡先が闇金紛いだったら、そんな扱いにはならない。契約期限の到来を理由に、とんでもない契約に変更させる。どんな厳しい内容だったとしても借金をしている側にすれば逆らえるもんじゃない。あっという間に土地家屋を分捕られかねない」

「ウチがその対象として狙われてるのか」

「能島が来たんだ。そう考えて間違いない」

鵠沼は少し考え込んでから顔を上げる。

「あと三〇分もすると父さんが帰ってくるはずだ。今の話、両親に話してくれるか」

「お前が話せばいいだろ」

「裏事情を知っている人間の口から説明された方が説得力がある」

今度は五代が考え込む番だった。

先輩の息が掛かった自分が直接客に裏事情を暴露したと知れれば、無論ただでは済まないだろう。

だが目の前で深刻そうに表情を曇らせている鵠沼を見ていると、断り切れなくなった。

自分はこんなにも他人の言うことを唯々諾々と聞き入れる人間ではないはずなのに。己という人間が分からなくなり、ぼんやり考え込んでいると、やがて鵠沼の父親が帰宅した。

約束通り、五代は鵠沼の両親を前に〈東北ファイナンス〉の債権譲渡による回収のからくりについて説明を余儀なくされる。当初は半信半疑だった両親も、五代が末端ながら金山組と関係している事実を知るなり顔色を一変させた。

「おい、まだ正式な契約はしていなかったよな」

「今日のところは説明だけして帰っていったよ。だって契約書にサインするのはあんただから」

「電話でいい。取引銀行が融通してくれることになったからとか適当な理由をつけて、今すぐ断る」

言うが早いか、鵠沼の父親は固定電話の受話器を上げて〈東北ファイナンス〉らしき相手を呼び出した。

契約しない旨を持ち出すと、相手は意外にもすんなり承諾したようで揉め事には至らない様子だった。〈東北ファイナンス〉にしてみれば、何口か当たりをつけていたうちの一件が流れただけなのでさほど執着しないのかもしれない。何といっても表看板は真っ当な金融会社なのだ。

「五代くん、だったか。よく教えてくれた」

先方との話が済むと、父親は五代に礼を言うのを忘れなかった。

「しかし、その、今日会ったばかりの他所の息子さんに言うことじゃないが、そういう手合いとは早いうちに手を切った方がいい」

「言葉を返すようだけど、他所の息子ですよ。他人なんですよ」

「関係ない」

父親は言下に答えた。その朴訥《ぼくとつ》な言い方で鵠沼の話し方を思い出す。なるほど鵠沼が父親似というのは本当らしい。

「間違った方向に行こうとする子どもを注意するのは大人の役目だ。そのためには殴ってもいい」

視線に射竦《いすく》められて、五代はしばらく身じろぎもできなかった。

同じ父親でも、ずいぶん違うと思った。

二日後、五代の姿を見た鵠沼は目を丸くして絶句した。

「いったい、どうした。事故にでも遭ったのか」

驚くのも無理はない。今朝がた鏡で自分の顔を見たら、瞼と言わず頬と言わず顔面が腫れ上がり、半分がた包帯を巻いているのでまるで別人に見える。首から下も服で隠れた部位には大小の痣《あざ》が残っている。診てくれた医者は三日間安静にしていろと言った。無理を押して登校したのは、自分を傷めつけた人間に対する虚勢だった。

あの日、鵠沼宅から戻る途中で五代は急襲された。四人組の男たちに自由を奪われ、物陰に連れ込まれたのだ。

『お前か。つまんねえことをバラしたのは』

男の一人は案の定、能島だった。

『すれ違った時、どこかで見た顔だと思ったら、茂《しげる》のガッコの後輩か。余計なことをしてくれたな。もちろん覚悟の上だろうな』

鵠沼の母親に向けていた営業スマイルをかなぐり捨て、能島は本来の凶悪さを露にする。それから一時間以上に亘って男たちの暴行は続いた。半死半生で済んだのも、五代がまだ高校生で大ごとになるのを忌避したためだ。学生の身分でなかったら、この程度では解放してくれなかっただろう。

ぼろ雑巾のようになった五代を見た鵠沼も事情を察したのだろう、敢えて五代から答えを引き出そうとはしなかった。

その代わり、こんなことを訊いてきた。

「君は悔しくないのか」

「四対一、多勢に無勢だった。のされても当然だ」

「勝ち負けの問題じゃない」

鵜沼はずいと顔を近づけた。

「いくら相手がヤクザでも、理不尽だと思わないか。君はウチが食いものにされるのを未然に防いでくれただけなのに」

「うるせえよ、馬鹿。耳の辺りも痛むんだ。あんまり大声を出すな」

「今くらいは真剣に聞け」

鵜沼が厳しい顔をしたままなので、五代もはぐらかすのをやめた。

「もう一度訊く。君は悔しくないのか」

「……殴られっぱなしで悔しくないはずがあるか」

すると、鵜沼は急に声を落とした。

「仕返ししたいと思わないか」

「俺がかよ。一人でどう仕返ししろっていうんだ」

「ヤクザになりたい訳じゃなく、真面目なサラリーマンも絶対に無理だと言ったな」

「それがどうした」

「その二つを満たす仕事を試してみないか」

「お前の言っていることが全然理解できん」

「ヤクザの上前をはねるんだよ」

今度こそ、五代は呆れた。この男はしれっとして何を言い出すのかと思った。

「ヤクザからカネを奪う。真面目なサラリーマンができることじゃないし、しかもヤクザに堕ちる訳でもない。そいつらの鼻をあかすこともできる」

「ちょっ、落ち着けって」

「落ち着いて提案している。自分を過小評価しているみたいだが、君は肝が据わっているし統率力もある。ウチの両親なんか一目で信用したくらいだから、第一印象も捨てたもんじゃない」

「待て。それって、ひょっとして詐欺師みたいな真似をしろって意味か」

「みたいじゃない。詐欺そのものだ」

「真面目な顔で言うな。俺みたいな馬鹿に詐欺師が務まるはずねえだろ」

「誰が君一人にやらせると言った。もちろん僕も加わる」

「優等生に詐欺師の真似事ができるのかよ」

「優等生だからできるんだ。知っているか。詐欺は知能犯だから、警察でも頭の切れる警察官が担当している」

　五代は鵠沼の目を覗き込む。元より冗談とは縁のない男だが、今もなお真剣な眼差しでこちらを見据えている。

　五代も覚悟を決めるしかなさそうだった。

「ふん。取りあえず話だけは聞いてやる」

4

　舎弟である茂の弟分を半死半生の目に遭わせてから数カ月後、店長の能島は〈東北ファイナンス〉に珍客を迎えていた。何と当の五代という高校生が実地研修の目的で事務所にやってきたのだ。

先の件はクラスメイトが関わっていたので仕方がなかったと、五代は平身低頭した。それどころか心を入れ替えたいので、是非〈東北ファイナンス〉の業務内容を学びたいと申し出てきた。そこまで殊勝な態度を見せられたら能島も謝罪を受け容れるしかなかった。元より五代は下の者を取り纏める能力があると聞いている。歳もまだ一七歳。今から仕込めば、将来は金山組の幹部候補になる可能性も秘めている。

能島は、目上の者に対する礼儀を徹底的に叩き込むつもりだった。ヤクザの世界では一般社会よりも重視される鉄則だから、教えて教え過ぎることはない。加えて五代は歳相応に生意気な面もあるが、どこか憎めないところがあり、個人的に嫌いなタイプではない。卒業と同時に〈東北ファイナンス〉に採用するのも面白いと考えている。

そうした経緯で五代を〈東北ファイナンス〉の事務所に迎えてから二日目、能島は業者からの訪問を受けた。コンピュータ・ソフトのプログラムを手掛ける〈HALシステム〉なる会社の、添田《そえだ》という社員だった。先日アポイントも取っているので拒絶する理由もない。添田は約束の午後六時きっかりに姿を現した。

添田の第一印象は良くも悪くもコミュニケーション能力に乏しい技術屋だった。差し出された名刺は天地が逆だったし、会釈もぎこちない。おそらく技術畑にいたところを営業に回されたのだろう。世間話をするでもなく、いきなり商談に入ったのは営業慣れしていない証拠だ。

「御社に伺ったのは、先日のお電話で申し上げた通り二〇〇〇年問題への対策です」

コンピュータ西暦二〇〇〇年問題は昨年頃から俄に世間の耳目を集めていた。

現在、多くの企業が使用しているコンピュータ・ソフトは年を表現するために二桁分の文字型を割り当て、西暦表示四桁のうち下二桁だけを記録・処理している。ところがこの方式では二〇〇〇年がコンピュータ内部で〇〇年となるので一九〇〇年と誤認してしまうというのだ。

そこで世間や企業内では次のようなトラブルが取り沙汰されるようになった。

・発電、送電機能の停止や誤作動とそれに伴う停電
・医療機器の機能停止
・上下水道の供給停止
・鉄道、航空管制システムなど交通機能の停止
・基地からのミサイルなどの誤発射

中でも企業にとって最重要だったのが次の二つだ。

・銀行、株式市場など金融関連のシステム停止
・通信機能の停止

現在は〈東北ファイナンス〉のような中小の金融会社でも顧客管理はコンピュータ任せにしている。もっとも独自開発ではなく、同業他社が使用していた債権管理ソフトを格安で購入した代《しろ》

物《もの》だからセキュリティー面での不安が付き纏っている。

「二〇〇〇年問題というのは、要するにシステムエンジニアたちの宿題だったのです」

添田の説明によれば、コンピュータ黎明期《れいめいき》において磁気テープなどはメモリ容量が極めて少ない上、高価な貴重品だったため、プログラミングには可能な限りメモリを節約することが要求された。つまり西暦を下二桁に縮めて容量を節約するのは至極当然の処理だったのだ。そうしたプログラムの多くは一九六〇年代から一九八〇年代にかけて開発されたが、開発当事者は「二〇〇〇年までには、何らかの改良が加えられるか新しいシステムに更新されているだろう」という前提でいたので、二〇〇〇年問題には充分な対策が施されていなかったらしい。

「その宿題が解決されないまま今日に至ったという訳ですか」

「そうです。ところが宿題をほったらかしにしたツケはシステムエンジニアにではなく企業にきているんですね。一九九〇年代までに開発されたコンピュータプログラムの修正が世界規模で行われている訳ですが、この修正作業に大きな費用と期間が取られると、戦々恐々としているところが少なくありません」

能島も上層部から同様の危惧を打ち明けられている。最近では大学出のヤクザも増えてきたが、それでも計算が得意な人間は少数派だ。〈東北ファイナンス〉も例外ではなく、仮にコンピュータがシステムダウンした場合、紙ベースの台帳で顧客管理ができるかは甚だ心許なかった。たまたま掛かってきた添田の電話営業に一も二もなく応じたのは、そうした事情からだった。

二〇〇〇年問題の要旨は理解した。肝心なのは、どれだけ費用を抑えられるかだ。

「最初に訊いておきたいのですが、新しいプログラムの更新にかかる費用はおいくらですか」

一〇〇万円以内なら御の字、それを超えるようであれば上層部の許可が必要になる。

ところが添田の回答は驚くべきものだった。

「出張費込みで一万五〇〇〇円です」

一瞬、聞き間違いかと思った。

「ゼロが二つほど違ってませんか」

「いえ。一万五〇〇〇円いただければ二〇〇〇年問題に対応したプログラミングをしてみせますよ」

「期間は」

「この場で、今すぐ」

話がうま過ぎるとも思ったが、しかし掛かる費用はタダ同然だ。期待薄で当然、効果があればめっけものではないか。

「じゃあ、早速やってみてください」

「了解しました」

「あの、ホストコンピュータは別の場所にありますが」

「端末操作でいけます」

添田は持参したカバンの中からCD－ROMを取り出す。

「ここから先は企業秘密になるので、モニターをお見せすることができませんが悪しからず」

添田はこちら側に端末の背面を見せたまま作業を開始した。事務所には五代や他の従業員もおり、興味津々といった表情で添田の一挙手一投足を見ている。ただし作業といっても、CD－R

OMを挿入してキーを叩き続けるだけだ。

三〇分ほど経過すると、添田は顔を上げた。

「終わりました」

「えっ」

能島は思わず声を洩らす。

「もうですか。ずっと拝見していても大した作業はしていなかったように見えたんですが」

「最新のソフトにアップデートするだけですから通常業務の範疇《はんちゅう》です。使用しているOSのバージョンさえ上げておけば問題ないはずです」

「しかし、まさかこんなに簡単だとは」

能島は自分の席に戻り、半信半疑で卓上のパソコンを立ち上げる。試しに任意の債権の返済状況を確認してみると、表示された西暦は二桁から四桁に変更されていた。

「……お見事ですね」

「システムエンジニアというのは何か起きた時に対処するよりも、何も起こらないように万全の策を講じておくものです。これくらいは造作もありません」

添田は言いながらCD－ROMをカバンに仕舞い込む。

「繰り返しますが、本当に一万五〇〇〇円だけでいいんですか」

「ご覧の通り、大した作業ではありませんから」

能島は女性事務員に現金の入った封筒を持ってこさせ、添田に手渡した。

「毎度ありがとうございます」

「こちらこそ。また何かトラブった時には連絡させていただきます」

「よろしくお願いします」

挨拶もそこそこに添田はさっさと退出していった。システムエンジニア上がりの営業マンだから挨拶はなっていないが、知識と技術は大したものと認めざるを得ない。

たったの一万五〇〇〇円で二〇〇〇年問題が解決したと報告すれば、上層部の覚えもめでたくなる。

我知らず鼻歌が出た。


異状が発生したのは翌日のことだった。

顧客回りの用意をしていた能島に、女性事務員が不審そうに声を掛けてきた。

「店長。今日って貸付の予定、ありましたか」

中小企業向け融資という性格もあり、〈東北ファイナンス〉の融資実行は全てファームバンキング（企業向けに提供される銀行や信用金庫などのシステムで、銀行などから企業に対して専用回線や専用端末・ソフトウェアなどを通じて直接やり取りできるデータ通信サービス）を利用している。新規貸付も増額も事務所の端末で行えるが、その操作は能島の許可を得なければ実行できない決まりになっている。言い換えれば、能島の関知しない貸付などあり得ないはずだった。

「いや、今日の貸付は一件もない」

「おかしいですね。銀行が開いてから、かなりの金額が貸付金として移動しているんです」

「何だって」

慌てて彼女の横に移動してモニターを見る。映し出されているのは会社名義預金の出納《すいとう》記録だ。

昨日、締めの時点で預金残高は七二〇〇万円ほどだった。それが現時点では三〇〇〇万円ほどに目減りしている。仔細《しさい》に眺めると一〇〇〇万円単位で次々と他口座に振り込まれている。しかも振込先は能島が見たことも聞いたこともない相手ばかりだ。

「何だ。いったい何が起きている。振り込みはここの端末からしかできないはずだぞ」

「あるいは銀行窓口ですね。でも、それにはウチの銀行印がなければ手続きできません」

女性事務員は金庫に近づき、中から印鑑箱を取り出してみせる。

「銀行印、ちゃんとここにあります」

会話をしているうちに、更に預金残高から一〇〇〇万円が消える。

「どういうことだ」

「わ、分かりません」

「調べろっ。そのために雇っているんだ」

女性事務員は半泣きの表情で端末を操作するが、その最中にもまた更に一〇〇〇万円減った。残高はあと一〇〇〇万円余りだ。

「分かりません、店長。おカネはファームバンキングを経由しています。でも、こちらからは何の操作もしていないんです」

「そんな馬鹿な」

その馬鹿なことが目の前で起きている。キーを叩いてもいないのに、預金残高が変わったのだ。

一〇〇〇万円出金。

残高二五万八五二四円。

不意に腰から力が抜け、能島は机に凭《もた》れた。

合計七口に送金されたが、どの名前にも見覚えがない。見ず知らずの人間にカネが無断で送られたことになる。しかも能島たちが見ている前で、ファームバンキングを介しての出来事だ。

まるで狐《きつね》につままれたような気分で、能島はモニターを眺め続ける。だが、残高が元に戻ることはなかった。

＊

「能島は呼び出しを食らった」

鵠沼の部屋を訪れた五代は開口一番そう告げた。

「専務とかいう相手から電話が掛かってきてよ。話をしながら、段々顔が青ざめていくんだ。電話が終わるとすっ飛んでいったけど、多分無事じゃ済まないな」

「もう実地研修はなしか」

「事務所は上を下への大騒ぎで、高校生の相手をしている暇なんてなさそうだった。それより〈東北ファイナンス〉から送金したカネは処分できたのか」

送金先は全て五代たちと添田ことキョウさんがこしらえた架空口座だった。もちろん今回のために開設した架空の口座なので、用済みになり次第解約している。

「駅前に銀行が集中していて助かった。つごう七口、多少時間はかかったけど全部他の口座に送金した」

鵠沼は振込依頼書の控えを差し出す。振込先はいずれも養護施設だ。

「それにしても、こんなにあっさりカネを奪えるとはな。目の前で預金残高が減っていくのを、能島たちは呆気に取られていただろうな」

「そもそも〈東北ファイナンス〉のソフト自体をコピーしたんだ。口座番号と暗証番号さえ分かれば指一本さ」

プログラム更新の際に使用したCD－ROMはアップデートのために挿入したのではなく、OSのコピーが目的だった。ホストコンピュータと接続さえすれば、自宅のパソコン操作で〈東北ファイナンス〉のファームバンキングに入ることができる。

「そう説明されれば何となく納得はできるが、理屈はさっぱり理解できない」

「僕だって全部が理解できた訳じゃない。だからキョウさんを雇ったんだ。それに立案者が仔細まで把握する必要もない。立案者に必要なのはお膳立てと適材を集めることだからな」

ファームバンキングと架空口座を利用した不正送金を考えついたのは鵠沼だったが、OSに詳しい人間が周りにいない。高校のOBを頼ることも考えたが、学生や勤め人では高校生が立案した詐欺に手を貸してくれそうにもない。

ところが鵠沼には勝算があった。最近の新聞記事で、システムエンジニアでありながら不況の煽りでホームレスになった者が少なくないという事実を知っていたからだ。

無論、そんなに都合よく目当ての人材が見つかるものでもない。そこで鵠沼と五代は石巻市は言うに及ばず、仙台にまで足を延ばした。ホームレスの溜まり場を巡り歩き、システムエンジニアの経歴を持つ人間を片っ端から探したのだ。

そうして七日間かけて探し出したのが通称キョウさんだった。銀行系システムの開発経験があり、やはり不況のためにクビを切られたのだという。

俺程度のシステムエンジニアなんて馬に食わせるほどいるからね。

キョウさんはそう自嘲したが、鵠沼たちの計画にはうってつけの人材だった。当初は高校生相手に胡散臭そうな顔を見せていたキョウさんだったが、鵠沼から計画の概要と報酬金額を聞くなり目の色を変えた。報酬は二〇〇万円、仕事の内容はシステムエンジニアにとって朝飯前と呼べるものだ。

キョウさんが参加すると後は簡単だった。〈HALシステム〉の名刺を自作し、キョウさんを営業マンに仕立て上げる。添田というのはもちろん偽名だ。二〇〇〇年問題ではほとんどの金融会社が不安になっているから、そこにつけ込めば能島を釣り上げられる確信があった。案の定、能島はエサに食いつきアポイントも取れた。五代が実地研修の名目で事務所に入り込んだのは、キョウさんの仕事をその目で見届けるためだった。

「キョウさんはどうした」

「計画通りさ。報酬の二〇〇万円を受け取って、すぐ仙台空港に向かった」

「海外へ高飛びかよ」

「海外なのか国内なのか行き先は知らない」

「そういや、キョウさんの本名、遂に一度も訊かなかったな」

「僕たちが知る必要もない」

五代はベッドの上で大の字になる。

「折角奪った七二〇〇万円のうち二〇〇〇万円はキョウさんへの報酬、残りは全て善意の寄付。首謀者の俺たちは一銭もなしか」

「あいつらのカネを横流しするのが目的だった。カネ儲けじゃない」

「太っ腹だな」

「悪銭身に付かずって諺がある」

大金の詐取に成功したというのに、鵠沼はいつも通り冷静だった。

「別にカネに色がついている訳じゃないだろ」

五代は挑発気味に言う。元々は鵠沼が言い出したことだ。

「どういう意味だ」

「どうもこうもない。言った通りの意味だ。たとえヤクザから奪ったカネでも有意義に使えばいいって話だ。現に一〇〇〇万円を贈られた養護施設は、今頃俺たちに手を合わせているさ」

五代はやおら起き上がって鵠沼に人差し指を突きつけた。

「ヤクザになりたい訳じゃなく、真面目なサラリーマンも絶対に無理。その二つを満たす仕事を試してみないか。そう言って俺を唆《そそのか》したのはお前だ」

「それがどうかしたのか」

「今度の件で俺たちには詐欺師の才能があると分かった。この才覚を詐欺に生かそうと思っている。もちろんお前も道連れだ」

すると鵠沼は珍しく困惑顔を見せた。

「君と組めばさぞかし楽しくなるんだろうな。でも断る」

「何故だ」

「ヤクザでなくても、真っ当な人間じゃいられなくなる。それは僕の信条に反するんだ」

「付き合いの悪い野郎だな」

「君なら一人でやれるさ」

「当ったり前だ」

吐き捨てるように言うと、五代は挨拶もなく部屋を出た。


翌日、五代は懲りもせず鵠沼に話し掛けた。ただし詐欺の話は一切しない。特に取り決めた訳でもないのに、鵠沼も同じ気持ちだったらしい。

能島は突如として行方不明になった。本人が失踪したのか、殺されたのかはわからない。これで五代と〈東北ファイナンス〉との縁も自然消滅した。

五代は郷田たちとの付き合いも再開した。しかし以前のようなヤクザ紛いの校外活動をしないと明言すると、次第に彼らは離れていった。彼らを詰《なじ》るつもりは毛頭ない。変わってしまったのはおそらく五代の方なのだから。

鵠沼と話すのは大抵取り留めのないことばかりだった。互いの趣味、好きな女のタイプ、日頃から抱いている不満、その他あれこれと益体《やくたい》もないことを語り合った。五代と鵠沼の組み合わせが意外だったらしく、クラスメイトたちが興味を示したが、知ったことではない。

やがて二人は三年生となり、それぞれの人生の岐路に立った。

五代は公認会計士を目指すために受験予備校に通うことにした。無論、真っ当な会計士になるつもりはなく、詐欺に必要な知識と資格を取得するためだ。

一方、鵠沼は大方の予想通り大学進学を目指した。本人の弁によれば、自分の才能を十二分に発揮できる場所を探すのが目的だ。まどろっこしいと五代がけちをつけると、今は急がなくていいんだとまたぞろ老成したような物言いで返された。

二〇〇一年三月、二人は卒業した。

5

穿孔機《せんこうき》の前で手を止めていると、作業場の隅から早速刑務官の叱責が五代に飛んできた。

「何をさぼっとるかあっ」

「申し訳ありませんっ」

刑務官に対する返事は、もはや脊髄反射のようなものだ。命令への返事、謝意、謝罪。事の是非を検討することもなく、自然に口から出てくる。

宮城刑務所の作業場の中でも各種製袋《せいたい》フロアは最大の就業人数を誇る。囚人一人に飛んだ叱責など誰も気に留めない。五代は中断していた作業を再開し、穿孔機の〝附属品〟となる。ただし手は動かしているものの、頭の中では出所後の新たな計画立案に余念がなかった。

よかろう、労働力はほぼ無償で提供してやる。懲役というのはそういう内容の契約だ。だが頭の中は法も判決も不可侵だ。俺の好きなように使わせてもらう。

最初に仕組んだ詐欺から一〇年後、五代は宮城刑務所に収容されていた。初犯ではない。二三歳の時に公認会計士の肩書を悪用して投資詐欺を企てた。ITコンサルティング事業の会社を設立し三年後には出資金が二倍になる話を持ち掛け、出資金名目で顧客から現金三〇〇〇万円を騙し取ったのだ。これは呆気なく発覚し、執行猶予つきの有罪判決を食らった。

二度目は三年前に遡る。公認会計士の資格を剝奪された五代が次に目論んだのはやはり投資詐欺だった。地元の市議を巻き込んで組合を設立し、年六～七パーセントの高配当を謳った商品を出し、約一四億円もの資金を集めた。典型的な自転車操業型の詐欺であり一年も経たぬうちに経営は破綻、件の市議とともに五代は詐欺罪で逮捕された。

今回は懲役五年の実刑。二度も有罪判決を食らったのだからさすがに懲りただろうと考えるのは、犯罪者心理を知らない素人だ。二度も下手をうったのだから三度目こそ成功を目指すのが正しい詐欺師の在り方ではないか。

「五代さん」

隣で黙々と作業を続けていた利根勝久《とねかつひさ》が小声で話し掛けてきた。顔は作業台に向けたまま唇を動かしているだけなので刑務官に気づかれにくい。囚人同士で会話する際は大抵この暗黙のルールが遵守されている。

「あの刑務官、ずっと五代さんをマークしています。気をつけてください」

「おう。忠告痛み入る」

利根はやれやれというように小さく首を振る。他人のことなど放っておけばいいものを、いつも利根は口を挟みたがる。悪党らしからぬ行動を取るので、つい五代も面倒を見てしまう。

大体において刑務所に来るような人間は面倒臭がりが多い。精神的にも経済的にも逼迫《ひっぱく》した時、地道で面倒な道よりも手っ取り早く安易な道を選ぶ人間は犯罪に走りやすい。いや、走りやすいというよりは陥りやすいと言った方が適切だろう。人間は誰しも悪党として生まれてくる訳ではない。その折々の選択の結果が現在に帰結しているだけだ。上り坂より下り坂の方が楽なのは当然で、いったん下り始めれば勢いがついて後は奈落まで真っ逆さまとなる。

ところが利根という男はクソがつくほど真面目な男で、しかも人情に篤かった。何事も面倒臭がらず、誰に対しても真摯だった。どうしてこんな男が刑務所にやってきたのか不思議に思ったが、聞けば福祉保健事務所に放火をしたというのだから世の中は分からない。いずれにしろ出所後の仕事には必要と思わせる人材だった。矛盾するようだが、真面目さと面倒臭がらない性格は詐欺師にうってつけの資質だと五代は信じている。

一二時になると工場内の食堂で昼食を摂る。五代は自然を装って利根の隣に座る。

「例の話、考えてくれたか」

利根は表情を変えずに答える。

「出所後の話なんて気が早過ぎませんか」

「どんな話だって遅いよりはよっぽどいい」

「俺に詐欺師なんて無理ですよ」

「最初から詐欺師に生まれついているヤツなんていねえよ。人は詐欺師に成長するんだ」

「俺、出所したらやらなきゃならないことがあるんですよ」

詳しく話そうとしないが、利根の意志は固そうだった。こういう場合、しつこく勧誘するのは

五代の肌に粟《あわ》を生じる。

収容されてから小規模の地震は何度か経験したが、大抵はものの数秒で止んだ。停電したこともなかった。

だが、これは違う。素性の知れぬ天変地異のように思える。

作業所の照明が消えると外の暗さが分かる。今日は、午前中は晴れていたが、すぐに雪雲に覆われた。薄闇の中でこの世のものとは思えないような揺れがまだ続く。

一〇〇秒。

作業所のあちこちから物の落ちる音と割れる音が続く。加えて足元からは地響きが絶え間ない。四人も刑務官も一人として声を発しなくなった。ただ震動と破砕の音が続くだけだ。

遠くから建築物の倒壊する音が聞こえる。民家か商店か。塀の外にどんな街並みが広がっているかは知らないが、こんな揺れが百秒も続いていれば古い木造住宅などひとたまりもないだろう。

一二〇秒。

「ひいっ」

「神様、仏様」

今まで沈黙を保っていた者の中から悲鳴と嘆願が洩れてきた。人を脅し、殺め、世の中に唾を吐き掛けた犯罪者が神や仏に祈っている姿はどこか滑稽で、しかし恐ろしかった。

棚にあったものはあらかた吹き飛び、床に散乱した道具類は震動でかたかたと踊っている。大半の窓ガラスが割れて、寒風が吹き込んでいるはずだが、五代の肌は感覚が麻痺しているせいか寒さを全く感じられない。

一四〇秒。

塀の向こう側ではまだ倒壊の音が続いている。窓ガラスが割れているせいで屋根瓦の崩落する音までが、はっきりと聞こえる。

五代は決して想像力豊かな方ではないが、それでも倒壊する建物の中で住人がどんな目に遭っているかくらいの想像はつく。圧死かそれとも窒息死か。いずれにしても無事では済むまい。

ようやく揺れ幅が小さくなり震動が収まった。身を低くしていた者たちが恐る恐るといった体で作業台の下から這《は》い出てきた。どの顔も周囲の変わりように声を失くしている様子だった。

散乱したガラス片と道具で、床は足を置く場所もない。足場がないのと恐怖が抜けきらないせいで、誰も真っ直ぐに歩けない。

「作業中止。全員、舎房に戻れ」

緊急時のマニュアルでもあるのか、作業部長が迷った風もなく指示を出す。作業所の全員が整列して各々の房へと向かう。

道すがら感心したのは、あれほど強烈な衝撃が長い時間続いたにも拘わらず刑務所内の壁にも天井にも亀裂一つ入っていなかったことだ。これは後で刑務官の一人から聞いた話だが、建物の倒壊で囚人が脱走すると社会不安が広がるため、刑務所はとびきり頑丈な造りになっているらしい。

作業が中断したからといって自由な時間が増える訳ではない。囚人たちは各々の房で夕食を待つだけだ。

だが、頑丈極まりない刑務所でさえあの有様だ。震度は6だったか7だったか。あんな揺れ方が三分近くも続けば刑務所周辺はどんな被災状況なのか。刑務所のある若林区だけではない。仙台市は、いや宮城県はどうなっているのか。

勝手な発言は禁じられているので皆黙っているが、囚人の多くは塀の外に家族を持っている。不安でないはずがない。かく言う五代も石巻には家族や知人がいる。

我が身の安全が確保できると、彼らの安否が気掛かりでならない。

房に向かう途中、囚人の何人かが刑務官に申し出ていた。

「先生、今の地震は普通じゃなかった。市内はどんな状況なんでしょうか」

「俺の家、港の近くなんです。津波の状況を教えてくれませんか」

刑務官は訊かれる度に囚人を黙らせていたが、言葉の端々に不安が聞き取れる。家族の安否を案じているのは刑務官も同じなのだ。

電気は復旧していたが、これは自家発電によるものだ。実際に仙台市内とその周辺の電力供給がどうなっているのかは分からない。

点呼を取ってから房に入る。夕食の五時まではまだ二時間ほどある。通常ならば出所後の悪巧みで数時間は黙考できるが、さすがに今は無理だった。

知った人間の顔が脳裏に浮かぶ。最初に、そして最も長く浮かんだのは父親ではなく例の友人の顔だった。あいつは就職した後も石巻に住み続けていたはずだ。あの川沿いの街はいったいどうなっているだろうか。

自家発電にも限界があり全ての電気設備に電力が供給できる訳ではない。消費電力の大きいエアコンは停止したままらしく、朝からの冷え込みが一層厳しくなっている。普段でも舎房に冷暖房の設備はないが、わずかに他の部屋から快適な空気が洩れ出てくれていた。しかし今はそれすらない。しんしんとした寒さに身を縮めながら圧《お》し掛《か》かる不安に耐える。

午後五時、五代たちは呼ばれて房を出る。廊下は相変わらず騒然としており、二時間経過しても事態は落ち着くどころか更に混乱しているのが見てとれる。

食堂に入った瞬間、五代は異様な雰囲気に呑まれた。先に到着していた囚人たちが椅子に座りもせず、突っ立って視線を一点に集中させている。

彼らが見ていたものは食堂の隅に設置されていたテレビの画面だった。

『本日、東北地方一帯を襲った地震は……』

地震の被害は宮城県どころか東北地方全域に及んでいた。震度6、ところによっては7。

『一四時四六分一八秒、宮城県牡鹿《おしか》半島の東南東沖一三〇キロメートル、北緯三八度〇六・二分、東経一四二度五一・六分、深さ二四キロメートルを震源としており、地震の規模はマグニチュード九・〇』

各地の被害状況が次々と報告されていく。地震発生からまだ二時間程度しか経っていないので、発表される死傷者や行方不明者の数字は初期のものでしかない。それでこの数字か。

アナウンサーの沈鬱な声の後に映し出された光景に既視感があった。石巻市、旧北上川を高台の神社から一望した風景だった。中学生の頃、五代自身が何度も見下ろしたから憶えている。

画面の横を多数の鳥が行き来する。何かから逃げ惑っているようにも見える。

『津波情報第三号。現在、大津波警報発令中です。沿岸部の住人は直ちに高台へ避難してください』

『三時四三分、旧北上川河口は逆流しています』

喋っているのは現場に居合わせたアナウンサーだろうか。見慣れた川沿いの街は大粒の雪が舞い落ち、明かりの消えた街と相俟《あいま》ってひときわ暗く映る。

一隻の船が沖合に出ようとしているが逆流に押されて前に進めないでいる。

逆流する水が見る間に嵩を増していく。最初に押し流されてきたのは漁船、その次はクルマと自動販売機、倒木、瓦礫《がれき》。

間もなく家屋が流されてきた。そこから急速に波が速くなる。

めりめりと音を立てながら電柱が折れ、びいんという悲鳴を上げ電線が切れる。水量に比例して押し流される建物が増えていく。画面手前にある『マルハニチロ食品』と書かれた屋根がすぐに見えなくなった。

「あああああ」

画面を食い入るように見つめていた四人の口から力ない声が洩れる。彼も石巻の生まれなのだろうか。

人間は感情が処理できないような出来事に遭うと、動物的な声しか出ないのだろうか。五代は無意識に自分の口に手を当てる。ひょっとしたら、自分もまた似たような声を洩らしているかもしれなかった。

津波はいよいよ街を呑み込んでいく。民家は言うに及ばず、交番や庁舎までも無慈悲に押し流す。

画面の奥では単発的な爆発音が聞こえ始める。電気系統からか引火なのか、建物から出火している。しかも出火した建物までが上流へと流され、他の建物にも炎の舌を伸ばしている。見覚えのある支所の庁舎。あの並びに五代の生家があるはずだが、既に津波は庁舎の二階部分に達している。五代の家は完全に水没していることになる。

不意にかたかたという音が聞こえた。またぞろ地震かと思ったが、己の上下の歯が鳴る音だった。気がつけば膝が笑っている。それ以上、立っていることができず、五代はその場に尻を落とした。

『石巻市南浜《みなみはま》地区は壊滅状態です』

「あああああ」

「何が防潮堤だ。くそっ、何の役にも立たねえじゃねえか」

「駄目だ。もう終わりだ」

囚人たちが口々に呻くのを、もう刑務官は止めようとしなかった。彼らもまた囚人と一緒になって、街ごと流されていくのを茫然と見ている。

石巻市が流れ来る瓦礫の山に覆い尽くされる。

まるで現実感がなかった。

生まれ育った街がこうも呆気なく破壊されてしまうとは。たちの悪い冗談としか思えない。あの逆流の中に自分の家がある。逃げ遅れたのなら酔いどれの父親もろともだ。

唐突に感情のうねりに胸を搔き毟《むし》られる。

決して好きな父親ではなかった。

決していい父親でもなかった。

それでもたった一人の父親だった。

押し寄せる感情に呑み込まれたのは五代だけではない。囚人の何人かはその場にへたり込んだ。テーブルの上に自分の膳を置いた者もいるが、箸をつけた囚人は数えるほどだった。見かねた刑務官が声を上げる。

「夕食は一五分間しかない。早く済ませろ」

ここまではいつもと同じ口調だったが、続く台詞が違った。

「……食べたくても食べられない者がいるんだ」

湿り気を帯びた言葉に囚人の何人かが俯《うつむ》く。刑務所には食料の備蓄があるので、外部からの供給が途絶えてもしばらく囚人が飢えることはない。しかし塀の外側は違う。

ニュースは電気が未だ復旧していないことを伝えた。石巻市があの惨状であれば他の市町村の状況も推して知るべしだろう。被災地が多くの避難者を抱えているであろうことは、五代ですら察しがつく。ライフラインを切断され、物流も途絶えた各市町村民はこの寒空の中で己の肩を抱いて震えているに違いなかった。

一種の極限状態の中、五代は哄笑しそうになる。悪事を働き、罰を受けているはずの自分たちは三度の食事にありつけるのに、無辜《むこ》の人々が避難所でひもじい思いをしている。それだけではない。頑丈な造りの刑務所に収容されたお蔭で囚人たちは無事だったが、何の罪もない人々は家屋とともに流されてしまったのだ。皮肉といえばこれほど皮肉な話もない。

「五代さん」

気がつけば、利根が自分の肩を揺すっていた。

「どうしたんですか、急に笑い出して。しっかりしてください」

哄笑しそうになったのではなく、実際には笑い声が漏れていたのか。

「ああ。悪かったな。あまり現実味がないもんでな」

自分の故郷が石巻市であるのは黙っていた。利根のことだから、知れば知ったで余計な気を回すに違いない。

またあの男の顔が浮かんだ。

鵠沼の家は五代の家よりも海に近かった。今のニュースを見る限り、彼の家が無事だとは到底考えられない。鵠沼自身は首尾よく津波から逃げ果せたのだろうか。

夕食を済ませてから午後九時までは自由時間だが、多くの者はテレビの前から離れようとしない。かたちばかりの食事を終えてから、五代は担当の刑務官を捕まえて質問してみた。

「塀の中から安否確認はできますか」

問われた刑務官は困惑していた。

「家族か」

「家族も知人も、です」

「まだ、何も分からん」

刑務官は苦しそうに言葉を絞り出す。

「まだ被害状況すら把握できておらん。生存者確認すらまだ先の話になりそうだ。お前も見ただろう、さっきのニュースを」

どこか悲愴《ひそう》さを滲ませる顔で分かった。この刑務官も自分の家族を案じている。

全ての恐怖の元凶は無知か情報の少なさだ。情報が錯綜している今、家族を持つ人間は例外なく戦々恐々としているに違いなかった。

「先生のご家族は」

「訊くな」

彼は声を低くして質問を封じた。

「職員のうちの何家族かは別の棟に避難してきた」

「刑務所はその人たちを受け容れてくれたんですね」

囚人と違い職員は厚遇されると皮肉を込めたつもりだったが、次の言葉で五代は沈黙させられる。

「あくまでも職員のうちの何家族かだ。意味は分かるだろう」

刑務所職員の中にもヒエラルキーがある。ヒエラルキーでなくても被災状況で優先順位は変わってくる。

「つまらんことを訊かれたし、つまらんことを答えた。忘れろ」

そう言い残して刑務官は踵を返した。刑務所の中には看守と受刑者という区別しかなかったが、今日を境に別の区別も発生したようだ。

家族に被災者がいる者といない者。

房の中に戻った五代は身体に毛布を巻き付けて横になる。消灯時間の夜九時まではまだ間があるが、起きていてもどうしようもない。

だが横になっていても頭を巡るのは碌でもない想像ばかりで、眠りはなかなか訪れなかった。

酔いどれ親父の安否も気になるが、それよりも鵠沼駿の消息だった。大学卒業後、地元の税理士事務所に就職したことは本人から聞いている。ただし住まいが石巻市のどこだったかは失念してしまった。

頼む。

無事でいてくれ。

東北特有の三月の寒気が今晩は特に厳しい。身を切るような空気が、今は心までも切り刻んでいくようだった。

翌日から震災の被害状況が次第に明らかになっていったが、詳細が判明すればするほど受刑者たちの絶望は深く重くなった。「東北関東大震災」「3・11大震災」「東北沖大地震」「東北・関東大地震」などメディアによって呼称がばらばらだった震災名は、いつの間にか「東日本大震災」と統一されていた。だが震災名が統一されても、被害状況は時間経過とともに膨大になるばかりで、まだ全体像を把握できる人間は誰もいなかった。いるとすれば神だけだっただろう。

二〇一三年五月一四日、五代は刑期を終えて宮城刑務所を出所した。

即座に向かったのは石巻市役所だった。市役所に到着するなり、窓口で避難者名簿の閲覧を申請する。

名簿には父親の名前も、鵠沼の名前も見当たらなかった。次に南浜地区で確認されている犠牲者の名前を確かめる。

父親の名前がそこにあった。五代は鉛を呑み込む思いでその名前を見つめ続ける。そして、そこにも鵠沼駿の名前は見当たらなかった。

市役所を出た五代はかつて生家のあった場所へと足を向けたが、待っていたのは絶望と虚無だった。川沿いの街は両岸から数メートルに亘って更地が広がっていた。更地はまだましな方で、未だに瓦礫の撤去されていない土地も少なくなかった。

五代の家は基礎部分だけが空《うつ》ろを晒していた。前日に降った雨だろう。基礎部分の中には泥に塗《まみ》れた水溜りが地面を隠していた。津波被害から二年、敷地の内外に辛うじて残されていたものも、風雪と建機が洗いざらい除去していったに相違ない。

次に向かったのは鵠沼の実家だった。

やはりその場所も残っていたのは基礎部分だけだった。一家の消息を訊こうにも近隣までが更地続きになっており、瓦礫の撤去作業中だった男を捕まえたが、他県から派遣されてきたので元の住人については何も知らないと気の毒そうに言われた。

結局、鵠沼駿の消息は杳として知れなかった。

五　追われる者と追われない者

1

真希竜弥殺害事件が官公庁ハードディスクの転売事件と繋がったため、鵠沼駿の追跡は正式に一課と三課の合同捜査となった。だが鵠沼も五代も消息は全く摑めていない。一課の捜査員の中には三課が情報を出し渋っているのではないかと勘繰る者もいたが、それはいくら何でも穿《うが》ち過ぎだろうと笘篠は考えている。

一部供述してはいるものの、溝井の取り調べは依然継続中だった。今回は小宮山が記録係に回り、笘篠が溝井に質問する。

「あなたの顧客だった鵠沼駿と五代良則が揃って姿を消した」

二人の失踪を告げられた溝井は興味なさそうにしていたが、両手の汗をズボンの膝で拭うのを笘篠は見逃さなかった。

「二人がどこに潜伏しているのか心当たりはありませんか」

「俺が知る訳ないでしょう。あの二人とは商売上の付き合いだけで、お互いのプライベートには一切関わっていないんですから」

「ハードディスクと代金の受け渡しはどんな方法を採ったんですか」

「俺が相手の事務所にハードディスクを郵送して、現物の到着と同時に代金が振り込まれるかたちです。取引相手であっても、なるべく顔を合わせないようにしましたから」

「最初からそういうシステムだったんですか」

「ええ。鵜沼さんの提案です。考えてみればハードディスクなんて一種のブラックボックスだから、万が一開封されたところで怪しまれる訳じゃない。ちゃんと品名も『PCハードディスク』と明記していますしね。カネを払う側だって、いちいち事務所に相手が来られたら迷惑でしょうし」

鵜沼の提案をそのまま他の顧客にも運用したという訳だ。

「鵜沼や五代とはどういうきっかけで知り合ったんですか」

「そりゃあ営業努力の賜物ですよ」

溝井は誇らしげに言う。ハードディスクの転売が違法行為であるのを承知しながら胸を張れるのは、やはり善悪の判断が歪んでしまっているからだろう。

こういう手合いには何度もお目に掛かっている。自分が犯罪に手を染めているのを正当化するために、独りよがりのプライドを後生大事にしている輩だ。

「初めはネットオークションだったんです。刑事さん、やったことありますか」

「いえ」

「オークション中は出品者も入札者もハンドルネームなんですけど、落札した時点でやっとお互いの情報が開示されるんです。鵠沼さんも五代さんも、それで俺のケータイの番号を知った訳です。二人ともリアクションは速かったですね。鵠沼さんは官公庁から、五代さんは金融機関から流れたハードディスクがないかって問い合わせがありました」

そうであれば商機ありと踏んで動いたのは鵠沼と五代の方であり、何も溝井が営業努力を誇る筋合いのものではない。

「二人からの接触はいつだったか憶えていますか」

「最初は鵠沼さんでした。五代さんと知り合ったのはその半年後くらいです」

笘篠は小宮山と視線を交わす。

五代良則と鵠沼駿が高校の同級生だったことは調べがついている。当時の二人が同じ南浜地区に住んでいた事実も住民票調査で判明した。

小宮山などは溝井も石巻市の出身であることから三人が高校時代から旧知の仲ではないかと疑ったが、さすがに偶然は続かない。溝井は牡鹿地区の出身であり、鵠沼たちとは出身校も年齢も違う。少なくとも公的記録からは接点を見出せなかったのだ。

「質問を変えます。鵠沼と五代は仕事で通じていたんでしょうか」

問われた溝井は怪訝《けげん》そうに目を細める。

「二人が、ですか。いや、そんな話はついぞ聞いたことありませんね。一人はＮＰＯ法人の代表、もう一人は名簿屋。業種も全然違います。もっとも、どこと提携しているかなんて話自体聞こうとも思いませんでしたけど」

「興味はなかったんですか」

「これでも馬鹿じゃない。官公庁や金融機関のデータを欲しがる人間が堅気であるはずがない。下手に秘密を訊き出そうとしたら碌なことにはならない。それくらいは俺だって分かりますよ」

「名簿屋の五代はともかく、鴇沼はＮＰＯ法人の代表ですよ」

「震災以降、復興関連のＮＰＯ法人が雨後の筍《たけのこ》みたいに設立されているけど、全部が全部真っ当な団体とは限らない。〈大雪《だいせつ》りばぁねっと。〉でしたっけ。ああいう詐欺師みたいなのも氷山の一角でしょ。ＮＰＯ法人代表の肩書で目が眩《くら》むほど世間知らずじゃないですよ」

　溝井の取り調べを済ませた後、笘篠は〈キズナ会〉受付の鈴波寛子を迎える。鴇沼が失踪した今、最後まで彼と接触していた人間から情報を得ようとするのは当然だった。

「前にも言いましたけど、わたしの仕事は受付と領収書管理だけなんです。代表のプライベートどころか仕事の内容もあまり知らなくて」

「あなたが知らないのは別に恥じゃない。〈キズナ会〉の実体を勘づかれないために、鴇沼は職員に最低限のことしか伝えなかったはずです」

「〈キズナ会〉の実体って何だったんですか」

　既に押収済みの名簿を元に、捜査員たちが各会員に訊き込みを始めている。同会が表向きは被災者支援を目的として運営されていたことは間違いない。市民センターや公民館を開催場所に被災者同士の交流会も行われていた。

　だがこうした集会はせいぜい半年に一回であり、会員数に比してあまりに少ない。会の非営利活動は事業報告書の記載欄を埋めるためのものでしかなかったと判断せざるを得ない。

「説明を聞く前に、これを見てください」

笘篠は寛子の目の前に三枚の写真を置いた。一枚は五代の、他の二枚は無関係の者の顔写真だ。

「この中に鵠沼を訪ねてきた人物はいますか」

寛子は三枚の写真を代わる代わる凝視する。無関係の二枚を交ぜたのは回答者に余計な先入観を抱かせないためだが、笘篠としては五代の写真に反応してほしいところだ。

ところが期待に反して寛子はどの写真にもこれといった反応を示さなかった。

「すみません。どの人にも見覚えありません」

笘篠は再び小宮山と視線を交わす。折角鵠沼と五代の接点が見つかったというのに、二人の関係性が今一つはっきりしない。

「行方を晦《くら》ましてしまった理由は知りませんけど、代表がいったいどんな悪事を働いたっていうんですか。わたしはずっと事務所で一緒にいましたけど、真面目で物静かな人でした。とてもじゃありませんけど犯罪に加担しているようには見えませんでした」

「世の中には真面目で物静かな人間がする犯罪もあります。たとえば、その一つが他人の戸籍を売買することです」

「代表がそんなことを」

「あくまでも一例です」

「でも、他人の名前を借りるくらいなら、そんな大それた話じゃないでしょう」

「戸籍の売買はただ名前を借りるだけの犯罪じゃない。戸籍制度の敷かれた日本において、戸籍はあらゆる住民サービスの基本であり、身分を証明するものです」

奈津美の戸籍を奪われた事情と相俟って、笘篠の言葉にはつい感情が入る。

「言い換えれば戸籍の売買はその人間の人生を売買するのと同じです。同時に、戸籍を奪われた者は社会的に殺されるのと同義なのですよ」

寛子は黙したまま、机の上に視線を落とした。

〈キズナ会〉本部からは来客記録も押収した。笘篠が予想した通り、それに鬼河内珠美と真希竜弥の名前が確認された。

午後になって、蓮田が新しい関係者を連れてきた。聞けば鵠沼と五代の同級生だという。

「岸部智雄《ともお》っていいます。ははあ、これが取調室ですか」

連れてこられた岸部は臆病さを虚勢で誤魔化しているのが一目瞭然だった。

「鵠沼と五代の同級生なんですってね」

「二人とも俺とは別のクラスだったんですけど、五代とはよくつるんでました」

高校時代の五代がワルだったのは聞いている。してみれば彼とつるんでいた岸部も不良仲間だったに相違ない。

「鵠沼はどんな生徒でしたか」

「うーん。三年間ずっとクラス委員長やってたくらいだからおとなしいだけのクソ真面目ってイメージしかないっス。腕っぷしはからっきしでした」

「鵠沼と五代は同じクラスでしたね。二人は仲がよかったんですか」

「仲がいいっていうより、五代の格好のカモでしたよ」

岸部は優越感に唇を歪ませる。

「一度、カツアゲ食らってボコボコにされていました」

物言いで岸部も恐喝に加わっていたのが容易に想像できる。恐喝やイジメを若気の至りと片づけるほど笘篠は人間ができていない。岸部に対する心証は一気に下落した。

「でも途中からは五代と鵠沼がつるむようになりましたね。まあ、逆に俺たちとは縁遠くなっちまったんだけど」

恐喝の加害者と被害者との間に友情が芽生えることなどあるのだろうか。ハイジャックの犯人と人質が解放後に親交を深めるストックホルム症候群は笘篠も聞いたことがあるが、あれは極限状況という特殊な条件下でのみ成立するケースのはずだ。

「高校卒業後、二人の交友は続いていたんですか」

「あー、俺は地元に就職して、二人は進学したもんだから全然音沙汰なくって。そういや、卒業後は何回か同窓会開いたんスけど、二人は一度も出席しませんでしたね。鵠沼はともかく、五代は刑務所とシャバの行き来で忙しかっただろうし」

「五代の前科は知っているんですね」

「地元じゃ未だに同級生のネットワークが生きてるんで。誰かが捕まったとか新聞沙汰になったとか離婚したとかは、光の速さで伝わります。五代も公認会計士の資格を取ったまではよかったけど、その後は詐欺師人生ですからね。いくら学生時分に幅を利かせていても、いい大人になってあんな風じゃ負け犬確定ですよ」

では自分は勝ったつもりでいるのかと問い質したくなった。かつては仲間だった人間をこれほど見下せるのだから、きっと大層なご身分なのだろう。

笘篠は人生に勝ちも負けもないと思っている。幸福の度合いを測る物差しは様々で人によって異なる。生活の上辺を見ただけで他人の人生を評価するなどあまりに傲慢だ。

百歩譲って人生の価値を決める基準があるとすれば、それは懸命に生きたかそうでないかの違いではないか。

「それより刑事さん、俺から二人の昔話を訊き出したのは富沢公園の殺人事件絡みらしいじゃないですか」

任意で事情を訊くなら関係する事件を教えるのは最低限の条件だが、こと岸部に対してはそれすらも譲歩し過ぎの感がある。

「あくまでも参考人という扱いです。彼を引っ張ってきた蓮田も不機嫌そうな顔でいる。

「でも刑事さん。あいつ、学生の頃から暴力慣れしているんですよ」

「おとなしいだけのクソ真面目じゃなかったんですか」

口にしてからしまったと思った。

「え」

岸部は呆けたように口を半開きにした。

「まさか、容疑者って五代じゃなくて鵠沼の方なんですか」

笘篠は同じ言葉を繰り返すしかない。

「二人ともあくまでも参考人という扱いです。まだ容疑者と呼べる段階ではありません」

「あのですね、刑事さん」

何故か岸部はこちらを説得するような口調になる。

「殺しの容疑者が五代だってんなら理解できますよ。あいつは昔っから底が知れないようなヤツでしたから。詐欺で逮捕されたと聞いた時には却って意外だったくらいです。あいつが捕まるとしたら傷害か殺人だと思ってましたからね」

大した元仲間だ。ここに五代がいたら、いったいどんな顔をすることやら。

「でも容疑者が鵠沼ってのはどう考えても変ですって。あんな野郎に人殺しなんて大それた真似、できる訳がない。何かの間違いですよ」

笘篠は自分の見立てがわずかに揺らぐのを感じた。

岸部の人物評を信じる訳ではないが、鈴波寛子の証言を考慮すると学生時代も現在も鵠沼に対する印象はあまり変わらない。おとなしく真面目で、およそ犯罪には縁のなさそうな人物。

『世の中には真面目で物静かな人間がする犯罪もあります。たとえば、その一つが他人の戸籍を売買することです』

笘篠は寛子にそう告げた。つまり鵠沼が犯罪に手を染めるにしても、戸籍売買が関の山だと笘篠自身が認めたのと同じだ。

本当に鵠沼が真希を殺害したのか。

ひょっとしたら、犯人は暴力慣れしている五代の方ではないのか。

事情聴取を終えて刑事部屋に戻ったのも束の間、今度は鑑識の両角がやってきた。

「珍しいですね。両角さんから訪ねてくるなんて」

「分析して面白い結果が出た」

両角はにこりともせず言う。

「捜査会議で聞くより早く知りたくないか」

「是非」

両角は数枚の紙片を取り出した。いずれも鑑識結果報告書の一部で物的証拠の写真が添付されている。

「〈キズナ会〉を捜索した際、奥の部屋は容疑者の個室になっていたよな」

「ええ」

「ロッカーには替えの服が何着かあった。会の素性がどうあれ、一応はNPO法人の代表だ。ジャケットの着替えくらいは置いておいたんだろう」

「わたしもそう思います」

「ロッカーにあった衣類は全点分析した。するとな、そのうちの一着から興味深い試料が検出された。二枚目を見ろ」

指図された通り紙片の二枚目を見ると、微量の細粒物が映っていた。

「土だ。ジャケットの肩から採取できた」

「見たところ、何の変哲もない黒土ですね。まさか非常に珍しい種類の土なんですか」

「いや、仙台市内どころか県内全体に分布する黒《くろ》ボク土《ど》類だ」

「それじゃあ意味ないじゃないですか」

「ところが分析してみると栄養素満点の土だった。次の分析表を読め」

「『アミノ酸を主成分として窒素・リン酸・カリウムが配合』……両角さん、栄養素というのは

「肥料成分のことですか」

「当たりだ。この土には観葉植物用の液体肥料が含まれている。ほら、ホームセンターで見かけたことないか。栓を抜いて容器ごと頭から土に突き刺すタイプ。あれだよ。ところで憶えているか。犯人は殺害した後、花壇から剝がしたブロックで被害者の顎を叩き潰している」

「まさか」

「そのまさかさ。花壇の土を分析してみると、やはり同じ成分を配合した液体肥料が検出された。つまり犯行に使用されたブロックに付着していた土とジャケットに付着していた土は、同じものだ」

同じ成分が含まれていたとしても、二つの土が同じ場所にあったとは限らない。

だが状況証拠としては充分な能力を持つ。花壇から剝がしたブロックで真希の顎を潰す際、こぼれた土が犯人の着ていたジャケットの肩に付着する。ブロックを振り上げたとすれば充分に納得できる。そしてそのジャケットの持ち主は鵠沼なのだ。

「一種の硝煙反応と考えていいですか」

「今の段階で分析できているのは肥料成分だけだが、分析レベルを上げていけば土中の微生物も照合できる。硝煙反応よりも確度は向上する」

「お願いします」

笘篠が頭を深く下げると、両角は心得たという顔で部屋を出ていった。捜査会議で発表するより前に鑑識結果を伝えてくれたのは、女房の戸籍を奪われた亭主への気遣いに違いない。

両角の厚意を有難いと思う一方で、笘篠は戸惑いを覚える。科学捜査は鵠沼が犯人であると告げている。しかし本人を知る者は鵜沼が殺人を犯すはずなどないと言う。無論、法廷では鑑識結果報告書が検察側を雄弁にしてくれる。だが科学捜査が全能ではなく、時として偽陽性を発現して冤罪《えんざい》の原因になり得ることを笘篠は知っている。

かつての同級生からの証言と両角からの鑑識結果報告。だが相反する二つの提示に整合性を持たせる唯一の仮説がある。

鵜沼駿という人間が人生の或《あ》る地点で変貌してしまった可能性だ。

2

両角から話を聞くなり、笘篠は蓮田を伴って石巻市は南浜地区に向かった。

「でも笘篠さん。五代は進学して以降、鵜沼も震災以降は石巻から転居しているのが分かっていますよ」

「だからだ」

蓮田にハンドルを任せた笘篠は正面を向いたまま答える。

「岸部の証言から浮かび上がる鵜沼駿の人物像と犯行態様がどうにも一致しない」

「それはわたしも思います」

「もちろん人間なんていくらでも変容する。だが、それには相応の理由なりきっかけなりが必要だとは思わないか」

「震災、ですか」

「震災と津波で家屋や家族、そしてコミュニティを失った者は大勢いる。大事なものを失くして変わらなかった者もいれば変わった者もいる」

話しながら笘篠はちくりと胸の痛みを覚える。自分も家族を失った一人だ。それで変質したとは思わないが、それが却って家族に対して冷酷ではないかという自責が働く。

「鵠沼も震災で親を失っている。それが変質の要因になった可能性がある」

「否定できませんね」

「鵠沼家の近隣に存命の人間がいることを祈るだけだ」

五代や鵠沼の住んでいた南浜地区は旧北上川の右岸河口部の平野に位置する市街地で、南浜町・門脇町《かどのわきちょう》及び雲雀野町《ひばりのちょう》では津波の襲来と火災の延焼により、死者・行方不明者合わせて四百人余りの住民が犠牲となった。これは石巻市全体の犠牲者の約一一パーセントにあたり、石巻市の中でも特に被害が大きかった地区であることを物語っている。川沿いの民家や工場はあらかた流され、後には瓦礫しか残らなかった。死者・行方不明者数ともに相当数に上るため、鵠沼家の近隣住民で生存者がどれだけ残っているかは甚だ心許ない。予め市役所で近隣住民の生存者確認をしてから訊き込みに回る手立てもあったが、五代・鵠沼両名が逃走している今、そんな余裕は微塵もなかった。

二人を乗せた覆面パトカーは、間もなく現地に到着した。クルマから降り立った笘篠は辺りを見渡して思わず溜息を吐く。

もう、何度こんな溜息を吐いたことだろう。

震災当時、この辺り一帯は車両や船舶、家屋の残骸で瓦礫の山と化していた。何度も報道された映像で、その光景は目に焼き付いている。ところが今、笘篠の眼前に広がっているのは一面の更地だ。『咲かせよう勇気の花』と書かれた看板、鉄骨が剝き出しとなったビルの中で開店している移動店舗。建築物と言えば遠くに建つ真新しい庁舎と、やはり真新しい道路と電柱、そして信号機くらいか。地震と津波によって地盤が沈下し、一部が湿地化していることも手伝ってか民家と呼べるものは見当たらない。何かのイベントの残骸か撤去忘れの幟《のぼり》が横倒しになったまま、周囲の人影もまばらだった。

ライフラインが復活し真新しい道路を敷いても肝心の人が戻ってこなければ街の再生は覚束ない。土地区画整理が進んでも、家が建たなければただの更地だ。

「笘篠さん。一応、これ」

蓮田が遠慮がちに差し出したのは震災前の南浜地区を記載した住宅地図だ。分かり易いように鵠沼宅は赤丸で表示されている。しかし現況と照合すればするほどうそ寒くなる。地図上で密集していた住宅も現在では跡形もなく消滅している。笘篠の住んでいた気仙沼もそうだったが、失われたものの多さに改めて虚無と絶望で身が竦む。地図上の存在が一切合財消えてなくなる。まるで神か悪魔の所業だが、東日本大震災はそれをやってしまったのだ。

現在、笘篠が立っているのは元々鵠沼家のあった場所だ。だが周辺は更地が広がるばかりで、訊き込みなど不可能だった。

途方に暮れていると移動店舗の一つが目についた。キッチンカーの移動販売店で、『石巻焼きそば』の幟を立てている。笘篠はキッチンカーに向かって駆け出し、蓮田が後に続く。

「らっしゃい」

顔を出したのは六〇代と思しき女性だった。エプロンをしているところを見ると彼女が調理をしているらしい。

「お尋ねしますが、どちらからいらっしゃいましたか」

「何だい、あんた。藪《やぶ》から棒に」

「警察の者ですが」

笘篠が名乗り終わる前に彼女は敵意を覗かせた。

「あのね、ウチはちゃんと営業許可、取ってんだからね。そうでなくても二〇年来、ずっとここでそば焼いてるんだ」

どうやら彼女が店主らしい。それなら聴取相手にはうってつけだ。

「いえ、営業許可云々ではなくて、ご近所のことを伺いたくて」

「ご近所って」

「もちろん震災以前の話です。ずっとここで営業されていたんですよね」

「してたよ。昔っから飲食店が軒を並べていた通りなんだ。それが津波でごっそり流されてさ」

きっぷのよさそうな女店主の言葉がわずかに翳《かげ》る。

「結局、戻ってきてまで店を開いているのはウチを含めて数軒でさ」

「お客さん、いるんですか」

「たまにクルマで通るお客とお馴染みさんがね。前みたいに繁盛って訳にはいかないけど、ここに店がなかったら人も集まらないしねえ」

人が集まってこその復興という理念には一も二もなく賛同したい気分だったが、ここは職業意識が優先した。笘篠は携えていた過去の住宅地図を女店主に見せる。

「赤丸で印をつけた鵠沼というお宅なんですが、ご存じですか」

「鵠沼さんかあ」

女店主は住宅地図の一点を指差す。

「この『焼きそば　いちむら』ってのがウチだったんだよ。見たら分かるけど鵠沼さんの家とはちょっと離れていてさ。何度か食べには来てくれたけど、息子さんが高校に上がる頃になるとご無沙汰になっちゃったね。確か両親と息子さんの三人家族だったっけか」

「息子は駿という名前です」

「あーっ、そうだったそうだった。鵠沼駿くん。まっじめで几帳面《きちょうめん》な子でねえ。ああいう子は焼きそばひとつ食べ方が違ってってさ。使い終わった割り箸もちゃんと袋に戻しておくのよ」

「震災当時は家を出ていたらしいのですが」

「若い子の半分以上は外へ出ていっちゃうからね。だからよほど店の常連さんでないと近況なんて分かんないよ。ましてや津波の後じゃあさ」

地図上の街を指していた女店主の指が鵠沼宅の隣で止まる。

「あー、そっかそっか。鵠沼さん家《ち》の隣、古賀《こが》さんだった」

「古賀さんというのはお店の常連だったんですか」

「民生委員をしてた人でね。鵠沼さんとは家族ぐるみの付き合いだって話してたね」

「古賀さんは、今、どちらにいらっしゃるかご存じですか」

「復興公営住宅。ここからそんなに遠くないよ」

女店主が指差す彼方に集合住宅の一団があった。

二〇一二年以降、石巻市は復興事業の一環として市街地部や半島沿岸部に多くの復興住宅を建設していた。古賀が入居しているのは門脇町に建てられた二棟六階建ての集合住宅で、二〇一六年に竣工《しゅんこう》しただけあって敷地も建物も新しい。一時避難所も付設しており、入居者の不安を可能な限り払拭しようとしている。確か津波避難ビルにも指定されているはずだ。

不安を払拭する一方で、まるで庁舎のような佇まいは興を殺《そ》いでいる。趣味性や快適さよりも経済性や堅牢さを重視すると、どうしても庁舎のような没個性の建物になってしまうという見本でもある。実際に入居している者たちがどんな感想を抱いているのか気になったが、いずれにしても従前の住まいと比べても詮無いことは分かっている。

古賀は一階の角部屋に住んでいた。おそらく八〇歳を優に超えている。側頭部に残る髪は真っ白で、顔に刻まれた皺は紙片が挟めそうなほど深い。それでも筈篠たちに応じる様は矍鑠《かくしゃく》としており、年齢を感じさせなかった。

「仙台からわざわざ。何のお構いもできず申し訳ないね」

二人を迎えた古賀は、初対面であっても人と話せるのが嬉しくて仕方がない様子だった。

「何しろ民生委員だったからさ。やんちゃ坊主の相手やら町内の揉め事やらがあるといっつも引っ張り出されたものさ。ご近所は言うに及ばず、お巡りさんや町内会長とは毎日のように行き来があった」

「しかし、この復興住宅も入居者は同じ町内の人たちでしょう」

「こういう集合住宅はダメだ」

古賀はぶんぶんと首を横に振る。

「家が横に並んでいるから連帯感ができる。お互いの家を訪ねやすいしね。だけど、こんな風に縦に並んでいると孤立したような感じになる。同じ階にしても鉄の扉が来る者を拒んでいるようで好かん」

老人の狷介《けんかい》さと眉を顰める者もいるだろうが、古賀の理屈には頷ける部分がある。集合住宅における住人同士の繋がりが希薄なのは、日夜訊き込みをしている笘篠たちには周知の事実だ。震災以前に存在したコミュニティが、復興住宅で機能不全に陥った例も聞き知っている。

「鵠沼さん家の駿だったね。ウチとは隣同士だったからね。よく知っているよ」

「とても真面目だったそうですね」

「父親は腕のいい配管工、母親は衣料量販店で働いていた。二人とも働き者なのはいいが、その分駿は一人でいることが多かった。自然とわたしが話し相手になった。まあ祖父《じい》さん代わりだわな。真面目というのはその通りで、周囲から押し付けられた仕事も文句一つ言わずにこなしていた。そのくせ、信念はしっかりしていてダメなものはダメだと、これっぽっちも退《ひ》こうとしない。真面目で頑固なのは父親譲りだったな」

「高校卒業後は家を出たんですよね」

「ああ、大学に進学して、その後は市内の税理士事務所に勤めた。札付きの高校出身なのに、よくそんな立派な仕事に就けたものだと、他人事ながら鼻が高かったよ。もう、あまり帰るまいと予想していたが、それでも月に一度は実家に顔を出していた。オフクロさんが寂しがるものでね。真面目な上に親孝行だったよ」

「最近、彼を見かけましたか」

「いや。街が津波被害に遭ってからはそれきりだよ。何しろ両親とも家と一緒に流されちまったからね。家族も家もないんじゃ帰ってくる理由もない」

「交友関係はどうでしたか」

「刑事さん」

不意に古賀は不審そうな顔になる。

「あんたたち、いったい駿の何を探っているんだい」

老いたりとはいえ、古賀の眼光は鋭い。下手に誤魔化しても看破される気がする。

「今言った通り、わたしは駿の祖父さん代わりだ。あいつの不利になるようなことは頼まれたって口にしないよ」

「鵠沼駿さんはある事件の参考人なんです。ところが現在、行方が分かりません」

「行方不明だと」

「彼の近況はご存じですか。〈キズナ会〉というNPO法人を立ち上げ、そこの代表を務めています。宮城野区安養寺の本部には先日から戻っていません。自宅マンションも同様です」

鵠沼の行方不明を聞かされた古賀は、途端に不安を覚えたらしい。笘篠と蓮田を睨む眼光に翳りが生じた。

「単なる参考人が何の理由もなく行方を晦ませば、疑いたくなくても疑いたくなる」

「わたしが駿の潜伏先を知っているとでもいうのかい」

「その前科者が駿と何の関係があるんですか」

「鵠沼駿さんの高校時代の同級生なのですよ」

古賀自ら札付きと称した高校の同級生だ。鵠沼がのっぴきならない状況に追い込まれていると判断したらしく、矢庭に視線が泳ぎ出した。古賀の良心に付け入るようで抵抗はあるが、今は鵠沼の身柄を確保するのが最優先だ。

「古賀さん」

何度目かの揺さぶりをかけると、ようやく古賀の態度が軟化した。

「わたしの話が役に立つかどうか分からん」

「判断するのは我々の仕事です」

「被災した者たちには特段珍しい話でもない」

「その辺に転がっている話から手掛かりを得たことは何度もあります」

古賀はじっと笘篠を見ていたが、やがて疲れた口調で過去を語り始めた。


二〇一一年三月一一日、石巻市南浜地区。

到底、信じられない光景が目の前に広がっていた。

曇天の下で雪がちらつく中、いったん引き潮となって川底を晒した水が防波堤を越えて逆流してきた。光線の加減だろうか、海の水は真っ黒に見える。

まず自動販売機と乗用車とトラックが押し流され、続いて流木が家屋に衝突する。見る間に水嵩が増し、木造住宅は言うに及ばず堅牢なはずの加工工場もずるずると押されていく。

衝撃的なのは船舶までが防波堤を乗り越えてきたことだ。建物の間を突進してきた船の船首が民家の二階の窓を貫く。想像すらしたことのない光景に目を逸らすこともできなかった。

古賀は慣れ親しんだ街並みが黒い水に呑み込まれていく様を、神社の石段から呆然《ぼうぜん》と見下ろしていた。津波情報第二号が発令された時点で近隣住人とともに高台にある神社を目指し、旧北上川河口が逆流する頃にはひとまず安全地帯に身を置いていた。隣の鴇沼夫婦にも声を掛けたが、どうしても持ち出さなければならないものがあると言われて連れ出せなかった。今はそれだけが心残りだった。

午後三時四三分、河口からの逆流が始まると、低層住宅が立ち並ぶ一帯はひとたまりもなかった。古賀の家を含めてあっという間に濁流に呑み込まれていく。

その時、鴇沼宅の中から悲鳴が聞こえた。

怒濤《どとう》と破壊の音が耳を劈《つんざ》くが、不思議に人の声は紛れずに届く。聞こえたのは間違いなく鴇沼の妻の声だった。

まさか。

二人とも逃げ遅れたのか。

だが彼女の声は長続きしなかった。屋根が水面下に沈むとともに虚空に掻き消えてしまったのだ。

およそこの世の出来事とは思えず、古賀はへなへなとその場に腰を落とす。鴇沼夫婦だけではない。高台に辿り着けなかった者は他にも大勢いる。彼らもまた海の藻屑《もくず》と消えてしまったのだろうか。

古賀の絶望と恐怖を置き去りにして濁流はなおも街のかたちを変えていく。川を中心に開けた南浜地区は、今やほとんどが海中に没してしまっていた。流出した油に引火したのか、向こう岸の工場からは火の手も上がっている。

海面の下で何十人何百人もの住人が踠《もが》いている様を想像すると、自然に震えてきた。外気の冷たさではなく、自然の容赦のなさと人の命の儚《はかな》さに身体の芯まで凍るようだった。

自分にはどうすることもできない。彼らを救うことも苦痛を和らげることもできない。ただ腰を抜かしたまま、街が蹂躙《じゅうりん》されていくのを見守るしかなかった。

その時、頭上で声がした。

「古賀のじっちゃん」

見上げれば、そこに鴇沼の顔があった。

「駿。どうして」

「あんな揺れ方しただろ。家が心配で戻ってきた」

別人ではないかと思った。古賀の知る鴇沼駿はいつも冷静で、自信満々で、大抵の不可能は努力で覆してみせるという面構えをしているはずだった。札付きの高校出身にも拘わらず自らの道を切り拓いたという自負が、そうさせていたに相違ない。

ところが今、古賀の横に立っている男は迷子のように心細げだ。おろおろと狼狽え、古賀の姿を見つけてやっと安心したという体だった。

ふと視線を移すと、鴇沼の右足は妙な具合に捻《ひね》ってある。足首は泥と血に塗れている。

「お前、その足」

「途中で落ちてきた瓦礫で捻挫したらしい。それよりオヤジとオフクロは。一緒に避難してきたんだろ」

縋るような目で訴えかけてくる。古賀はその眼差しの必死さに耐えられない。

「ごめんなあ」

我ながら情けない声が出た。

「声を掛けたんだが、一緒に来れなかった」

「それじゃあ」

鵠沼は反射的に押し寄せる濁流に視線を移す。既に実家のあった場所は水面下だ。

「そんな」

鵠沼は糸の切れた操り人形のように、くたんと膝を屈する。

「そんな」

口を半開きにして呆然とした。人一人の努力ごときで覆る事実ではない。人間の無力さがこうまで露呈すると、身体中から力が抜けていくように感じる。

二人で水面を眺めていると、やがて内陸部に流れていた流木や家屋の一部が向きを変えた。再びの引き潮だった。だが、今度は水量の多い分だけ潮の引き方も尋常ではなかった。

二人の足元から地響きのような唸《うな》りが起こる。古賀はぎょっとして立ち上がり、鵠沼も片手を突いてから腰を上げる。

津波が押し寄せた際もこの世の終わりかと思えたが、引き潮の様相も負けず劣らずの凄絶さだった。内陸部の奥深くまで押し流された家屋と車両、そして大量の瓦礫が一気に海へと押し戻される。最初の激流に何とか持ち堪えたものも二度目には耐えられない。無事だった他の建造物を巻き込んで流していく。

古賀の耳は新たな叫び声を捉える。甲高い声でどこからか助けを求めている。

「じっちゃん、あれ」

鴇沼に指摘されると同時に古賀も気づいた。十数メートル上流から流れてくる瓦礫に混じって小さな人影が浮き沈みしている。赤いランドセルから女の子であるのが分かる。

はっとした。この先には門脇小学校がある。当然、通っている児童の中で津波に攫われた者もいるはずだった。

古賀のいる場所からは女の子が生きているかどうか判然としない。しかし生死に拘わらず助けなければならない。

ところが驚いたことに身体が動かなかった。足が竦んで一歩も前に踏み出せないのだ。

「間に合う」

鴇沼が恐ろしい言葉を口にする。今からあの激流に飛び込むつもりか。

だが岸辺に近寄ろうとした鴇沼は最初の一歩で体勢を崩した。

「駿」

石段の途中で転倒した鴇沼を慌てて抱き起す。畜生、と鴇沼は似合わぬ呪詛《じゅそ》を吐き、古賀の肩を借りて立ち上がる。

女の子は二人の正面に流れてきた。岸との間は十メートル程度。決して辿り着けない距離ではない。

ただし、こんな状況でなければ。

鉄筋コンクリートの建造物や船舶をまるで木切れのように押し流す激流だ、どんな泳ぎ自慢でもまともには進めまい。

それでも鵠沼は諦めが悪い男だった。

「じっちゃん、岸辺まで連れて行ってくれ」

「断る」

古賀は言下に言い放つ。

「無理だ」

「あの子を見過ごす方が無理だ」

鵠沼は古賀の肩を放し、石段を下っていく。放っておけば間違いなく激流に身を躍らせる予感があった。

「やめろ、駿っ」

右足を引き摺りながらようやく鵠沼は岸辺に辿り着く。岸辺といっても流れに削られて軟弱な崖になっており、いつ崩れるか分かったものではない。

「やめろ、お前まで流されるぞ」

古賀は声を限りに制止するが、鵠沼はまるで聞く耳を持たない。今まさに飛び込もうと膝を曲げた瞬間だった。

突然、足元の地面が崩落し、鵠沼の身体は崖から滑り落ちそうになる。

「駿っ」

古賀が咄嗟に差し伸べた手が鵠沼の腕を捉えた。古賀も横倒しになったが、鵠沼を摑んだ手だけは決して離すまいと念じた。

すぐに鵠沼は自力で這い上がろうとする。しかし右足が自由に動かせないせいか、古賀の助けを借りてようやく上半身を岸に上げた。

「冷たいんだ」

「何がだ」

「水が、氷みたいに冷たい」

全身を引き上げてみると、鵠沼の膝から下は水に濡《ぬ》れていた。

「水中に入れた途端、感覚がなくなった」

鵠沼が抑揚のない言葉を吐く前で女の子は海へ流されていく。

いや、彼女だけではなかった。

二人が為す術もなく傍観する先で、何体もの身体が水面に見え隠れしながら流されていく。あまりの残酷さに、古賀は数えることすらできなかった。三月の海水に浸っていれば数秒で感覚はなくなる。おまけにこの雪だ。海に攫われる者は溺れる前に凍死してしまう。

「何もしてやれない」

鵠沼の声は絶望と無力感に掠《かす》れていた。

「目の前であれだけの人間が死んでいくのに、僕は近づくこともできない」

自分を責めるな、と言うのは容易かった。だが古賀の唇は凍えて動かなかった。絶望も無力感も否定できない。今は人の存在の矮小さに震えるしかなかった。

鵠沼は肩を落として海を見つめる。

今まで見たこともないような虚ろな目をしていた。


水が完全に引いた後には街の死骸があった。コンビニエンスストアの駐車場にうず高く積み重なった車両。割れた窓ガラスから海水を吐き続けるビル。平たく押し潰された家屋。道路を堰《せ》き止める夥《おびただ》しい量の流木と瓦礫。膝まで沈む水溜りと土砂。汚泥に塗れた生活用品、布団、衣服、自転車、写真、オモチャ、ランドセル。

そして死体。

死に幸も不幸もないが、鵠沼夫婦の遺体の発見にはさほど時間を要さなかった。二人の遺体は河口付近に積み重なった瓦礫の中から発見された。二人とも顔面の損傷が激しかったものの、肉体的特徴と着衣から鵠沼によって識別が為された。

二人の遺体は他のものとともに避難所に隣接した安置所に運ばれた。薄暗い安置所には簡易な造りの棺桶《かんおけ》が奥からずらりと並んでいる。

遺体発見と識別が精一杯で死者を弔う余裕も供花もなく、せめてものかたちにとそれぞれの棺桶の上にペットボトルの水が置かれているだけだ。

安置所の中にもしんしんと寒気が忍び込んでいる。それでも死体は腐乱し始めており、甘く饐《す》えた臭いが容赦なく鼻腔に侵入してくる。

鵠沼は両親の棺の前で立ち尽くしていた。古賀が安置所に到着した時には既にその姿勢だったので、おそらくそれより前から立ち続けていたのかもしれない。

古賀は道すがら見つけたカタバミを棺に添えて手を合わせる。隣同士で交流もあったのに、供えられるのが野草しかないのが情けない。

鵠沼は視線を棺に落としたまま微動だにしなかった。まるで幽鬼のような佇まいに声を掛けるのも憚られた。

「大丈夫かい、駿」

すると、今やっと気づいたというように鵠沼がこちらを向いた。

「古賀のじっちゃん。わざわざ花を探してきてくれたのか」

「悪いな。すぐには、こんなものしか見つけてやれなかった」

ありがとう、という言葉にも感情は聞き取れない。目の前を流れる死体に手を伸ばすことも叶わなかった時から、鵠沼は精神の一部を損傷したのではないか。古賀は漠然とそんなことを考え、すぐに否定した。

「古賀のじっちゃん」

「うん」

「人間ってこんなに呆気ないんだな。驚いたよ」

両親の棺を見下ろして、鵠沼は唇だけを動かす。

「二人とも身分証明書を肌身離さず持っている訳じゃない。偶然、僕が実家に戻っていて死体を判別できたから身元を特定できただけだ。僕がいなかったら、二人とも名無しの死体として扱われていた。人間てさ、そんなにあやふやな存在だったんだな」

「何を言い出すかと思えば。駿、そりゃあ健全な考えじゃない」

「うん、健全じゃない」

そして、やっとこちらに向き直った。

「でも、間違いでもない」

ぞっとするほど昏い目だった。

「数日後、合同葬儀で顔を合わせたきり、もう駿は戻らなかった。ひょっとしたら戻ってきたことがあったかもしれんが、少なくともわたしは会っていない」

震災当時の話を終えた古賀はひどく辛そうだった。

「あの一件以来、駿は大事なものを確実に失った。家と家族だけじゃない。もっと大切なものを失くしたような気がするんだよ」

3

事務所を抜け出した五代は警察の追跡を逃れるため、何度か潜伏先を変えていた。過去に二度も逮捕されれば誰でも注意深くなる。五代の場合は宮城県内だけでも五カ所の隠れ家を用意し、決して一カ所に長逗留《ながとうりゅう》しないようにしている。その場所も安ホテルに知人の愛人宅、ペーパーカンパニーの事務所と種類は多様だ。昨夜から寝泊まりしているのも、そうした幽霊事務所の一室だった。

隠れ家を渡り歩いている最中も五代は情報収集を怠らなかった。部下に命じて〈キズナ会〉代表、鵠沼駿の動向と警察の捜査状況を逐一報告させている。五代が手塩に掛けて育てた甲斐もあり、彼らは警察の動きについてはかなり詳細な報告を上げてきた。

だが一方、鵠沼の行方に関しては何の手掛かりもなく、まさしく空を摑むような状態だった。今もまた部下からの定期報告を受けたばかりだが鵠沼の個人情報はもとより、彼が代表を務めていたNPO法人の実体さえ把握できない有様なのだ。

「ずいぶんてこずらせてくれるじゃないか」

五代は虚空に向かって文句を垂れると、簡易ベッドから上半身を起こした。鵠沼の消息が摑めないのは部下の責任ではない。まず五代自身が震災以降の鵠沼についてつい最近まで生存の事実すら知らなかった。基本的な情報が皆無に近いまま鵠沼の逃走先を推測しろというのは、どだい無理な注文だ。

刑務所を出たその足で南浜地区を訪れた際、そこに広がっていたのは更地だった。鵠沼駿の消息に関する手掛かりもまた根こそぎ奪われていた。そもそも服役していた期間は鵠沼の情報収集など望むべくもなかったのだ。

出所後、五代なりに調べてみたものの、鵠沼が勤めていた税理士事務所は所長を含めた全員が行方不明になっていた。五代も早々に商売を立ち上げなければならず、自ずと調査は立ち消えになってしまった経緯がある。

更に五代を自己嫌悪に陥らせたのは、名簿屋の看板を掲げているにも拘わらず〈キズナ会〉なるNPO法人の存在を知らなかったことだ。被災者支援を目的とした非営利団体というのは、確かに五代の業態と接点がない。裏稼業に精を出せば出すほど表の情報に疎くなるのも仕方がない。それでも鵠沼が非営利団体の顔になっていることさえ知らずにいたのは痛恨の極みといえた。

失踪した鵠沼がどこに向かっているのか、五代は逃走しながら絶えず考えていた。最初に思いついたのは実家があった南浜地区だが、既に家族も家もない場所に行くとも考えづらい。現に刑事二人が当地を訪れたのに、未だ鵠沼の身柄を確保できていないというではないか。

では殺人の容疑で追われている鵠沼が向かう先、あるいは潜伏先はどこなのか。鵠沼とつるんでいた期間は二年弱で、卒業後はそれぞれに忙しく電話で数回話した程度だ。お互いが勤め出した頃には、電話すら途絶えた。

今にして思えば、しょっちゅう会わなければならない関係ではなかった。顔を合わせずとも言葉を交わさずとも、お互いが息災ならばそれでいいと考えていた。だが実家との縁が途絶してしまった今、鵠沼の消息を摑む手段は皆無と言っていい。

鵠沼が思い入れのある場所はどこだったのか、と五代は自問する。無論、思い入れのある場所に潜伏するとは限らない。しかし何の縁もゆかりもないところに逃げ込むとも考え難い。

生家のあった場所ではないとすれば、二人が通った高校か。違う。伝え聞いた話では五代同様、鵠沼も同窓会には一度も参加していない。クラスメイトと会おうともしない人間がかつての学び舎《や》に舞い戻るとは思えない。

勤めていた税理士事務所は関係者どころか、事務所の入っていたビルごと津波に襲われたと聞いている。当該地は再開発の対象であり、今は新しいビルが建設中らしい。従って、鵠沼がその地を目指す可能性も低い。〈キズナ会〉本部と自宅マンションには刑事が張り付いているから、これは問題外だ。

五代は思いつくまま可能性を潰していく。だが、どうしても理解できない事実が度々思考を邪魔する。

裏稼業でコンビを組もうと五代が誘っても頑なに固辞し、取り分け堅実な職業を選択した男がどうして殺人容疑で追われる羽目になったのか。二〇年近い空白の間に、いったい何が起きたのか。

その時、五代の頭の中に或る建物が閃光《せんこう》のように映し出された。

真面目一辺倒だった鵠沼が、おそらくは初めて悪事に加担した事件。

あの建物は市内でも内陸部にあり、少なくとも津波からは免れたはずだった。

五代は簡易ベッドから跳ね起きるとジャケットを摑み、無精ひげもそのままに事務所を飛び出した。


逃走用のクルマは信用できる知人から借り受けたものなので、Nシステムで検索されても引っ掛かる心配はない。

五代の向かっている先は石巻市の市街地だった。二人の刑事が南浜地区を訪れて空振りに終わっている。その近辺に向かうのは敵の懐に飛び込むようなものだが、誰しも間近に捜索対象がのこのこやってくるとは想像もしない。灯台下暗しで却って安全という見方もできる。

石巻市に入った五代はクルマを立町《たちまち》・中央エリアへと向ける。同エリアは中心市街地活性化基本計画の対象地域で、市内では最も再開発が進んでいる場所の一つだ。

最寄りのコンビニエンスストアの駐車場にクルマを停め、五代は周囲に注意を払う。

正午近く、店の中は昼食目当ての客でごった返し、周辺の飲食店も賑わっている。客の中には建設作業員の姿も多く認められる。この光景だけを切り取れば、立町・中央エリアはまさに復興から再開発へと歩を進めたような印象を受ける。

五代は彼ら一人一人の佇まいと目の動きを観察し、警察官が紛れ込んでいないことを確認する。ランチの場所を探す体を装い、外に出る。

再開発のせいで辺りの風景は大きく変わっている。歩道が広くなり、そこかしこに石ノ森《いしのもり》キャラクターの立像やポスターが飾られている。市役所方向に向かって歩き出すと建築中のビルは影を潜め、昔ながらの商店街が見えてくる。五代が向かっているのは、その商店街の端にある雑居ビルの一群だった。

中心市街地活性化基本計画の中核である駅前エリアと立町・中央エリアの狭間にあり、再開発から取り残された格好になっている。雑居ビルのほとんどは五代が高校生の頃から取り壊されもせず、往年の姿を保っている。

目当てのビルもまた健在だった。さすがに二〇年近くの風雪が壁を褪色《たいしょく》させており、窓ガラスの広告を見る限り入居しているテナントは半分もない。

そしてビルの真下、縁石に腰を落としている者がいた。所在なげに四階辺りを見上げているさまは、まるで途方に暮れた子どものように見えた。

「よお」

五代が声を掛けると、男はゆっくりと振り向いた。自分と同様の無精ひげだが、鵠沼駿に相違なかった。

しかし鵠沼は突然現れた旧友にさして驚いた様子も見せず、呼びかけに答えて片手を挙げた。ジャケットはよれよれでシャツも皺だらけのところを見ると、鵠沼もあまり上等とは呼べない宿泊地を転々としていたようだ。いくぶん白髪が混じり頬に弛《ゆる》みが生じているが、理知的な目は以前と寸分も変わりない。

五代は辺りを見回し、警察官らしき人影がないことを確かめた上で鵠沼の隣に座る。鵠沼の見上げている四階の窓ガラスには『テナント募集』の張り紙がある。

かつてそこには〈東北ファイナンス〉の事務所があった。五代と鵠沼が七〇〇〇万円余の詐取を目論み、見事成功させた最初で最後の共同作業だ。

「〈東北ファイナンス〉、撤退していたんだな」

鵠沼は独り言のように呟く。

「知らなかったのか。二〇一〇年に債務超過で潰れた。元々ヤクザのフロント企業だったからな。いったん左前になると経営を立て直すより、さっさと店仕舞いする方を選んだ」

「キョウさん、だったかな」

「ああ、そうだ。今でも残高が二五万になった時の能島の顔がありありと思い浮かぶ」

「キョウさんがプログラムを弄《いじ》っている最中、僕は向かい側の喫茶店で様子を眺めていた。あの喫茶店もなくなったんだな」

「マスターが結構な爺さんだったからな。店を継ぐヤツがいなかったんだろ」

「人も建物も消える、か」

「俺たちはこうして残っている」

「それでも、あの頃のままじゃないだろ」

鴇沼はどこか寂しげだった。

「それよりお前、逃げなくていいのか。ずいぶん余裕あるな」

「僕が追われていることをどうして知っている」

「蛇の道は何とやらさ。警察の動きをトレースしていたら、ヤツらが〈キズナ会〉に踏み込んだのが分かった。で、会の代表者を調べてみたらお前の名前にぶち当たった」

余裕はない、と言って鴇沼は自虐気味に皺だらけのシャツを晒す。

「三日間逃げ回ったが、宮城県から出ることもできない」

「俺はクルマで来た。乗せてやってもいいぜ」

「無駄だ。県外へ抜ける幹線道路と主要な駅には刑事が張っている。そこの石巻駅も同様だ。見るからに手錠ぶら下げてそうなヤツらがうつろいている」

「ここで腰掛けていても、いずれ捕まる」

「もう、逃げるのに飽きた。考えてみたら子どもの頃から鬼ごっこは苦手だった」

「そういや、お前は頭脳労働担当だったな」

「で、君が肉体労働担当だった。でも、今は名簿屋やっているんだってな」

「知ってたのか」

「一応、こっちも裏稼業だからな。〈エンパイア・リサーチ〉から流れてくる名簿はモノが確かだって評判だ」

「注文してくれりゃ、昔のよしみで割引くらいはしてやったのにな」

「僕の欲しい名簿は売っていないだろ。君が扱っているのは生きている人間のデータだ。僕が欲しいのは死んでいるはずなのに生きていることにされている人間のデータだ」

「まさかお前がこっち側の人間になるとはな。俺の誘いを断ったくせによ」

「タイミングが合わなかっただけだ」

「お前が悪党になったタイミングはいつなんだよ」

「……震災の時、君はどこにいた」

「塀の中。宮城刑務所」

こちらの事情をあまり知らなかったらしく、鴇沼は目を丸くした。

「そりゃあ災難だったな」

「あの日は塀の外にいた人間の方が、よっぽど災難だっただろ」

「ああ、まるでこの世の災難を全部一つの町に詰め込んだみたいだった。家に船にクルマ、街の人間が苦労して手に入れたモノが根こそぎ海に持っていかれた。人もだ。僕の目の前を子どもが流されていった。何人もだ」

鴇沼は広げた両手に視線を落とす。

「一〇メートルも泳げば助けられたかもしれない。それでも何もできなかった。あの子たちが海に流されるのを岸で見ているしかなかった。どこかでイキがってたんだ。その気になれば何でもできるって。だけど何もできなかった。子ども一人も救えなかった」

「非常時だったんだろ」

「あの場にいた人間じゃなきゃ、この気持ちはとても理解できない」

「俺の家も流された」

「直接、人がゴミのように流されていくのを見たわけじゃないだろ。あの瞬間に僕の価値観が変わった。死んだ人間は所詮ゴミ屑でしかない」

鵠沼は淡々と言葉を続ける。感情の起伏が現れない分、五代の胸を強く揺さぶる。あれだけ理性的だった鵠沼が呆気なく悪党に変貌してしまう。津波は人や財産だけではなく、鵠沼の心も押し流してしまったのだ。

「どうしてまた、行方不明者の戸籍を売買しようなんて思いついた」

「人の生き死になんて、そんなに大層なものじゃない。戸籍なんてただの情報だ。使われていない情報なら、必要な人間に供給する。死んだ人間は文句を言わない。新しい名前を得た者は新しい人生を歩める。戸籍を売った僕は儲かる。皆、得をする」

「勤めていた税理士事務所がなくなってからすぐに始めたのか」

「もちろん準備期間は必要だった。官公庁にあるデータを入手するルートも開拓しなきゃならなかったし、行方不明者の失踪宣告がどのくらい進んでいるかの実態を把握する必要もあった。情報収集を兼ねてＮＰＯ法人を立ち上げたのもそのためだ」

理路整然とした口調は相変わらずだが、話を聞きながら五代は静かに絶望する。やはり鵠沼は変貌してしまった。鵠沼の、最も鵠沼らしい部分を失くしてしまった。

「何だか残念そうな顔をしているな」

「そんなこたぁない」

「さっきも言ったが、個人情報を売買するという点で僕も君もやっていることは一緒だ」

「確かにそこだけは一緒だ」

「自分は人殺しはしていない、か」

「お前、殺したのか」

多少は言い淀《よど》むと予想していたが、鵠沼は顔色一つ変えなかった。

「僕のビジネスは皆が幸せになると思い込んでいたからな。まさか戸籍を売った相手から脅迫されるとは想像もしていなかった。あの日は真希という前科者から呼び出しを受けたんだ。行方不明者の戸籍を不正に売買していることをバラされたくなかったら五〇〇〇万円払えって。事情を訊いてみたら、他人の名前で生き続けるのに疲れたとかなんとか言っていた。まとまったカネさえあれば、怯えながら生活しなくてもよくなるってな。そんな要求にいちいち応じる訳にいかないから、説得しようと待ち合わせ場所の公園に出向いた」

「説得しようとして口論にでもなったか」

「ナイフを出してきたのは向こうだ。懐に隠し持っていたんだから、相当切羽詰まっていたみたいで最初っから話し合うつもりなんてなかったんだろう。揉み合ううちにナイフを取り上げた、それがまずかった。今まで頭脳労働ばかりしてきたし喧嘩にも慣れていなかった。すっかり気が動転して、我に返った時には刺していた。こと切れていると知ってから、慌てて顎を潰した」

「歯型から元の素性を探られないためか」

「前科者だったから指紋照合できないように指を切り落とし、ナイフとスマホは持ち帰った。しかし警察の捜査能力を過小評価していた。捜査本部が〈キズナ会〉に目をつけるのに、さほど時間はかからなかった」

相手と揉み合っているうち衝動的に刺してしまったのは、確かに喧嘩慣れしていなかったせいだろう。しかし殺してしまってから冷静沈着な事後処理に移行するのは、いかにも鵠沼らしかった。

「ナイフとスマホと指はどうした。まだ持っているのか」

「そんな危険なことをすると思うか。とっくに処分したよ」

「スマホには相手がお前を脅迫した証拠が残っていたかもしれないじゃないか」

「ちゃんとチェックしたさ。もしも、そんな証拠を見つけていたら事務所の金庫に保管しているか、さっさと警察に提出している」

「自首するつもりなのか」

「もうしばらく、ここにいる。折角、君にも会えたしな」

「俺に何かできることはないか」

そうだな、と鵠沼は宙を睨んで考え込む。

「効率的な刑務所での過ごし方があったら聞いておきたい。どうせしばらく収容されるのなら、時間は無駄に使いたくない」

「他にはないのか」

「君が僕に提供できるのは、それくらいのものだろ」

「ちっ」

本人が自覚していない憎まれ口も相変わらずだ。だからこそ、たった一つ変わってしまった部分に未練と落胆がある。

「君も意外だったな」

「何が」

「名簿屋なんて大人しいビジネスを続けているからな。君ならもっと荒っぽい仕事をすると思っていた」

「二度も有罪食らってみろ。どんな馬鹿でも慎重になる」

正確には違う。

自分は暴力にも人の死にも怯えているのだ。

あの日、宮城刑務所のテレビで観た故郷の惨状。

出所後に訪れた南浜地区の更地を見た際の虚無感。

二つの光景が網膜に焼きついて離れない。脳内で幾度も再生されるうち、暴力や他人の死を回避するようになった。

鵠沼は津波の現場で人の死を目撃した。テレビ画面を通じてと実際とでは受ける衝撃も段違いに決まっている。しかし目撃した内容は同一だ。

同じ喪失と死を目の当たりにしたにも拘わらず、自分は怯え、鵠沼は無頓着になった。いったい、この差異は何に起因するものか。二人を分け隔てた境界線はどこにあったのか。

どう話していいものか五代が躊躇していると、自分たちに近づいてくる人影に気づいた。振り向けば、歩道の向こう側から二人組の男が迫っていた。

笘篠と蓮田だった。

咄嗟に反対側に視線を移すと、やはり別の二人組の男たちが着実にこちらとの距離を狭めていた。

挟み撃ち。ゲームセットだ。

鵠沼の前に立った笘篠はわずかに身構えているようだった。

「鵠沼駿か」

「はい」

「私文書偽造行使と殺人の容疑で逮捕する」

鵠沼はゆっくりと立ち上がり、無抵抗のまま両腕を突き出してみせた。

「私文書偽造行使と殺人、ですか。軽微な罪と重大な罪が並列しているのは、何だか奇妙な感じですね」

「私文書偽造行使が軽微な罪だとは考えていない」

笘篠は手錠を嵌《は》めながら言う。感情を無理に押し殺した声であるのは五代にも分かった。

おや、という顔で鵠沼は笘篠を見る。

「刑事さん、よかったら名前を教えてくれませんか」

「宮城県警刑事部、笘篠誠一郎」

鵠沼は合点がいったという体で頷いた。

「笘篠奈津美さんのご主人でしたか」

「そうだ」

「どうして僕がここにいると分かったんですか」

「五代の昔の仲間で岸部という男が憶えていた。五代がほんの短期間だけ〈東北ファイナンス〉

にバイトで雇われていたことをな。ちょうどお前たちが接近していた頃と時期が重なっていた」

「あなたに逮捕されるのなら仕方がないかな」

鵠沼は薄く笑う。笘篠は怒りも呆れもせず、五代に視線を移した。

「五代良則。お前にも訊きたいことがある」

「へいへい、お供しましょう」

鵠沼は両腕を確保されたまま歩き出し、五代はその後ろをついていく。

鵠沼の背中は何も語ろうとしなかった。

4

捜査本部に連行された鵠沼は終始穏やかで、とても殺《あや》めた人間の顎を潰し指を切り落とすような凶悪犯には見えなかった。

事件には奈津美の戸籍が絡んでいるため関係者である笘篠は本来外されるはずなのだが、真希竜弥殺害の容疑者を確保した功労者なのでそうもいかないようだ。笘篠が気を利かせて記録係に回ろうとしたら、何と鵠沼の方からこちらを指名してきた。記録は蓮田に任せ、笘篠は鵠沼の正面に座る。

鵠沼はまず丁寧に一礼してきた。

「それは詫びのつもりか、それともただの挨拶なのか」

「あなたの奥さんの名前を無断で拝借しました。それについてのお詫びですよ」

「それ以外には詫びる必要がないと言っているように聞こえる」

「ええ、その通りです」

鵠沼は微塵も悪びれる様子がなかった。

「行方不明者の戸籍を売買したこと自体と、真希を殺したことについては罪の意識がないんです」

「理由を訊こうか」

「真希を殺したのは恐喝されたからです。戸籍売買の件をバラされたくなければ五〇〇〇万円寄越せという内容です。一旦説得したのですが、その類の恐喝が一度で終わらないのは知っていますから、最終的には排除するしかないと思いました」

ロッカーにあったジャケットからブロックに付着していたものと同一の土が検出されたことは本人に伝えてある。物的証拠を突きつけられては抗弁のしようもないと諦めたのか、鵠沼は素直に応じる。

ただし素直なのは態度だけだ。語られる内容は倫理とかけ離れていた。

「戸籍の売買は確かに違法行為ですが、それによって実質的な被害をこうむった人間はいません。公的には行方不明者とされていますが、彼らは実質死者と同じです。自分の戸籍をどう使われようが文句の出るはずもありません。一方、世の中には本来の名前では就職も生活もできない人間がいて、別の名前を欲しがっている。行政にしてみれば、実質は死者である人間から税金を徴収できる。需要と供給、誰もが得をするビジネスです。従って違法ではあっても罪悪だとは思っていません」

「死者を冒瀆《ぼうとく》する行為だとは思わないのか」

すると、鵠沼は一瞬遠い目をした。

「笘篠さんは仕事柄、人の死に立ち会うことが多いのでしょうね。あなた自身は人の生き死にをどう思いますか」

「死生観について議論を闘わせるつもりはない」

「別に論争しようというんじゃありません。おそらく僕の感じ方は他人に比べて即物的なんでしょうね。人間の命なんて呆気ないものだし、善人だろうが悪党だろうが死んでしまえばただの物体です。冒瀆以前の問題です」

「昔、民生委員をしていた古賀という人を憶えているか」

「ええ。ご近所でよくお世話になりました。今もお元気ですか」

「お前のことを、子どもの頃から真面目で頑固だったと言っていた。信念をしっかり持っていたと大層褒めていた」

「年寄りは昔の記憶を美化しがちですからね」

「八〇過ぎに見えてなお矍鑠としていた。記憶を美化するだけの老人では、あんな風にはならないだろう。古賀さんにお前の罪状を告げたらどんな反応をするだろう」

鵠沼は片方の眉をぴくりと動かした。

「古賀さんはこうも言っていた。津波被害に遭った時、お前が失ったものは家と家族だけではないと。失ったものの中には真っ当な倫理観もあったんじゃないのか」

「行為自体を責められるのは仕方ありませんが、自分の内心を他人にとやかく言われるのは、あまりいい気がしませんね」

少しむっとしたようだったが、抗議するまでの強い調子ではない。

「犯行動機は聴取すべき要点の一つだ。お前の好き嫌いで選べることじゃない」

束の間、鵠沼は黙り込む。ただし機嫌を損ねた風にも黙秘権を行使しようという態度にも見えない。

返事を促そうとした時、徐《おもむろ》に鵠沼の口が開いた。

「海が見えるんですよ、時々」

独り言を呟いているようだった。

「震災当日、南浜にいたんです。高台に避難していると目の前の旧北上川を、赤いランドセルを背負った女の子が流れていくんですよ。辺りは雪が降っていて薄暗いのにランドセルの赤だけがひどく目立つんです。女の子だけじゃなくて、その後何体も何体も人が流されていく。彼女たちを呑み込んだ海が真っ黒な色をしていましてね。見えるのは、その真っ黒な海なんです。もう僕は海といったら、その真っ黒の海しか思い浮かばないんですよ」

事件とは何の関係もない、ただの戯言《たわごと》だった。

だが笘篠は二の句が継げずにいた。

己もまた、ふとした瞬間に海を思い浮かべるからだ。

人も建物も何もかも呑み込み、彼方に流し去ってしまう海。笘篠の幻視する海も光を吸収し尽くすような黒い海だった。

追う者と追われる者、希望に縋る者と希望を失った者が同じ色の海を見ている。

パソコンのキーを叩く音が止まる。蓮田も二人を眺めてひと言も発しない。運よく津波の被害を免れた蓮田には、いったいどんな海が見えているのだろうか。

石動の指示で半強制的に休暇を取らされたのだ。

＊

その日、笘篠は自宅にいた。非番ではなかったが、

『一課が捜査員を碌に休ませもしないブラック体質だと吹聴されたくないんでな』

憎まれ口だったが、不思議に嫌な印象はなかった。

供述調書は過不足なく仕上がり、同日中に鵠沼は仙台地検に送検された。容疑は私文書偽造行使と殺人。自白も物的証拠も揃っており、公判前整理手続も遅滞なく行われる予定だった。

弁護人については国選ではなく私選が立つという。聞くところによれば、五代が仙台弁護士会に赴き、カネはいくらかかってもいいから一番優秀な弁護士を紹介しろと談判したらしい。あの男のやりそうなことだと笘篠は納得する。

笘篠はテーブルの上に書類を広げる。

区役所の窓口でもらった失踪宣告申立書だった。表題は家事審判申立書とあり、横のカッコ内に「失踪宣告」と記入する仕様だ。

申立人の欄に本籍・住所・連絡先・氏名・職業を記入した後、下の空欄に「不在者」と記し、奈津美の情報を埋めていく。普段、文書類は走り書きのように済ませる笘篠も、こればかりは一字一字を愛でるようにして記入していく。

裏面に移り、申立ての趣旨に不在者の失踪宣告の審判を求める旨を、申立ての理由に行方不明になった事情を記載する。最後は申立人である笘篠の記名押印で書類は完成する。

続いて、二枚目は健一の分だ。これもゆっくり、己の胸に刻むように空欄を埋めていく。

やがて二枚とも完成した。丹念に見直してみたが遺漏はない。後は二人の戸籍謄本（全部事項証明書）と戸籍附票、そして失踪を証する資料を添付して家庭裁判所に提出するだけだ。

奈津美と健一に申し訳ないと思った。

この七年、失踪宣告をしなかったのは二人の生還を願ってのことと自分に言い聞かせてきたが、それは自己欺瞞《ぎまん》にすぎなかった。

二人の死を認めたくなかったのだ。

二人の死を受け容れる自信がなかったのだ。

今回の事件は笘篠の怯懦《きょうだ》が招いたと言っても過言ではない。現実を受け容れる勇気さえあったら、奈津美の名前を奪われることもなかった。

現実は苛酷で、巨《おお》きい。今まで己を騙し続けていたツケだと言わんばかりに重く圧し掛かる。

テーブルの上のフォトスタンドには奈津美と健一の写真が収まっている。笘篠は写真と失踪宣告申立書を代わる代わる見つめる。

二人は早く提出しろとも、しばらく手許に置いておけと言っているようにも見える。

やがて何の前触れもなく目頭が熱くなる。

笘篠は誰も見ていないのをいいことに声を上げて泣いた。

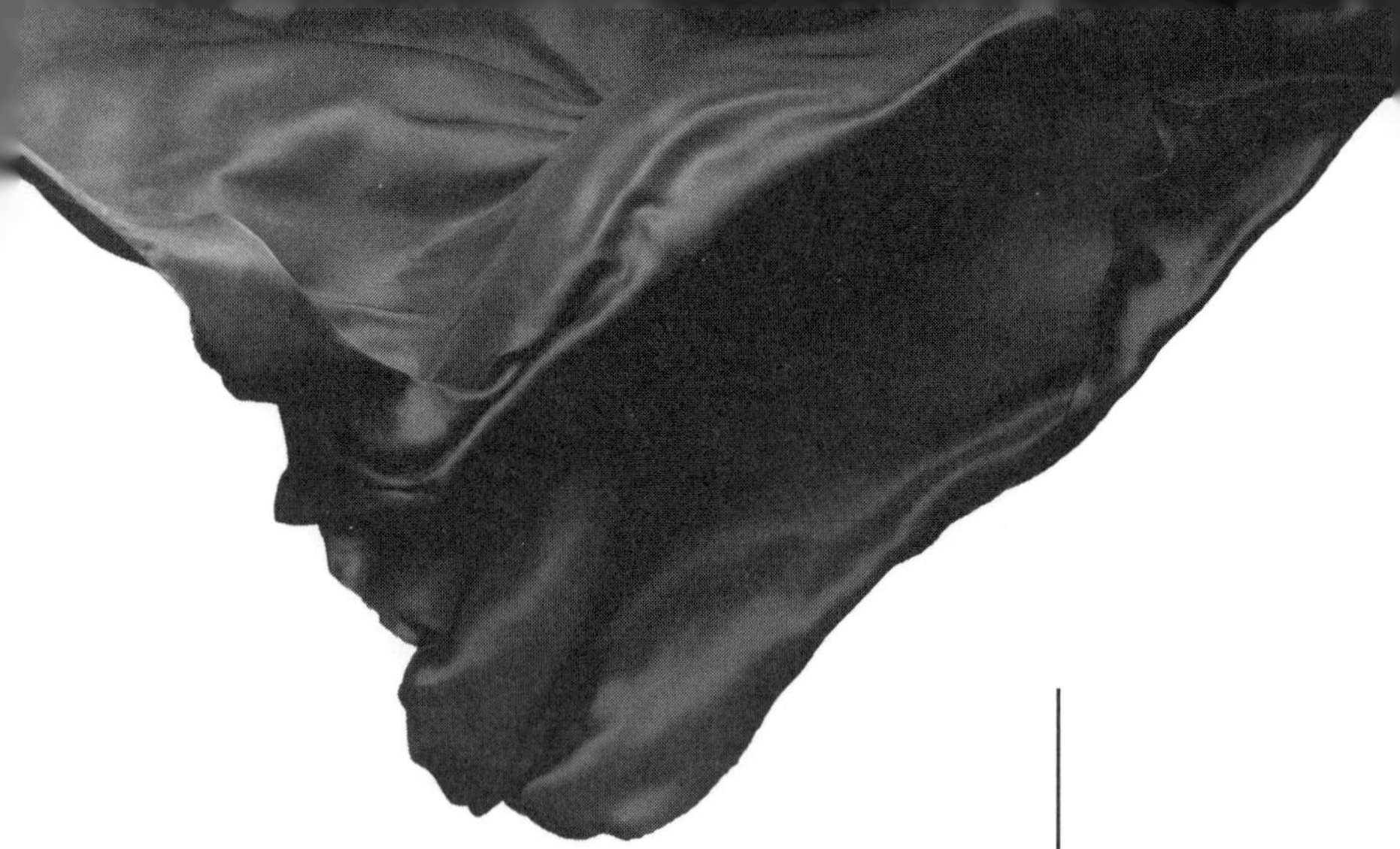

この物語はフィクションであり、登場する人物、団体名、事象等は実在するものとは一切関係ありません。

初出　WEB「NHK出版 本がひらく」
二〇一九年八月～二〇二〇年八月
単行本化にあたり、加筆・修正を行いました。

校正　鈴木由香
DTP　NOAH

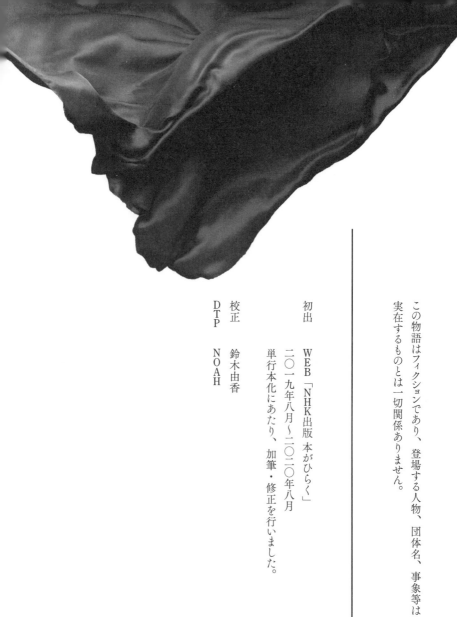

中山七里（なかやま・しちり）
1961年生まれ、岐阜県出身。『さよならドビュッシー』にて第8回「このミステリーがすごい！」大賞で大賞を受賞し、2010年に作家デビュー。著書に、『護られなかった者たちへ』『総理にされた男』『連続殺人鬼カエル男』『贖罪の奏鳴曲』『騒がしい楽園』『帝都地下迷宮』『夜がどれほど暗くても』『合唱 岬洋介の帰還』『カインの傲慢』『ヒポクラテスの試練』『毒島刑事最後の事件』『テロリストの家』『隣はシリアルキラー』『銀鈴探偵社 静おばあちゃんと要介護探偵2』『復讐の協奏曲』ほか多数。

境界線

二〇二〇年一二月一五日　第一刷発行
二〇二三年九月二五日　第五刷発行

著者　中山七里

発行者　松本浩司
発行所　NHK出版
〒一五〇-〇〇四二
東京都渋谷区宇田川町十-三
電話　〇五七〇-〇〇九-三二一（問い合わせ）
　　　〇五七〇-〇〇〇-三二一（注文）
ホームページ　https://www.nhk-book.co.jp
印刷　亨有堂印刷所／大熊整美堂
製本　ブックアート

Printed in Japan
ISBN978-4-14-005715-5　C0093